Über dieses Buch

»Wer Paradiese erreichen will, muß vorher das Gedächtnis verbannen«, heißt es in der Geschichte ›Der Spielverderber‹. Es ist kein Zufall, daß Siegfried Lenz ausgerechnet Joseph Wollina, den Streuner mit dem zweiten Gesicht, zur Titelfigur seines Erzählbandes gemacht hat. Weil er zwanghaft die Vergangenheit und damit meist auch die Schuld anderer Menschen ausplaudert, wird er zum »Spielverderber«, zum asozialen Element. Aber gerade den Schwachen und Erniedrigten, die mit ihrer Situation oder mit ihren Erinnerungen nicht fertig werden, gehört die Sympathie des Autors: so z. B. einer Mutter, die anfängt zu trinken, weil sie weiß, daß ihr kleiner Sohn an Leukämie sterben muß; oder dem Müllverwerter Josef Tubacki, der beim Eintreiben einer alten Schuld mit so eigensinniger Pedanterie auf »Verbuchung« und der genauen Summe beharrt, daß er am Ende überhaupt kein Geld bekommt, sondern ganz im Gegenteil noch draufzahlen muß. »Lenz steht in der Tradition Joseph Conrads und Hermann Melvilles, doch ist deren karge Männerwelt nicht einfach als Muster übernommen. Sachgerecht und hingegeben beschreibt dieser Autor die Wirklichkeit; er sieht sie mit dem Blick des Schriftstellers, der sein Material kennt und prüft, ehe er es verwendet.« (Süddeutsche Zeitung)

Siegfried Lenz:
Der Spielverderber
Erzählungen

Deutscher
Taschenbuch
Verlag

dtv

Von Siegfried Lenz
sind im Deutschen Taschenbuch Verlag erschienen:
Der Mann im Strom (102)
Brot und Spiele (233)
Jäger des Spotts (276)
Stadtgespräch (303)
Das Feuerschiff (336)
Es waren Habichte in der Luft (542)
Haussuchung (664)
Beziehungen (800)
Deutschstunde (944)
Einstein überquert die Elbe bei Hamburg (1381)
So war das mit dem Zirkus (dtv junior 7163)

Ungekürzte Ausgabe
1. Auflage September 1969
10. Auflage Dezember 1978: 146. bis 155. Tausend
Deutscher Taschenbuch Verlag GmbH & Co. KG,
München

Umschlaggestaltung: Celestino Piatti
Gesamtherstellung: C. H. Beck'sche Buchdruckerei,
Nördlingen
Printed in Germany · ISBN 3-423-00600-5

Inhalt

Nachzahlung

Wie immer, wenn es nach Hause ging, machte Josef Tubacki sein Spiel: tänzelnd bewegte er sich um unsere Karre, nahm den breiten, aus Leinwand geschnittenen Ziehgurt quer über die Schulter, scharrte freudig, sprang an, prustete auch, bäumte sich schön im Geschirr auf und keilte spielerisch mit seinen ungleichen Sandalen aus, und das trieb er so lange, bis ich die Schubstange anhob und rief: »Hüh, Josef, hüh!« Da zog er ungestüm an, er mit seinen zweiundsechzig Jahren warf sich in den Gurt, machte einige, wenn auch mehr angedeutete Galoppsprünge, und in ungeduldigem Einverständnis warf er mir ein verstümmeltes Wiehern herüber, das ich mit einem Schnalzen erwiderte. Die Karre ruckte an. Die beiden großen Räder mit dem abgeplatteten, blank gehämmerten Eisenbeschlag rollten noch nicht, sie schlugen vielmehr knirschend zu einer Seite aus, gerade so, als wollten sie sich feststemmen, querlegen zur Fahrtrichtung, doch gegen diese eigensinnige Beharrung setzte Josef Tubacki sein Körpergewicht ein: tief ließ er sich in den Ziehgurt fallen, schnaubte, ließ seine Arme zu Pleuelstangen werden, bearbeitete die Straße mit seinen ungleichen Sandalen, bis die Räder den Widerstand aufgaben, sich überschlugen, leicht und immer leichter rollten. Dann richtete er sich im Gurt auf und blickte prüfend auf die Ladefläche unserer Karre, umfaßte alles mit einem Blick: die geschnürten Stapel alten Papiers, die Körbe mit den leeren Flaschen, baumelnde Kessel und Kannen, alte und sehr alte Schuhe, die verzurrte Last vollgestopfter Säcke und die erregenden Gelegenheitsfunde: einen Lampenschirm vielleicht, eine brauchbare Mütze, ein Geweih oder ein schwarz-weißes Katzenfell. Hatte alles seine Ordnung auf der Ladefläche, drohte da nichts zu rutschen oder zu fallen, ließ er zufrieden den Kopf hängen und trabte, bei leichtem Übergewicht, glücklich den Elbbrücken entgegen, heimwärts.

Wir rollten durch ungewohnte, nie zuvor besuchte Straßen, fernab von der vertrauten Nähe des Hafens, seinem erfrischenden Luftzug. Immer kühner, immer verzweifelter stießen wir nach Hamburg hinein auf der Suche nach neuen Sammelplätzen, denn hatte man uns erst zu Ostern mit einem Preissturz für alte Flaschen überrascht, so sprach man schon zu Pfingsten dem Altpapier schroff ein Drittel seines Wertes ab. Die Metallpreise fielen zwar noch nicht, doch ein geheimes Beben war schon festzustellen, ein feines Schwanken und Zittern, das auch die Preise für Altgummi bedrohte. Da blieb uns doch nichts anderes übrig, als neue Straßen zu erobern, tief in die Stadt vorzudringen, die Tonnen des Schauspielhauses ebenso zu inspizieren wie die fündigen Kübel der namhaften Hotels. Wenn die heimischen Märkte ermatten, meine ich, blickt der Kaufmann unwillkürlich zum Horizont.

Von weither rollten wir heimwärts, kamen von Hamm oder vom Grindel, zufrieden für den Augenblick, wenn auch nicht sorglos gegenüber der Zukunft: Josef Tubacki im Ziehgurt, ich zwischen den Schubstangen unserer Karre. Ich gebe zu: es war nicht einfach, den farbblinden Josef mit den Zeichen und Regeln des Verkehrs vertraut zu machen; in der ersten Zeit verschlangen gebührenpflichtige Verwarnungen mitunter einen ganzen Tagesverdienst, doch Strafen und geduldige Aufklärung hatten erreicht, daß Josef das Spiel der Ampeln schließlich beachtete, sich einprägte, daß Rot oben, Grün unten ist, und daß Rot einfach bedeutet: Wart ein Weilchen. Nur an den Tagen seiner religiösen Besessenheit konnte es noch geschehen, daß er sich über Ampeln, Schilder und Gebote hinwegsetzte, deshalb versicherte ich mich vor jeder morgendlichen Ausfahrt seiner Gemütslage, und wenn er etwa, in seiner Sunowoer Tonart, erklärte: »De Härr is jekommen und fiehlte Hunger, da hab ich jeteilt mit ihm dem letzten Bickling« – da nahm ich selbst vorsorglich den Ziehgurt über die Schulter und machte den Vordermann. Doch das ereignete sich nicht öfter als zweimal in der Woche, an den andern Tagen konnte ich auf Josef zählen, sichergehen, daß er die Sprache der Ampeln verstand und ihre Weisungen anerkannte.

Das rhythmische Klatschen seiner Sandalen lief uns also voraus, wir rollten über eine warme Asphaltstraße zügig unter gewöhnlichen Kastanien, überholten ein Fahrrad mit Anhänger, fügten uns dem Druck des Kreisverkehrs und wurden auf einmal in eine Einbahnstraße abgedrängt, die wir nicht kannten, von dort gerieten wir in eine Sackgasse, wurden abermals in eine Einbahnstraße hineingezwungen und durch wagemutige Erdarbeiten auf einen Damm umgeleitet, der zwar ein Pflaster, doch keinen Namen hatte. Josef, einmal im Zug, auf seine Weise unbändig und ausdauernd, wenn es nach Hause ging, fuhr halbe Achten heraus, ließ die Karre über den Damm schlingern, entschloß sich sogar zu einigen Trabschritten, als wir eine Eisenbahnlinie überquerten. Wie immer, beeilten wir uns, noch vor dem Berufsverkehr über die Brücken zu kommen und die Funde des Tages beim Großhändler abzuliefern. Den Damm entlang, plötzlich durch baumlose Straßen, die von neuen Mauern eingeschlossen waren, und da wußte ich, daß wir uns verfahren hatten. »Prrr«, machte ich, »Prrr, Josef.« Er hielt unwillig an, kopfnickend, scharrend. »Wir haben uns verfahren«, sagte ich, »hier geht es nicht zu den Brücken.«

Er wollte sogleich wieder anziehen, doch ich winkte ab, ich bat ihn, neben der Karre zu warten, während ich ging, um mir die Straßennamen anzusehen. Die Namen bestätigten nur, daß wir uns verfahren hatten: sie endeten auf -redder, auf -koppel und -hoop, Endungen, mit denen ich noch nie etwas hatte anfangen können; sie bezeichneten einen neuen Stadtteil, in dem man auf einen Ruf keine Antwort bekommen hätte, so sauber, so erschreckend klar und leblos war alles. Man hatte Lust, den Kragen hochzuschlagen. Die Mauern schlossen Fabrikhöfe ein, von denen nicht das beruhigende Geräusch von Arbeit herüberdrang. Die Tore, mit Eisenspitzen bewehrte Drahtgitter, waren geschlossen. Aus keinem der streng warnenden Schornsteine drang gemütlicher Qualm: da mußte man sich doch fremd und unterlegen vorkommen und den Wunsch verspüren, aus dieser Gegend ohne Zögern zu verschwinden.

Hastig kehrte ich zur Karre zurück, sagte noch im Gehen: »Hüh, Josef, hüh«, doch vorn war niemand, der sich in den Gurt legte, freudig ansprang und zog: Josef stand nicht im Geschirr. Josef hatte es geheimnisvoll erreicht, daß ein Tor sich für ihn öffnete, er stand bereits auf dem Boden der Fabrik, vor einem sechseckigen, gläsernen Pförtnerhaus, eine Hand starr, sagen wir: fordernd in die Luft gestoßen und auf einen kauenden Portier einsprechend, der Josefs fordernde Hand übersah und sich darauf beschränkte, hin und wieder träge den Kopf zu schütteln. Den unvermeidbaren Augenblick des Erstaunens stand ich da und sah zu, dann rief ich Josef an, rief mehrmals und erreichte, daß er sich mir zuwandte und, heftig gestikulierend, herüberkam. Ich fragte ihn, was sein Gespräch mit dem Portier zu bedeuten habe, worauf er mich zur Mauer zerrte, auf ein Schild wies, mit seinen Handknöcheln fordernd auf das Schild klopfte und sagte: »De Fabriek, Mänschenskind, ich kennt schweren, das is de Fabriek.«

Das emaillierte Schild, möchte ich meinen, war die eingetragene Schutzmarke einer Hutfabrik; es zeigte einen sehr großen, sehr festlichen Hut, aus dem eine Anzahl immer kleiner werdender Hüte verschiedenen Musters herausfielen, nach denen sich gestreckte Männerhände verlangend reckten. Über das Schild verteilt waren die Buchstaben NGHW, was, wie ich später erfuhr, Norddeutsche Groß-Hutwerke bedeuten sollte; es war in Augenhöhe angebracht, die Farben waren schwarz-weiß.

Da Josef immer erregter wurde, immer neue Gesichter aufzog, ein glückliches und ein anklagendes, ein verwirrtes und ein bittendes Gesicht, fragte ich ihn, woher er die Fabrik kannte. Er sagte: »Na woher? Na aus dem Kriej. Hier ham se mich reinjezwungen damals, un' ich hab missen arbeiten all de Jahre. Am Schild erkenn ich se wieder, das hing auch damals da, obwohl wir nich ham Hiete jemacht, nich mal Mitzen, sondern Helme un' Knepfe.« Ich sagte: »Ach, Josef, das ist vorbei, laß uns nach Hause fahren«, worauf er sich über den kurzgeschorenen Graukopf strich, mich zärtlich ansah und sagte: »Wirst nich fier mejlich halten, Valentin, aber de Fabriek schuldet mir noch was. Un' wenn de jenau wissen willst, was se mir schuldet: sind zweiundneinzig Mark achtzig; die schuldet se mir aussem Kriej.« – Ich legte dem gleichaltrigen Josef eine Hand auf die Schulter. Ich sagte: »Das ist vorbei, Josef. Dein Geld, das hat der Wind. Und jetzt komm.«

Doch Josef wollte nicht kommen. Er blieb neben dem Schild stehen, klopfte daran mit seinen Knöcheln und wiederholte mir den Namen der Fabrik und die Summe, die sie ihm schuldete aus einer Zeit, in der die Fabrik selbst weit außerhalb der Stadt gelegen hatte, in einem sandigen Tal der Heide. Und er erzählte, daß er nach dem Krieg mehrmals hinausgefahren sei, um sein Geld abzuholen, doch nie habe er einen Menschen treffen können, der mit der Fabrik zu tun hatte. Wörtlich sagte er: »Dem Härrn hat jefallen, mir de Adrässe von de Fabriek erst heite zu jeben.«

Nun ist es so, daß es sowohl Josef als auch mir gelingt, uns gegenseitig rasch zu überzeugen, eine Tatsache, die unsere fünfzehnjährige Freundschaft und Zusammenarbeit stillschweigend gefördert und begünstigt hat. Wir haben die gleichen Gründe. Wir sind mit den gleichen Zweifeln gewappnet. Draußen in der Siedlung, in dem sogenannten Kistendorf, wo wir eine leichte Bleibe bewohnen, grüßen wir die gleichen Nachbarn. So ist es nur selbstverständlich, daß wir auch mit den gleichen Hoffnungen ausgerüstet sind.

Daher brauchte Josef mich nicht langwierig auf die Vorteile hinzuweisen, die einem Besitzer von zweiundneunzig Mark achtzig erwachsen. Es genügte ihm festzustellen: »Wir kennten dem Karrje Gummiräder kaufen; wir kennten de Ladefläche verbreitern; wir kennten auch mit diesem Jäld ein janz neies Karrje kaufen«, da war ich schon überzeugt und folgte ihm zum Pförtnerhaus, ließ auf dem kurzen Weg eine freundliche Vision entstehen: ein gummibereiftes, wendiges Wägelchen mit einer aufgeteilten Ladefläche, mit einer Flaschen-, Papier- und Metall-Abteilung und einer Abseite für Allgemeines. Ich sah uns leicht in entlegene Straßen vorstoßen, in nie durchstreifte Gegenden, in denen Spaliere überquellender Mülltonnen auf uns warteten; so vollgestopft waren die Behälter, daß die Deckel nicht mehr schlossen und die Behälter breit zu lächeln schienen.

Der Pförtner nickte uns heran. Ihm war anzusehen, daß er gern den genauen Grund unseres Besuches gewußt hätte, doch Pförtner, das habe ich erfahren, muß man sich unterwerfen durch mürrisch vorgebrachte Andeutungen, deshalb sagte ich nur: »Buchhaltung, der Herr« – ich deutete auf Josef – »hat Ansprüche!« »Hauptgebäude«, sagte der Pförtner dienstbar, »Zimmer zweihundertvier«, und gleichzeitig zog er an einer Schnur, ein schwarz-weiß gelackter Schlagbaum richtete sich ernst auf, bedrohte uns eine Sekunde, bis wir vorbei waren. Wir gingen über einen leeren, zementierten Platz, zwischen schmalen gläsernen Hallen, aus denen schwache Schlagermusik drang, passierten die Kantine und standen vor dem Hauptgebäude, das auf Säulen ruhte, mit blauen Mosaiken geschmückt war und unter dem leuchtende Wasserspiele vor leeren Bänken stattfanden. Langsamer wurde Josefs Schritt, er nahm meinen Arm, er schluckte, blieb stehn vor Betroffenheit, schwankte, wollte wahrscheinlich umkehren, doch ich zog ihn weiter zu dem Marmoraufgang und fragte einen sehr jungen, eleganten Pförtner nach Zimmer zweihundertvier. Der elegante Pförtner führte uns zum Fahrstuhl und beschrieb uns den Weg. Als wir allein waren, sagte Josef: »Kennen wir nich, Valentin, lieber verzichten auf meine Anspriche?« »Jetzt nicht mehr«, sagte ich, und er darauf: »Aber de Unkosten, de se jehabt haben, de Unkosten fier das schene Häusje un' de neien Hallen un' den Springbrunnen: da wern se doch selbst Schulden ham, denn alles, mecht ich meinen, muß doch bezahlt wer'n mit Hiete. De Helme frieher, de ich jemacht hab, de mußte jeder tragen, aber de Hiete wolln erst mal verkauft sein.«

Ich brauchte Josef nicht zu antworten, wir stießen die Tür des Fahrstuhls auf, vor uns lag das Zimmer zweihundertundvier. Wir klopften und traten ein, nachdem wir, in wortlosem Einverständnis, die sehr langen Kippen aus einem Wandaschenbecher eingesteckt hatten. Eine müde, blonde Frau empfing uns, skandierte meinen Bericht mit ihrem Kugelschreiber auf der Tischplatte, starrte, mit sichtbarem Widerwillen, Josef an und erklärte sich schließlich für unzuständig und wisperte mit einem Brillenträger, auf dessen Tisch ein Tennisschläger lag. Der Mann mit der spezial geschliffenen Brille nickte, erhob sich, kam zu uns und wählte ein gequältes Lächeln als Form seiner offenen Abneigung.

»Mein Freund hier«, sagte ich also wiederum – und ich spürte, daß Josef dabei litt –, »hat einst in dieser Fabrik gearbeitet, und zwar mehrere Jahre während des Krieges. Man hat ihn dazu gezwungen undsoweiter: denn er stammt aus Sunowo. Ein Rest seines Lohns in Höhe von zweiundneunzig Mark achtzig konnte damals zum Schluß nicht mehr ausgezahlt werden; nun bittet er um Nachprüfung undsoweiter. Er ist auch mit einem Scheck einverstanden. Der genaue Name ist Josef Tubacki.«

Nachdem ich das gesagt hatte, lächelte der Mann nicht mehr; stumm wies er auf zwei Stühle, wartete, bis wir uns gesetzt hatten, und verschwand hinter einer gepolsterten Tür. Ich meine, er hatte ein Recht, dort hineinzugehen, er klopfte nicht einmal an, verschwand und kehrte nach zwei, drei Minuten mit einem riesigen Mann wieder, der sich hektisch umsah, nichts zu sehen und zu begreifen schien und, vor lauter Ungeduld, jemanden zu begrüßen, dem Brillenträger selbst heftig die Hand schüttelte. Der behielt die Hand in der seinen, zog den riesigen Mann zu uns, zu den Besucherstühlen und machte eine entschiedene präsentierende Geste: »Hier, diese Herren meine ich.«

Wir hatten uns schon erhoben. Ich wiederholte, allerdings in kürzerer Fassung, was ich bereits der blonden Frau und dem Mann mit der Brille gesagt hatte, das verstand der Riese, das erweckte seine Teilnahme, denn er senkte den Blick, legte Josef seine schwere Hand auf die Schulter, hätte die Hand dort womöglich vergessen, wenn nicht ein Spocht hereingekommen wäre, das ist: ein zierlicher, forscher, vor allem väterlich wirkender Mann, bei dessen Eintritt sich die Schreibtische von selbst zu ordnen schienen. Da endeten Gespräche und begonnene Bewegungen, alle Gesichter wandten sich dem Spocht zu, der an den Riesen herantrat, sich ein »Guten Tag, Herr Zoelle« wünschen ließ, väterlich nickte und, nachdem er Josefs Sandalen erstaunt betrachtet hatte, den Grund unseres Besuches erfahren wollte. Nach einem Wink, den der Riese mir erteilte, ergriff ich dankbar das Wort, und in der ausführlichen Fassung schilderte ich Herrn Zoelle, dessen Teilnahme alles übertraf, Josefs Schicksal: sein Mißgeschick im fernen Sunowo, seine Verbringung in den Westen, die zwangsweise Einteilung zur Arbeit und, natürlich, den augenblicklichen Erwerb. Zum Schluß erwähnte ich die Lohnsumme, die die Fabrik Josef schuldete.

Herr Zoelle, der bei meiner Schilderung auf und ab gegangen war und nicht mehr gesagt hatte als: »Ich verstehe, ich verstehe vollkommen«, entließ plötzlich mit einem Nicken den Riesen, warf einen verhaltenen Gruß in die Runde und forderte Josef und mich auf, ihm zu folgen. Heimlich stieß ich Josef an, und dieser Anstoß bedeutete: jetzt geht's zur Kasse. Doch wir gingen an der Kasse, auf die mehrere Pfeile hinwiesen, vorbei, fuhren mit dem Fahrstuhl zum Dachgarten hinauf, auf dem weißgekleidete Kellner Schach spielten, gingen weiter zum wohnlichen Büro von Herrn Zoelle. Wir durften uns setzen. Wir durften zum Horizont blicken, wo ich sogleich die Elbbrücken ausmachte, die sich schwarz und dauerhaft spannten, so, als sollten sie nicht nur Ufer, sondern auch Zeitalter miteinander verbinden. Die Fenster, die bis zum Boden hinabreichten, standen offen; man hätte sich ohne größere Anstrengung hinabstürzen können – eine Möglichkeit, die Herr Zoelle vielleicht noch nicht bedacht hatte. Während er telefonierte, sah ich hinüber zum Dachgarten, sah, wie ein Kellner sich verdrossen vom Schachspiel erhob, ein Tablett aufnahm und es zu uns hereintrug: Tee, Sandgebäck, Zigarren. »Stärken Sie sich«, sagte Herr Zoelle, ohne den Telefonhörer aus der Hand zu legen, und wir stärkten uns und brannten uns danach handliche Zigarren an.

Herr Zoelle war zu weit von uns entfernt, als daß wir seine Fragen und Antworten hätten verstehen können, ich erkannte lediglich, daß er unerläßliche Gespräche führte, denn er schloß seine Augen dabei und machte mit dem rechten Fuß Bewegungen, als gelte es, einen brennenden Zigarettenstummel auszutreten. Als er endlich zu uns trat, lächelte er. Er schien erfreut darüber, daß wir den Tee getrunken, das gesamte Gebäck gegessen hatten. Mit jäher Anerkennung reichte er Josef die Hand, übergab ihm einige illustrierte Broschüren und Mitteilungsblätter und sagte: »Als alter Angehöriger unseres Betriebes werden Sie gewiß unsere Arbeit mit Interesse begleiten; diese Schriften informieren Sie über Neuanfang und Aufstieg.« Er schwieg. Es klopfte. Ein Kassierer trat herein, verbeugte sich, kam mit vorbereiteter Zahlungsanweisung und einem Umschlag an unseren Tisch und wartete auf ein Zeichen von Herrn Zoelle, doch Herr Zoelle gab noch nicht das Zeichen, er sagte vielmehr erfreut zu Josef: »In unserer Personalabteilung, die ich selbst einmal geleitet habe, geht nichts verloren. Ihre Angaben treffen zu. Und nun darf ich Sie bitten, zu unterschreiben: im Namen der Fabrik erhalten Sie für unvergessene Dienste eine einmalige Abfindung von zweihundertfünfzig Mark.«

Nun meine ich, daß man um so schneller unterschreibt, je höher der Betrag ist, und ich erwartete von Josef nichts anderes, als daß er den dargebotenen Kugelschreiber nahm, seine Unterschrift hinwarf und den Briefumschlag einsteckte. Doch zu unserer Überraschung erhob sich Josef, blickte hilfesuchend auf die Tür und sagte mit einnehmender Bekümmerung: »Verzeihung, aber soviel Jäld, das steht mir nich zu. Ich mecht nur bitten um das, was verbucht ist. Un' verbucht sind zweiundneinzig Mark achtzig, wie ich weiß.« »Lieber Freund«, sagte Herr Zoelle wahrhaftig, »diese Summe enthält eine Anerkennung Ihrer geleisteten Arbeit«, worauf Josef, in beharrlicher Bekümmerung, entgegnete: »Sone Anerkennung, de hab ich nich verdient, wirklich nich. Nämlich ich war der Schlechteste an unserm Arbeitstisch. Somit mecht ich nur bitten um die Auszahlung des verbuchten Jäldes.«

»Wenn Sie Ihre Arbeit selbst so einschätzen«, sagte Herr Zoelle, »dann betrachten Sie einfach diese Summe als besondere Form unseres Dankes.« Mir war es peinlich, ich nickte Josef auffordernd zu, doch er sagte mit unwiderlegbarer Trauer: »Ich hab Zeijen, die kenn bestätigen, daß ich kein Dank nich verdien. Somit mecht ich nur bitten um die Auszahlung des verbuchten Jäldes.« Jetzt konnte ich einsehen, warum Herr Zoelle seufzte, selbst einen Moment hilfesuchend auf die Tür blickte, dann jedoch, mit hartnäckiger Güte, sagte: »Warum sollen wir's verbuchen, zumal die verbuchte Summe die kleinere Summe ist?« Darauf sagte Josef: »Was verbucht ist, mein' ich, hat aufjehört. Un ich mechte, daß mein Aufenthalt hier in de Fabriek ein Ände findet.«

Zum Zeichen, daß er entschlossen war, zu einem solchen Ende zu gelangen, legte er die brennende Zigarre mit hinweisendem Verzicht auf den Aschenbecher. Herr Zoelle blickte den Kassierer an, und der Kassierer verließ mit Zahlungsanweisung, Kugelschreiber und Briefumschlag das wohnliche Büro.

Wenn Herr Zoelle jetzt zwei Hilfskräfte gerufen, uns verabschiedet und obendrein verboten hätte, den Boden der Fabrik zu betreten: ich hätte mich nicht gewundert; auch wäre ich nicht erstaunt gewesen, wenn sich die zierliche, väterliche Erscheinung über Josef sichtbar enttäuscht gezeigt hätte. Statt dessen bat er uns um die Erlaubnis, zu telefonieren, schloß wieder die Augen, trat wieder unsichtbare, brennende Zigarettenstummel aus, zerrte an der Schnur, als wollte er ihr beweisen, daß sie zu kurz sei. Ihm war anzusehen, daß er Mühe hatte, irgend jemanden zu überzeugen, doch schließlich schien es ihm gelungen zu sein, er lächelte erleichtert, wandte sich uns zu und legte auf. »Herr Tubacki«, so sagte er zu Josef, »der Direktion ist es nicht verborgen geblieben, daß ein Mitarbeiter aus alten Zeiten und gewissermaßen dunklen Tagen heute in diesem Hause ist. Wir stehen zu der Verpflichtung gegenüber unseren alten und ältesten Mitarbeitern. Wir erkennen ihre Leistung an. Wenn Sie sich einstweilen auch nicht entschließen können, die Abfindung anzunehmen, so hoffen wir doch, daß Sie uns die Freude machen, vielleicht für zwei Tage in unserem Gästehaus zu wohnen, das gerade fertig geworden ist. Ihr Freund ist ausnahmsweise mit eingeladen.«

Schon zögerte Josef wieder, wand sich in Bekümmerung, und er hätte auch diese Großherzigkeit mißverstanden, wenn ich ihm nicht ein resolutes Signal auf den Beckenwirbel getrommelt hätte. Mach schon, hieß das Signal, los, sag zu. Und da meinte Josef: »Na scheen un gut. Aber das Karrche, das kenn wir nich ieber Nacht vor dem Eingang parken, weil da is Parkverbot.« Hilfsbereit erwiderte Herr Zoelle darauf: »Ich werde meinen Chauffeur schicken, er wird Ihr Gefährt neben dem Gästehaus parken, dort haben Sie es jederzeit vor Augen.« Weil Josef schwieg, dankte ich für dieses Angebot.

Herr Zoelle selbst führte uns zum Gästehaus, das, wie er sagte, im Landhausstil errichtet sei und vierundzwanzig Gästen der Fabrik Platz bot. Er machte uns auf Gemälde aufmerksam, erklärte uns das Klingelsystem, über das man Wünsche äußern konnte, und übergab uns einem Hausmeister, der sich anbot, für unsere Bequemlichkeit zu sorgen. Da wir die einzigen Gäste der NGHW waren, erhielten wir das Zimmer, von dem aus man die Wasserspiele vor dem Hauptgebäude beobachten konnte. Weil das Josef gleichgültig zu sein schien, übernahm ich es wiederum, dafür zu danken. Dann waren wir allein.

Josef setzte sich. Ich brannte mir eine Zigarre an, von denen reichlich herumlagen, ging um Josef herum, der zu wissen schien, warum er jetzt schuldbewußt schwieg und ein Zucken unter dem Auge nicht loswerden konnte. Er saß ziemlich steif da und unzugänglich, hielt die Hände im Schoß gefaltet. So, wie ich mit Josef stehe, konnte ich nicht für mich behalten, was mich bewegte, also sagte ich: »Beinahe das Dreifache haben sie dir angeboten, und du wolltest es nicht haben.« »Wollen schon«, sagte er, »aber kennen.« »Und warum konntest du es nicht?« »De Härr war dajegen«, sagte er. »Ausdrücklich?« fragte ich. Und er darauf: »Ausdrücklich; nämlich er hat jesagt: du sollst nich bejehren, Josef, was dir nich zusteht. So hab ich nich unterschrieben.« »Aber es ist Dir doch schwergefallen«, sagte ich. »De Härr hat's auch jemerkt«, sagte er, »darum hat er festjehalten meinen Arm.«

Ich sah ein, daß es zwecklos war, weiter mit Josef zu rechten, gegen den aufzukommen, der Josefs Arm festgehalten hatte, als es zur Unterschrift gehen sollte. Ich trat ans Fenster und sah zu, wie ein uniformierter Chauffeur mißmutig unsere Karre auf den Parkplatz schob, an unserer Fracht schnupperte, den Kopf schüttelte und sogar einen Ausdruck feinen Ekels zeigte, bevor er die Räder mit einem Stein blockierte. Sodann erfreute ich mich an den Wasserspielen und an dem bläulichen Glitzern der Mosaiken an dem Hauptgebäude, die – das erkannte ich erst jetzt – Stationen aus der Kulturgeschichte des Hutes darstellten. Ich bin ein ausdauernder Bewunderer und hätte die Zeit gern in müßigem Staunen zugebracht.

Aber die Direktion, der nicht nur unser Wohl, sondern wahrscheinlich auch unsere Kurzweil am Herzen lag, schickte einen wortkargen, feierlichen Menschen, der uns durch die Fabrik führen sollte. Ungewiß, was danach folgen würde, versah ich mich vorsichtshalber mit Zigarren, stieß den in brütender Trauer befangenen Josef an, und wir beide ließen uns zunächst die Duschräume zeigen, die Sporthalle, in der die Werksmannschaft trainierte, einen anmutigen Ziergarten sowie eine permanente Kunstausstellung, die nur Werke von Betriebsangehörigen zeigte. Nach einem kurzen Besuch der Kantine, in der uns eine Stärkung serviert wurde, betraten wir durch einen Lichthof das Hut-Museum, wo uns Kopfbedeckungen aus verschiedenen Jahrhunderten meinetwegen: gefangennahmen. Da lagen, in verschlossenen Glasvitrinen: eine phrygische Mütze und ein thessalischer Hut, der flache Binsenhut einer Römerin, ferner Lodenhüte aus grober Wolle, der sogenannte Gugelhut, den Jäger und Reisende im vierzehnten Jahrhundert trugen;

Barette, die zuerst vom gesteiften spanischen, danach vom Rubenshut und schließlich vom breitkrempigen schwedischen Schlapphut verdrängt wurden. Vom Dreimaster bis zum Markgrafenhut: alles war vorhanden, und zum Schluß durften wir in eine erhöhte Vitrine blicken, die mit einer Alarmanlage gesichert war: in ihr lag eine braune, halbeiförmige Kappe, die Petrus beim Fischen getragen hatte. Gern hätte ich einige Fragen gestellt, doch die waltende Stille und das wortkarge Wesen unseres Führers hielten mich davon ab.

Josef, das merkte ich, drängte zu den Werkshallen hinüber, und als wir sie endlich betraten, ließ er mich mit unserem Führer allein, ging zu den Arbeitern an den Bürst- und Filzmaschinen, befragte sie, unterhielt sich mit Männern am Krempelzylinder und an der Enthaarungsanlage. Mit einem alten, verwachsenen Meister, der die Spindeln bediente, tauschte er Hand- und Schulterschlag, flüsterte mit ihm, zog noch einen zweiten Meister heran, während ich in Andeutungen erfuhr, daß die größte Filzfähigkeit die Haare der Ziege, des Hasen, der Bisamratte und der Fischotter garantieren; auch ließ ich mich über die Arbeit der Haarblasmaschine und über das Walken und Walzen unterrichten. Nachdem wir die Hallen durchquert hatten und Josef wieder zu uns gestoßen war, überreichte uns unser Führer im Auftrag der Direktion zwei Hüte; Josef erhielt einen Velourfilz, ich einen wasserdichten Tuchhut. Danach wurden wir ins Gästehaus zurückgebracht, wo Josef enttäuscht seinen Hut auf den Tisch warf und sich so vernehmen ließ: »Heitzutage, da kenn se aber auch alles jebrauchen. Ich hab jefragt, ob se uns nich mechten ablassen die enthaarten Fälle. Mechten schon, sagten se, aber de brauchen wir sälber. Auch nich aus Freindschaft, hab ich da jefragt, worauf mein alter Meister man nur sagte: Freindschaft, de wohnt im Wald. In der janzen Fabriek, Valentin, jiebt's keine Abfälle.«

Ich hatte mir schon gedacht, daß die Direktion ihre Verpflichtung uns gegenüber ernst nahm, uns zumindest nicht vergaß und dafür sorgte, daß es uns an nichts mangelte; deshalb war ich nicht verblüfft, als eine junge Zofe mit Blumen erschien, später mit Gesellschaftsspielen, und mein Erstaunen war nur mäßig, als Herr Zoelle selbst uns zum Essen abholte. Man legte großen Wert darauf, daß wir uns nicht einsam fühlten. Man trank Josef zu. Man lud ihn ein, die Werksmannschaft beim Training zu beobachten, und ich glaube heute noch, daß der Werkschor der NGHW nur seinetwegen zusammentrat. Wie pfleglich und bedacht man uns behandelte, mag außerdem daraus hervorgehen, daß Herr Zoelle, kurz bevor er sich zur Nacht von uns verabschiedete, überraschend Füllfederhalter und Zahlungsanweisung aus der Tasche zog, beides Josef hinhielt und sagte: »Vielleicht haben Sie es sich überlegt mittlerweile: wir sind immer noch bereit, Ihnen die erwähnte Abfindung auszuzahlen.« Ich meine, da hätte Josef die Unterschrift schon aus Dankbarkeit gelingen müssen. Er aber wand sich in Bekümmerung, sein Augenlid zuckte heftig, und er sagte: »Verzeihung, Herr Zoelle, Verjebung und Verzeihung, aber ich mecht nur bitten um de Auszahlung des verbuchten Jäldes.«

Wäre ich da Herr Zoelle gewesen, ich hätte Josef genauso argwöhnisch und wachsam angesehen, und wahrscheinlich hätte ich auch meinem Mißmut Lauf gelassen und festgestellt: »Sie wissen doch, welch ein Aufwand zu jeder Verbuchung gehört. Und außerdem wäre dies ein Präzedenzfall: andere könnten sich darauf berufen.«

»Siehst du«, sagte ich zu Josef und fügte hinzu: »Versteh doch, was man von dir erwartet.« Josef schüttelte resigniert den Kopf. Er nahm beide Hände auf den Rücken, suchte festen Stand für seine Sandalen, drückte in mehrfacher Hinsicht mühsame Weigerung aus. Er bestand auf Verbuchung, auch wenn andere sich darauf berufen könnten. Herr Zoelle steckte unentmutigt, wenn auch rasch, Füllfeder und Zahlungsanweisung weg und sagte: »Na, morgen ist ja auch noch ein Tag.« Danach wünschte er uns eine gute Nacht und ging. Ich unterließ es, Josef zu beeinflussen, weil ich längst gemerkt hatte, unter wessen unüberwindbarem Einfluß er bereits stand. »Dann schlaf mal gut«, war alles, was ich sagen konnte, wobei ich für mich fest auf Josefs rechnerischen Sinn vertraute, der sich zu gegebener Zeit melden würde.

Vielleicht hätte Herr Zoelle nach dem Frühstück den Versuch machen sollen, Josef zur Unterschrift zu veranlassen; denn nach dem Genuß duftenden Weißbrots, verschiedener Konfitüren und einer Platte Butterkuchen erschien Josef mir besonders mild, versöhnlich, nachgiebig. Nach dem vollkommenen Frühstück, das die junge Zofe uns serviert hatte, war er weich, will ich meinen, doch Herr Zoelle erschien nicht, wurde die Chance nicht einmal gewahr, da er uns nur seinen Chauffeur schickte mit dem Auftrag, uns in den Hafen zu fahren. Dort erst trafen wir ihn, zierlich und forsch, an Bord des Motorschiffes »Bürgermeister Poppe«, das für einen Betriebsausflug gemietet war. Das Schiff hatte über die Toppen geflaggt, ein werkseigenes Jazz-

Quartett hatte sich auf dem Achterdeck eingerichtet, auf der Brücke war ein Mikrophon installiert. Herr Zoelle begrüßte jeden persönlich, das muß gesagt werden, vom geringsten Bürstenarbeiter bis zum Filzmeister gab er jedem die Hand, und nachdem mehr als vierhundert Betriebsangehörige an Bord waren, gab er auch das Zeichen, die Leinen loszuwerfen. Die Fahrt ging elbabwärts.

Fröhlich sein: das konnten die Angehörigen der Norddeutschen Groß-Hutwerke; ihr Lachen, ihr Gesang, auch ihr eindrucksvolles Jauchzen begleiteten die Fahrt, wurden vom Wind über die Elbe getragen, brachen sich an den lautlosen Wohnhängen von Blankenese. Da blieb manch einer auf der Elbuferpromenade stehen und schaute, wenn nicht neiderfüllt, so doch betroffen zu uns herüber, zu dem bewimpelten Schiff, dessen Fracht an diesem Tag nichts anderes war als Fröhlichkeit. Von aufkommenden Tankern, Schleppzügen, selbst von einem Kran winkten uns Männer zu. An Bord selbst wurde nicht nur ein Ereignis durch das andere abgelöst, sondern einwandfrei übertroffen: so wurde das zweite Frühstück durch das Mittagessen übertroffen, der Vormittagstanz durch den Tanz zur Kaffeepause, die Reden der Abteilungsleiter durch die Rede von Herrn Zoelle. Auch Josef steigerte sozusagen sein Verhalten: Hatte er zunächst nur mit seinen ungleichen Sandalen den Takt zur Musik geklopft, so ließ er sich jetzt mit einer bewährten Walzarbeiterin auf der Tanzfläche sehen, hielt sie da in sicherem Griff und ließ sich mit ihr fotografieren.

Den Höhepunkt des Ausfluges aber brachte die Rückreise. Querab von Glückstadt geschah es: Die Maschinen wurden gestoppt, vielleicht auch nur auf kleine Fahrt gestellt, jedenfalls querab von Glückstadt wurde um Ruhe gebeten, Herr Zoelle trat ans Mikrophon, nur der Wind verstummte nicht in den Wanten, und dann sprach Herr Zoelle. Er wollte nicht viel sagen, er wollte danken. Von der Brücke herab verteilte er den Dank der Direktion an die verdienten Mitarbeiter: »Wo wären wir ohne die Leistungen der alten Mitarbeiter«, rief er aus, und davon durften sich viele betroffen fühlen. Einige, die namentlich aufgerufen und zur Brücke gebeten wurden, erhielten sodann Anerkennungsgeschenke, Taschenuhren mit vergoldetem Sprungdeckel, und ich war ergriffen und so, als plötzlich Josefs Name genannt wurde, als man ihn heraufbat und ihm die Uhr aushändigte im gewagten Licht der Abendsonne über der Elbe. Erst als meine Handflächen zu brennen anfingen, merkte ich, wie ich klatschte, so tief hatte mich Begeisterung ergriffen. Die Walzarbeiterin ging so weit, Josef auf die Wange zu küssen. Ich meine, mit den wenigen fühlten sich alle ausgezeichnet, dies und gemeinsamer Gesang auf der Heimfahrt führte uns zusammen, so daß ich ganz für mich mit dem Gedanken spielte, bei einer Verschlechterung meiner Lage, eine Arbeit in den NGHW anzunehmen.

Zumindest erfüllt, Wind im Haar und mit redlicher Erschöpfung kehrten wir zurück und genossen die Flasche Burgunder, die uns die Zofe aufs Zimmer gestellt hatte. Josef hatte sich aufs Bett geworfen, ich überließ mich meiner zufriedenen Erschöpfung in zwei gegeneinander geschobenen Sesseln. Schweigend rauchten wir unsere Martha-Magellani, eine Brasil extra, von der, wie ich mich überzeugt hatte, auch im Nebenzimmer reichlich herumlagen. »Da kann man sehen«, sagte ich zu Josef, »Betriebstreue.« Und er antwortete: »Alles mit Hieten, Valentin.«

Liegend wollte er mir zutrinken, als es forsch an die Tür klopfte, und ohne daß wir Herein gesagt hätten, trat Herr Zoelle ein, winkte uns ein Um-Gotteswillen-bleiben-Sie-liegen zu, prüfte lächelnd unseren Zustand. Er sah schnell ein, daß unsere Zufriedenheit uns ganz widerstandslos gemacht hatte, darum griff er nach einigen beiläufigen Vorfragen in die Tasche, zog, ohne mich zu überraschen, Füllfeder und Zahlungsanweisung heraus, näherte sich dem liegenden Josef und sagte: »So. Und zum Abschluß dieses Tages erhalten Sie, lieber Herr Tubacki, Ihre wohlverdiente Abfindung.«

Diesmal hatte ich wirklich damit gerechnet, daß Josef handeln würde, wie man's von ihm erwartete, er, der ehrend erwähnt, der beschenkt und ausgezeichnet worden war, hätte sich doch endlich auch zu einer Gefälligkeit bereitfinden müssen, doch anstatt zu unterschreiben, verbarg er krampfhaft seine Hände auf dem Rücken, warf den Kopf abwehrend zur Seite, krümmte sich wohl auch und sagte: »Unmeglich, achottje, rein unmeglich.« »Warum denn nur?« fragte Herr Zoelle. »Ich kann doch nur's Jäld nehmen, das verbucht ist«, sagte Josef. Da trat, möchte ich mal sagen, Herr Zoelle aus sich heraus und stellte fest: »Verbuchen heißt: offiziell anerkennen, heißt: ein Beispiel geben. Wenn wir so verfahren, wie Sie es wünschen, geben wir ein Beispiel für viele andere. Verstehen Sie?« Josef sagte nicht, ob er verstand. Er wiederholte: »Sind doch nur zweiundneinzig Mark achtzig, da hab ich Anspruch drauf, un was mehr is, da is de Härr dajegen.« »Darf ich feststellen«, fragte Herr Zoelle sachlich, »daß es Ihnen unmöglich ist, auf unser großzügiges Angebot einzugehen?« Josef nickte bekümmert. »Unmeglich«, flüsterte er, »aber es fällt nich leicht, un ich mechte vielmals bitten um Verjebung.« »Heißt das«, so vergewisserte sich Herr Zoelle, »daß es Ihnen auch unmöglich bleiben wird?« »Wird bleiben«, flüsterte Josef, »aber wird nich leicht sein.«

Nachdem Josef das gesagt hatte, gab es für Herrn Zoelle einfach keinen Grund, zu grüßen, bevor er das Zimmer verließ, auch konnte ich verstehen, daß er blicklos an unserer Karre vorbeiging, die wohlblockiert auf dem Parkplatz des Gästehauses stand. Er verschwand und trug seine sprachlose Enttäuschung zum Hauptgebäude hinüber. Ich trat ans Fußende des Bettes, in dem Josef sich immer noch krümmte, sah lange auf meinen Gefährten hinab und dachte: man müßte einen Schmalfilm von ihm drehen und ihm dann im Bild zeigen, wie er sich verhält, einmal und noch einmal und immer wieder: das würde ihn vielleicht zur Einsicht bringen. Mein Gute-Nacht-Wunsch blieb aus.

Ich schlief unruhig, und meine Unruhe behielt recht: denn am nächsten Morgen erschien nicht die junge Zofe mit Weißbrot, Konfitüren und warmem Butterkuchen, sondern es erschienen gleich der Hausmeister und die Zofe, und während der Hausmeister uns eröffnete, daß das Zimmer nicht mehr frei sei, begann die Zofe, mit wortloser Verbissenheit die Betten abzuziehen. Wo das geschieht, bleibt man nicht gern. Wir schlenderten auf den Hof. Wir prüften die Fracht unserer Karre, als der elegante Pförtner aus dem Hauptgebäude zu uns kam und uns bat, das Zimmer zweihundertvier aufzusuchen. Ich dachte, so wird sich doch noch alles wenden, und ich sprach dringend auf Josef ein, mahnte ihn, entwarf flüchtig eine freundliche Vision für die Zukunft: Gummiräder für unsere Karre, eine verbreiterte Ladefläche, Abteilungen für verschiedene Funde. Ich ergriff seine Hand und hörte nicht auf zu sprechen. Er wand sich ganz schön, und auf einmal, mit Tränen in den Augen, erwiderte er den Druck meiner Hand, wandte mir sein rundes, trauriges Gesicht zu und sagte: »Dann aber nur fier dich, Valentin. Fier dich werd' ich unterschreiben.« Das war mein schwierigster Sieg.

Zuversichtlich betraten wir das Zimmer zweihundertvier. Wir wurden bereits erwartet. Der Mann mit der spezial geschliffenen Brille erhob sich, lächelte gequält wie ehedem, kam heran und blätterte Josef etwas in die Hand, wobei er vergaß, ihm einen Kugelschreiber zu reichen. Er zögerte erst eine Weile, ehe er sagte: »Ihre Papiere. Wir haben sie herausgesucht. Nach den letzten Angaben stehen Ihnen zweiundneunzig Mark achtzig zu. Auf der andern Seite haben Sie zuletzt nicht entrichtet: Wehrsteuer, Spenden für OG, WHW, NLP, die Reichssondersteuer und die Kriegssteuer, macht zusammen einhunderteine Mark und fünfundvierzig Pfennig. Demnach schulden Sie dem Werk acht Mark, fünfundsechzig Pfennig.« Josef durfte die Papiere als Belege behalten.

Da Zahlen für sich sprechen, brauchten wir uns nicht länger aufzuhalten, wir gingen nach draußen, nahmen die Sonne auf die Schulter, ich spannte mich vor die Karre, und Josef trat zwischen die Schubstangen. Man sage nicht, da sei ein Fehler in der Rechnung gewesen; noch während wir hinausrollten, überlegte sich Josef, in welcher Form er das Geld überweisen wollte. Als wir am Pförtnerhaus vorbeirollten, stand da so ein schüchterner Kumpel und redete, und wir hörten ihn tatsächlich sagen: »Alte Ansprüche, alte Ansprüche.« Da rechnete ich damit, daß Josef anhalten würde, doch der stetige Schub von hinten hörte nicht auf.

Der Verzicht

Mitten in jenem Winter kam er mit Fahrrad und Auftrag hierher, in einer hartgefrorenen Schlittenspur, die ihm nicht erlaubte, den Kopf zu heben und nach vorn zu blicken, sondern ihn unablässig zwang, die Spur, der er sich anvertraut hatte, zu beobachten, denn sobald er aufsah, schrammte die Felge jedesmal an den vereisten Schneewänden entlang, die Lenkstange schlug zur Seite, und wenn er sie herumriß, setzte sich das Vorderrad quer, festgestemmt in der engen Spur, so daß er – in dem langen Uniform-Mantel, den alten Karabiner quer überm Rücken – Mühe hatte, rechtzeitig abzuspringen. Mühsam kam er den Dorfweg herauf, der an der Schule vorbeiführt, allein und keineswegs eine überzeugende Drohung, vielmehr machte er in der grauen Februar-Dämmerung, vor den rauchfarbenen Hütten unseres Dorfes, den Eindruck eines verzweifelten und verdrossenen Mannes, dem die Spur, in der er zu fahren gezwungen war, bereits mehr abverlangt hatte, als er an Aufmerksamkeit, an Kraft und Geschicklichkeit aufbringen konnte.

Durch die Fenster der Schulklasse sahen wir ihn näherkommen, glaubten sein Stöhnen zu hören, seine Flüche und die Verwünschungen, mit denen er die kufenbreite Spur bedachte und mehr noch sein Los, in ihr entlangfahren zu müssen. Es war Heinrich Bielek. Wir erkannten ihn sofort, mit dem schnellen und untrüglichen Instinkt, mit dem man einen Mann aus seinem Dorf erkennt, selbst in schneegrauer Dämmerung, selbst wenn dieser Mann jetzt eine Uniform trug und einen alten Karabiner quer über dem Rücken: Heinrich Bielek, krank und mit weißem Stoppelhaar – wenn auch nicht so krank, daß sie in jener Zeit auf ihn hätten verzichten wollen. Sie konnten ihn zwar nicht beliebig verwenden oder – ihrem Lieblingswort gemäß – einsetzen, aber er trug ihre Uniform, vermehrte ihre Zahl und gab ihnen die Sicherheit einer Reserve.

Wir beobachteten, wie er sich am Schulhof vorbeiquälte, und glaubten ihn längst am Dorfausgang und unterwegs nach Schalussen oder wohin immer ihn die hartgefrorene Schlittenspur und sein Auftrag führen sollten, als ihn zwei Männer über den Korridor brachten, ihn ins Lehrerzimmer trugen und dort auf ein Sofa niederdrückten. Wie ich später erfuhr, legten sie seinen Karabiner quer über einen verkratzten Ledersessel, öffneten seinen Mantel und sahen eine Weile zu, wie er sich krümmte, nach mehreren Versuchen auf die Seite warf und beide Hände flach auf seinen Leib preßte, ohne einen einzigen Laut, und bevor sie ihm noch anboten, den Arzt aus Drugallen holen zu lassen, richtete er sich wieder auf und beschwichtigte die Männer durch einen Wink: es waren nur die überfälligen Magenkrämpfe, die er schon in der Nacht erwartet hatte und deren Verlauf er so gut kannte, daß er mit dem Schmerz allein fertig zu werden hoffte.

So war es wahrscheinlich auch weniger der Schmerz als der Gedanke an die bläuliche, hartgefrorene Schlittenspur, der ihn später auf dem Sofa im Lehrerzimmer festhielt, neben einer rissigen Wand, unter der Photographie eines uniformierten Mannes mit Kneifer, der sachlich auf ihn herabsah. Obwohl es ihm besser zu gehen schien, erhob er sich nicht, sondern verteilte liegend Zigaretten, ohne selbst zu rauchen, und erwiderte den erschreckend sachlichen Blick jenes Mannes auf der Photographie, den er für einen Lehrer gehalten hätte, wenn er ihm unbekannt gewesen wäre; doch Heinrich Bielek kannte ihn so gut, daß er selbst die Furcht verstand, die dieser Mann hervorrief oder hervorrufen sollte.

Nachdem er endgültig beschlossen hatte, daß die Magenkrämpfe es ihm nicht mehr erlaubten, in der Schlittenspur weiterzufahren, zog er den schlechtsitzenden Uniform-Mantel aus, rollte ihn zusammen und schob ihn sich als Kopfkissen unter und musterte aus seinen eichelförmigen Augen die beiden Männer. Er erkundigte sich nicht nach seinem Fahrrad, ein zusätzliches Zeichen dafür, daß er vorerst nicht weiterzufahren gedachte, vielmehr weihte er die Männer in seinen Auftrag ein, wodurch er erreichte, daß beide sich dem unerwünschten Zwang ausgesetzt fühlten, ihm, der ausgestreckt vor ihnen lag, zu helfen.

Das Vertrauen, in das er sie zog, ließ den Männern – einer von ihnen war Feustel, der pensionierte Rektor, ein nach Tabak und Zwiebeln riechender Junggeselle – keine andere Wahl, weshalb sie, noch bevor er sie darum bat, einen Jungen in das Lehrerzimmer riefen und neben das Sofa führten, auf dem Heinrich Bielek lag. Obwohl sie seinen Auftrag kannten, überließen sie es dem Liegenden, ihn an den Jungen weiterzugeben, und als Bielek zu sprechen begann, lag auf ihren Gesichtern ein Ausdruck beflissenen und gespannten Interesses, so als hörten sie alles zum ersten Mal. Der Junge, Bernhard Gummer, mit wulstigem Nacken und schräg gelegtem Kopf – jeder bei uns kannte seinen sanften, freundlichen Schwachsinn – starrte auf den alten Karabiner, der quer auf dem Ledersessel lag, und verriet weder durch ein Nicken noch durch einen Blick, ob und wie er den Auftrag oder doch die Verlängerung des Auftrags verstanden hatte, was jetzt Feustel veranlaßte, dem Jungen eine Hand auf die Schulter zu legen und ihn aufzufordern, das, was er gehört hatte, langsam zu wiederholen.

Der Junge enttäuschte sie nicht: ohne das Gesicht zu heben, wiederholte er, daß er nach Schalussen zu gehen habe, zu Wilhelm Heilmann, dem Alteisenhändler, und er sollte ihn hierher bringen, in die Schule, ins Lehrerzimmer, zu dem Mann in der Uniform, zu Heinrich Bielek. Wenn er nicht komme, werde man ihn noch heute holen, es sei dringend. Der ehemalige Rektor richtete sich zufrieden auf, und Bernhard Gummer zog bedächtig seinen Mantel an, setzte die Ohrenschützer auf, lauschte einen Augenblick, als höre er, wie ein Funker, schwache Signale in den Hörmuscheln; dann streifte er die an einer Schnur befestigten Fausthandschuhe über und verließ mit schleppendem Gang die Schule.

Der Junge kannte den Weg, er selbst wohnte in Schalussen, und er kannte auch – wie wir alle – die Hütte von Wilhelm Heilmann und den Schuppen und den Lagerplatz hinter dem Schuppen, auf dem ein Hügel von rostigem Eisen lag: alte Fahrradrahmen, Bleche, braunrotes Drahtgewirr, leere Pumpgehäuse, abgestoßene Hufeisen und zerbeulte Kessel, durch deren Löcher im Sommer der Löwenzahn herauswuchs oder Taubnesseln. Dieser Hügel schien uns mehr ein Wahrzeichen der Heilmanns als ihr Kapital, von dem sie lebten; denn er wurde nie flacher und geringer, wurde nie in unserer Gegenwart auf Lastwagen geladen, wurde nicht einmal, wie Erbsen, nach guten und schlechten Teilen verlesen, sondern lag nur da durch Jahreszeiten und Generationen, ein Hügel der Nutzlosigkeiten. Und doch mußten sie davon leben und gelebt haben, geheimnisvoll und gewitzt; ganze Geschlechter von ihnen hatten altem Eisen vertraut, ernährten sich mit seiner Hilfe, wuchsen heran und ließen den rostroten Hügel wieder den nächsten Heilmanns als Erbe zufallen, die es anscheinend weder mehrten noch minderten, sondern nur darauf aus schienen, es zu erhalten. Unsere Großväter, unsere Väter und wir: Generationen unseres Dorfes stahlen hinten von dem Hügel, wenn sie Groschen brauchten, und gingen vorn zu den Heilmanns und verkauften ihnen, was diese schon dreimal besaßen, wonach unsere Leute nur noch Zeugen wurden, wie der Krempel wieder auf den Hügel flog, so daß dieser zwar nicht seine alte Form, aber doch sein altes Gewicht hatte, was ihm jene seltsame Dauer verlieh. Obwohl Wilhelm Heilmann allein lebte, zweifelten wir nicht daran, daß eines Tages irgendwoher ein neuer Heilmann auftauchen werde, um den Hügel aus altem Eisen in seinen Besitz zu nehmen – zu übernehmen und zu verwalten wie jenes Holzscheit, an dem das Leben hing.

Soviel ich weiß, fand der Junge an jenem Morgen Heilmann lesend im Bett. Er wunderte sich nicht, daß der alte Mann angezogen unter dem schweren Zudeck lag, ging zu ihm, setzte sich auf die Bettkante, schob die Ohrenschützer hoch und wiederholte seinen Auftrag, und nachdem er fertig war und sah, daß der Alte weder Überraschung noch Abwehr oder Furcht zeigte, riet er ihm, sich zu verstecken oder die Hütte zu verschließen, und wenn nicht dies, so doch ein Gewehr zu kaufen, da auch der andere ein Gewehr bei sich hatte, doch Wilhelm Heilmann, der Letzte mosaischen Glaubens in unserer hoffnungslosen Ecke Masurens, lächelte säuerlich, das Lächeln einer ertragbaren und unwiderruflichen Gewißheit, und er schlug das Zudeck zurück und stand auf. Er hatte mit Stiefeln im Bett gelegen. Der Junge ging in die Küche, setzte sich auf eine Fußbank und brach sich ein Stück von einem grauen Hefefladen ab und begann zu essen; er brauchte nicht zu warten, denn der Alte wechselte nur seine Brille, die Lesebrille gegen die Arbeitsbrille, stand schon in der dunklen Küche und forderte den Jungen auf, ihn zu führen. Der alte Mann blickte weder auf die gekalkte Hütte, die er unverschlossen zurückließ, noch auf den schneebedeckten Hügel, unter dem das rostige Erbe der Heilmanns lag, sondern ging dem Jungen voraus neben der Schlittenspur, und unter ihren Schritten krachte der gefrorene Schnee. Vor den Weiden, die mit einer Eisglasur überzogen waren, holte der Junge ihn ein einziges Mal ein und zeigte auf die dunkle, undurchdringbar erscheinende Flanke des Waldes, deutete nur stumm hinüber, wobei seine Geste und seine Haltung nichts als eine heftige Aufforderung ausdrückten: Wilhelm Heilmann lächelte säuerlich und schüttelte den Kopf. Vielleicht wußte er, daß er in unserer Ecke der Letzte war, den sie lediglich vergessen oder geschont, wahrscheinlich aber vergessen hatten, was ihn dazu bringen mußte, unversöhnt zu warten bis zu dem Augenblick, da die Reihe an ihn käme. Jetzt, da der Junge ihn holte, war er versöhnt, etwas war erloschen in ihm: seine Wißbegier, die Zweifel, denen er sich ausgeliefert fand, als sie nacheinander die andern holten – wobei sie oft genug durch Schalussen und an seiner Hütte und seinem Eisenhügel vorbeikamen –, ohne ihm selbst zu drohen oder ihm auch nur anzukündigen, was er insgeheim immer mehr erwartete. Zwei Jahre dauerte es, bis ihre genaue Grausamkeit sich seiner weniger entsann als ihn vielmehr hervorholte wie etwas, das man nur zurückgestellt, sich aufgespart hatte für eine andere Zeit. Wilhelm Heilmann hatte damit gerechnet und sich nicht ein einziges Mal die Schwäche der Hoffnung geleistet.

In seiner knielangen erdbraunen Joppe ging er dem Jungen voran, durch das Spalier der rauchfarbenen Hütten zur Schule, die er einst selbst besucht hatte; ging den mit Asche und winzigen Schlackenbrocken gestreuten Weg hinauf, entdeckte das Fahrrad, blieb neben ihm stehen, nickte lächelnd und schob die Hände tief in die Taschen. Bernhard Gummer stellte sich neben ihn, sein Gesicht veränderte und näherte sich dem alten Mann, die aufgeworfenen Lippen bewegten sich, flüsterten etwas dringend und unverständlich, dann wandte er sich um und verschwand in der Schule, ohne zurückzublicken.

Der Alte wartete, bis er das Geräusch der genagelten Stiefel auf dem Korridor hörte, stieß sich mit dem Rücken von der Wand ab und trat dem uniformierten Mann entgegen, der in einer Hand den Karabiner trug, sich mit der andern den Mantel zuknöpfte. »Fertig, Wilhelm?« »Fertig, Heinrich.« Es kam Wilhelm Heilmann nicht zu, mehr zu sagen, und es gab nichts für ihn, das ihm wichtig genug erschienen wäre, als daß er es hätte erfahren wollen: das Wissen, das er in sich trug wie eine Konterbande, übertraf alles, was er von Heinrich Bielek je hätte erfahren können, und so folgte er ihm einfach auf die Landstraße, wandte sich mit ihm um und winkte leicht zur Schule zurück, ging neben ihm durch unser Dorf mit der überzeugenden Selbstverständlichkeit eines Mannes, der den Weg und den Plan des andern kennt und teilt. Sie gingen an der Domäne vorbei, über die alte Holzbrücke, an deren Geländer noch die Schrammen der Erntewagen vom letzten Herbst zu erkennen waren. Auf freiem Feld traf sie ein eisiger Wind, schnitt in ihre Gesichter. Wilhelm Heilmann spürte, wie sein Augenlid zu zucken begann. Ein verschneiter Wegweiser zeigte Korczymmen an, vierzehn Kilometer, Grenzgebiet. Flach über den Schnee lief ihnen der Wind entgegen, trieb eine schmerzhafte Kühle in ihre

Lungen, und sie senkten ihre Gesichter und legten den Oberkörper nach vorn. »Es ist nicht der freundlichste Tag«, sagte Heinrich Bielek. »Drüben in den Wäldern wird es angenehmer«, sagte Wilhelm Heilmann. Ein Schlitten mit vermummten Leuten kam ihnen entgegen, sie traten zur Seite, Hände winkten ihnen zu, sie grüßten zurück, ohne zu erkennen, wem ihr Gruß galt. Das Gebimmel der Schlittenglocken verklang in einem Tal.

Als sie die Stelle erreichten, wo der Wald die Straße belagerte, hatte Heinrich Bielek ein Gefühl, als ob ein heißes Geschoß in seinen Magen eindrang; es traf ihn so überraschend, mit einer so vollkommenen Gewalt, daß er beide Hände erschrocken auf seinen Leib preßte, das Fahrrad fallenließ und auf den Knien in den Schnee sank. Seine Mütze fiel vom Kopf. Das Schweißband rutschte aus dem Kragen heraus. Der Riemen des Karabiners schnürte in seine Brust. Wilhelm Heilmann sah ausdruckslos auf ihn herab, und als ihn ein schneller, argwöhnischer Blick traf, hob er das Fahrrad auf und hielt es mit beiden Händen fest – wie eine Last, die er um keinen Preis loslassen wollte oder dürfte, nur um damit schweigend zu bekunden, daß es ihm weder jetzt noch später darauf ankam, eine Gelegenheit auszunutzen. Es war weder Niedergeschlagenheit noch Schwäche, was er in diesem Augenblick bekundete, sondern das Eingeständnis, auf jede Handlung zu verzichten, die das, was er in seinem Lauschen und in seinen Träumen so oft erwartet, erlebt und durchstanden hatte, ändern könnte. Er hielt das Fahrrad fest und wagte nicht, über sein zuckendes Augenlid zu streifen, stand nur und blickte auf den uniformierten Mann im Schnee, der sich jetzt angestrengt auf alle viere erhob, lange zögerte, als ob er nach der entscheidenden Kraft suchte, die ihn auf die Beine bringen sollte, dann die Hände nah zusammenführte, sich hochstemmte mit einem Ruck, und eine Sekunde bang und ungläubig dastand, ehe er sich mit einer knappen Aufforderung an Wilhelm Heilmann wandte. »Also weiter, Wilhelm«, sagte er.

Sie gingen in der Mitte einer frischen Schlittenspur durch unseren alten Wald, geschützt vor dem eisigen Wind, der hoch durch die Kiefern strich und überall Schneelasten von den Ästen riß, die stäubend zwischen den Stämmen niedergingen. In weitem Abstand neben dem Weg lagen Haufen geschnittener Stämme; die Schnittflächen leuchteten gelblich, zeigten ihnen an, wo die Spur verlief. Wilhelm Heilmann schob das Fahrrad, und der andere nahm den Karabiner ab und trug ihn in der Hand. Sie gingen nebeneinander, bemüht, auf gleicher Höhe zu bleiben, auch wenn der Weg es erschwerte, auch wenn er sie dazu zwang, schräg aus den Augenwinkeln auf den andern zu achten, nicht so sehr aus Furcht oder aus Mißtrauen, sondern aus dem Verlangen, gemeinsam vorwärtszukommen, sich ziehen zu lassen vom Schritt des andern. Ein fernes Donnern wie von einem Wintergewitter rollte über sie hin; Heinrich Bielek hob den Kopf, lauschte, ohne stehenzubleiben, und sagte leise: »Schwere Artillerie«, worauf Wilhelm Heilmann ausdruckslos hochblickte – mit der gleichen Ausdruckslosigkeit, mit der er den alten Eisenkrempel auf seinen Hügel geschleudert hatte.

Der Wald wurde freier, sie gingen an den gefrorenen Sümpfen vorbei und den Berg hinauf und wieder in den Wald, der sie mit derselben Bereitwilligkeit aufnahm, wie er sich hinter ihnen schloß, und als sie den verrotteten hölzernen Aussichtsturm erreichten, fiel Schnee. Die Straße teilte sich, ein zweiter Wegweiser zeigte Korczymmen an, elf Kilometer. Sie folgten dem Wegweiser wortlos, als hätten sie sich längst auf ein Ziel geeinigt.

Wilhelm Heilmann dachte an den Mann, der ihn führte oder vielmehr überführte, entsann sich dessen einäugigen Vaters, der Kate, in der die Bieleks wohnten, fleißige und geschickte Besenbinder, deren sichtbarster Reichtum dreckige Kinder waren, die im Frühjahr durch die Birkenwälder schwärmten, um elastische Reiser zu schneiden. Er dachte an den Knaben Heinrich Bielek, der auf den Bäumen gesessen hatte, um Lindenblüten für den Tee zu pflücken, der bis spät in den Oktober barfuß gegangen und bei einer Hochzeit unter die Kutsche gekommen war, in der die Braut gesessen hatte. Er entsann sich sogar jener Begabung Heinrichs, die sie damals immer wieder verblüfft hatte, die Begabung nämlich, ein Schnitzmesser mit der Spitze auf seinen Schenkel fallenzulassen, und zwar so, daß er sich nicht die geringste Wunde beibrachte. Wilhelm Heilmann wurde auf einmal gewahr, daß er zu schnell ging oder daß der Mann neben ihm langsamer wurde. Er blieb nicht stehen, versuchte nur, sich auf den Schritt des andern einzustellen, was ihm jedoch nicht gelang, so daß er schließlich, als er wieder einen Vorsprung hatte, doch stehenblieb, sich umwandte und Heinrich Bielek nicht mehr hinter sich in der Schlittenspur fand, sondern ihn durch den hohen Schnee seitwärts in den Wald stapfen sah, den Kolben des Karabiners als Stütze benutzend. Sofort hob er das Fahrrad an, kehrte zurück, noch bevor ihn der Befehl erreichte, zurückzukehren, und folgte den Fußstapfen, die zu einer Hütte aus Fichtenstämmen führten, wie sie sich unsere Waldarbeiter für den Sommer bauen. Die Tür war nur mit Draht gesichert, sie bogen ihn auseinander und traten in die Hütte, in der auf dem nackten Fußboden vier Strohsäcke lagen. Kein Fenster, kein Ofen, nur ein Bord, auf dem angelaufene Aluminiumbecher standen; in den Pfosten neben der Tür waren Kerben geschnitten, in einer Ecke lag Schnee.

Heinrich Bielek ließ sich auf den ersten Strohsack hinab, streckte sich stöhnend aus und deutete stumm auf den Strohsack neben ihm, auf den sich, nachdem er das Fahrrad in die Hütte gestellt hatte, Wilhelm Heilmann setzte, dann seine Brille abnahm und sie sorgfältig am Ärmel der Joppe putzte. Danach stand er auf und ging zur Tür, um sie zu schließen: ein schwacher Befehl rief ihn zurück, und er sah, wie Heinrich Bielek vom Strohsack aus den Lauf des Karabiners auf ihn gerichtet hielt, den Lauf mühsam schwenkte und mitdrehte, während er langsam durch den Raum zu seinem Strohsack zurückkehrte. Die Tür blieb offen. Plötzliche kleine Böen schleuderten Schnee herein. Kalte Zugluft strömte über sie hin.

Der Schmerz hielt Heinrich Bielek fest wie in einem Griff, preßte ihn an den Strohsack, und er schlug mit den Beinen und warf den Kopf hin und her, ohne jedoch den Mann zu vergessen, der neben ihm saß und ruhig auf ihn herabblickte. Er vergaß ihn so wenig, daß er sich jetzt herumwarf und ihn fortwährend aus aufgerissenen Augen anstarrte, erschrocken, abwehrend, denn er erschien ihm durch den Schmerz hindurch riesenhaft vergrößert und in all seiner körperlichen Überlegenheit so sehr auf Flucht aus zu sein, daß er ihn bereits fliehen sah: die erdbraune Joppe hierhin und dorthin zwischen den Stämmen, hinter den Tannen, unerreichbar selbst für die Kugel, und Heinrich Bielek dachte: »Nicht, Wilhelm, tu das nicht.«

Dann spürte er, wie sein Koppelschloß ausgehakt, sein Mantel geöffnet wurde, das heißt, er spürte weit mehr die jähe Erleichterung als die einzelnen Vorgänge, die dazu führten. Er ließ den Karabiner los, legte die Hände flach auf seinen Leib und fühlte nach einer Weile, wie der Krampf ihn freigab und der Griff sich lockerte, so fühlbar nachgab, daß er sich hinsetzte, den Rücken gegen die behauenen Stämme der Wand gelehnt. In einem Augenblick, da Wilhelm Heilmann die Hände vor das Gesicht zog, nahm er den Karabiner wieder an sich, legte ihn quer über seine Schenkel.

Sie saßen sich schweigend gegenüber, und beide hatten, nicht länger als einen Atemzug, den Eindruck einer Sinnestäuschung:

keiner suchte den Blick des andern, keiner sagte ein Wort; vielmehr schienen sie einander wahrzunehmen durch ihre lauschenden, reglosen Körper, schienen auch im Einverständnis dieser Körper zu handeln, und als sich der eine erhob, erhob sich der andere fast gleichzeitig, stand in der gleichen Unschlüssigkeit da, setzte sich mit dem gleichen Zögern in Bewegung. Gemeinsam traten sie aus der Hütte, später, als es aufgehört hatte zu schneien, traten hinaus ohne Angst und ohne Hoffnung. Wilhelm Heilmann führte das Fahrrad, er dachte nicht an die verlorene Chance, zwang seine Erinnerung nicht zurück zu jenen Minuten, in denen er unbemerkt und risikolos die Hütte hätte verlassen oder tun können, was die absolute Wehrlosigkeit des andern nahelegte. Er ließ Heinrich Bielek vorangehen. Sie gingen weiter durch die Wälder, den Weg nach Korczymmen.

Vor dem Grenzdorf, das Wilhelm Heilmann kannte, aber seit Jahren nicht betreten hatte, bogen sie vom Hauptweg ab und folgten einer ausgetretenen Spur im Schnee, bis sie die klumpigen, gefrorenen Wälle des Grabens erreichten, der mitten durch den Wald lief. Sie hörten das Geräusch von Spitzhacken und Schaufeln und das Krachen von Erdklumpen, die gegen die Stämme geschleudert wurden.

Sie sahen Frauen in Kopftüchern und alte Männer auf dem Grund des Grabens arbeiten und sahen Kinder, die Steine, Wurzeln und harte Brocken von Erde an den Wänden hochstemmten. Wilhelm Heilmann nickte ihnen im Vorübergehen zu. Weit vor ihnen schoß ein Maschinengewehr, und danach hörten sie einzelne Revolverschüsse. Hinter den Wällen standen Posten. Auf einen Wink lehnte Wilhelm Heilmann das Fahrrad gegen einen Baum und ging sofort weiter in die Richtung, aus der sie die Schüsse gehört hatten. Ein junger, breitgesichtiger Mann kam ihnen entgegen, sein Gewehr schräg vor der Brust. Er trat zwischen sie. Er befahl Heinrich Bielek zurückzugehen. Als er sich umdrehte, bemerkte er, daß der Mann in der erdbraunen Joppe, den er weiterzuführen hatte, ihm bereits mehrere Schritte stillschweigend vorausgegangen war.

– Kannst du dir vorstellen, Christina, daß Bard hier an einem Sonntagmorgen vor neun Jahren aus dem Bus stieg, fremd und ohne Gepäck, nicht einmal eine Rückfahrkarte in der Tasche? Aber so war es: er kam an und war da, ein Mann, dem niemand ansehen konnte, daß sein Lieblingswort »ich« war: unrasiert, in schäbigem Anzug und mit seinem kleinen infamen Lächeln, das seine Wünsche offenbarte, bevor er sie aussprach. Ich sah ihn, ehe ich seinen Namen kannte; er stand allein auf dem Halteplatz, nachdem der Bus weitergefahren war, nicht ratlos oder unglücklich, sondern eher staunend, mit einer gewissen herablassenden Neugierde, wie so ein Mann aus der Metropole eine Provinzstadt am Sonntagmorgen ansieht. Tatsächlich, Christina, ich habe Bard vor allen andern gesehen, im Augenblick seiner fast unbemerkten Ankunft, und ich beobachtete, wie er ein Kind zu sich heranwinkte, ein kleines Mädchen, dem er den Arm um die Schulter legte und von dem er sich zum Hotel begleiten ließ.

Dann sah ich ihn eine Woche lang nicht; ich hatte ihn längst vergessen oder glaubte ihn bereits aus der Stadt, als es an unsere Tür klopfte. Es war der nächste Sonntag. Ich ging selbst an die Tür, um zu öffnen, und da stand mein Mann mit seinem kleinen, infamen Lächeln, grüßte und sah mich sehr lange an mit unerträglichem Schweigen, und wahrscheinlich gab ich ihm Grund dazu, indem ich nicht verbergen konnte, daß er mir bekannt war. Auch jetzt lag auf seinem Gesicht der Ausdruck einer vorsichtigen Herablassung, ich spürte eine seltsame Unterlegenheit, ich hatte Angst. Er trug immer noch denselben Anzug, ein ungebügeltes Hemd ohne Krawatte, doch das bemerkte ich kaum oder nur insofern, als seine Kleidung im Gegensatz stand zu der herausfordernden Sicherheit seines Verhaltens. Ich sehe noch dies Gesicht vor mir – blaß, weich und ebenmäßig –, und höre noch seine Stimme, die geläufige Höflichkeit, mit der er sich nach Vaters Befinden erkundigte.

– Du wirst es mir nicht glauben, Christina, aber ich spürte damals einen Schauer, einen Schauer von Gewißheit, den vielleicht nur mein Körper empfand: noch bevor es geschah, kannte ich die Art seiner Umarmungen und die Zärtlichkeit, zu der er fähig war. Er wollte Vater sprechen; ich sagte, daß Vater in seinem Arbeitszimmer sei, darauf wiederholte er seinen Namen und sah mich an, und ich ging und benachrichtigte Vater, daß Besuch für ihn da sei. Vater rechnete mit keinem Besuch, er bat mich, den Mann für den nächsten Tag ins Büro zu bestellen und schickte mich zur Tür, wo Bard sich alles ohne Enttäuschung anhörte, mit der vollkommenen Höflichkeit, die er nun mal beherrscht, und dann sah er mich wieder freimütig an und fragte mich schließlich, ob ich vielleicht vergessen hätte, Vater den Namen des Besuchers zu nennen. So ging ich noch einmal ins Arbeitszimmer, nannte Vater den Namen, und diesmal kam er selbst an die Tür. Ich sah Vater weder zögern noch erschrecken, er kam ungeduldig an die Tür, wie um etwas rasch zu regeln, das ihm lästig war, und ich benutzte diesen Moment, um Bard klarzumachen, wie wenig willkommen er mir selbst war. Ich war kaum in meinem Zimmer, da hörte ich, wie Vater Bard hereinbat und wie beide in das Arbeitszimmer gingen, in dem Vater sonst niemanden empfing außer Doktor Lund, und ich konnte mir nicht vorstellen, welch ein Vertrauen es war, das sie verband: Bard war doch nur halb so alt wie Vater und vier Jahre älter als ich.

Sie blieben da unten im Arbeitszimmer den ganzen Vormittag, lautlos und unbemerkt, obwohl seine Anwesenheit im Haus spürbar war, unsere Stimmen veränderte, unsere Schritte beeinflußte; sie saßen bei verschlossenem Fenster und herabgelassenen Jalousien, und ich hatte manchmal das Gefühl, daß dort ein Kampf stattfand, eine geheimnisvolle Auseinandersetzung, bei der es um mehr ging als Geld; denn wenn es nur um Geld gegangen wäre, hätte Vater ihn in sein Büro in der Sparkasse bestellt und nicht zwei Stunden seines Sonntagvormittags geopfert, eine Zeit, die er sonst unerbittlich für sich beanspruchte. Sobald eine Tür im Haus geöffnet wurde, stürzte ich ans Fenster in der Hoffnung, ihn weggehen zu sehen, doch ich täuschte mich jedesmal: er blieb, und je länger er da war, desto größer wurde mein Argwohn, daß er bei dem, was zwischen Vater und ihm vorging, gewann oder doch alles zu seinen Gunsten entschied, mit seiner geläufigen, unergründlichen Höflichkeit und dem kleinen, infamen Lächeln. Damals kannte ich ihn ja nicht mehr, als du ihn heute kennst, Christina, aber es genügte anscheinend, um bereits auf etwas gefaßt zu sein: seine Gegenwart rief eine besondere Unruhe hervor, nicht eine bestimmte Furcht, weißt du, sondern nur Unruhe, und die bestand darin, daß du dir selbst unwillkürlich Rechenschaft gabst über das, was du in der vergangenen Woche getan hattest.

– Es ist verrückt, aber immer, wenn Bard mich so freimütig anschaute, begann ich damit, mich zu rechtfertigen, und es erging nicht nur mir allein so. Schon an jenem Sonntag erhielt ich einen Vorgeschmack davon: ich dachte nur an Vater und daran, was ihn und Bard hätte verbinden können, und unwillkürlich tastete ich mich durch Vaters Biographie auf der Suche nach einem Erlebnis oder nach einer Begegnung, erinnerte mich an Namen, die er genannt hatte – ich fand keinen Anhaltspunkt. Nie war der Name Bards aufgetaucht, und gerade das machte uns besorgt, ließ uns zu gleicher Zeit eine unbestimmte Bedrohung empfinden, Mutter nicht weniger als mich: während er dort unten lautlos mit Vater verhandelte, glaubte ich, daß er mit jeder Minute mehr gewönne, und darum entschloß ich mich, ging hinab, klopfte an die Tür des Arbeitszimmers. Ich mußte mehrmals klopfen, bis Vater öffnete; dann stand er vor mir in einer Haltung von unabänderlicher Resignation, müde, mitgenommen, mit einem Blick, der sofort preisgab, was ich in ihm suchte: die Niederlage. Vater hatte verloren, das sah ich, ohne zu wissen, worum es gegangen war, und ich fand die Bestätigung, als ich Bards Gesicht im Hintergrund erkannte, das ebenmäßige Treibhausgesicht, das gezeichnet war von den Lichtgittern, die die Jalousien warfen. Und ich erhielt die letzte Bestätigung, als Vater tonlos sagte, daß sein Besucher zum Mittagessen bleibe, worauf sich Bard ironisch-gehorsam verneigte.

– Er blieb, Christina, mit einer Selbstverständlichkeit, als seien wir ihm diese Einladung schuldig gewesen, und ich erinnere mich, daß er uns während des Essens von einem seiner Freunde in der Hauptstadt erzählte, einem gutmütigen Walroß, wie er sagte, das von Beruf »Trauernder« war. Der Vater dieses berufsmäßig »Trauernden« soll Staatsanwalt gewesen sein und Erbe einer kompletten Walfangflotte. Während Bard von diesem Freund erzählte, beobachtete ich nur Vater, und ich sah, daß er grinste und sich amüsierte – oder vorgab, sich zu amüsieren –, so beflissen, weißt du, qualvoll bemüht; denn er konnte nie etwas anderes sein als er selbst, ein gravitätischer Sparkassen- und Bankdirektor, der nie lachte, auf keinen Witz einging und dafür eine Überzeugung hatte: in seinen Augen rechtfertigte das Leben kein Gelächter, und damit vertrat er selbst fast ein Prinzip des »Trauernden«, über den er jetzt grinste.

– Natürlich hätte ich ihn fragen können, woher er Bard kannte, doch ich fürchtete, ihn zu einer Lüge zu zwingen oder in Verlegenheit zu versetzen, darum sagte ich nichts, obwohl mir diese plötzliche kindische Heiterkeit auf die Nerven ging. Andererseits tat mir Vater leid, es wäre dir genauso gegangen, Christina; er hatte die Heiterkeit eines Geschlagenen, der über die Späße seines Bezwingers lacht oder lachen zu müssen glaubt, um ihn bei guter Laune zu halten.

– Und in dem Maße, in dem Vater mir leid tat, begann ich Bard zu hassen, ihn, dem es gelungen war, uns alle zu verändern, indem er uns zu gewissen Fragen veranlaßte, die uns untergruben. Ich taxierte ihn unaufhörlich, dachte mir Berufe aus, die er gehabt haben könnte, versuchte mir vorzustellen, wodurch es ihm gelungen war, Vater in die Hand zu bekommen – er hatte ihn offensichtlich in der Hand –, während Mutter allmählich, nachdem sie ihn lange genug verstohlen gemustert hatte, Gefallen an seiner Höflichkeit und seinen Erzählungen fand und ihm auffordernd zunickte, mehr Fleisch zu nehmen. Das war Mutters entscheidende Sympathieerklärung: wenn sie einen Gast beim Essen aufforderte, mehr Fleisch zu nehmen. Na ja, was ihr an Intelligenz fehlte, hat sie durch Liebe ersetzt. Obwohl er spürte, wie wenig er mir willkommen war – ich versuchte so gleichgültig gegen ihn zu sein wie nur möglich –, ließ er sich nichts anmerken. Seine Sicherheit nahm keinen Schaden.

– Auf einmal schien dann Vater das Gefühl zu haben, uns eine Erklärung schuldig zu sein; er blickte zu Boden, sein Mund zuckte, und mit leiser Stimme sagte er, daß er sich freue, nach einigen Jahren Bard wiederbegegnet zu sein, den er auf einer Reise in die Hauptstadt kennengelernt habe, »gemeinsame Ansichten über verschiedene Probleme verbinden uns«, sagte er. Bard sei hierhergekommen, weil er Hilfe brauche; da er, Vater, Bards Fähigkeiten kenne, falle es ihm leicht, die gewünschte Hilfe zu gewähren: »Ich habe Bard zu meinem Mitarbeiter gemacht, er fängt morgen in der Bank an.« Danach hob er das Gesicht, sah Bard an mit einem vergewissernden Blick, und Bard zuckte lächelnd die Achseln: hier bin ich, so sieht's aus, nun probiert's doch, euch mit mir abzufinden. In unserem Schweigen stand Vater auf. Draußen war es windstill. Eine wärmelose Sonne stand über dem Fjord. Vater öffnete die Fenster, blieb reglos stehen und atmete tief: so, Christina, lernte ich meinen Mann kennen.

– Du wirst dich wundern, doch am Anfang war ich es, die einiges für Bard unternahm, und nicht nur einiges, sondern alles. Ich tat es, obwohl ich erfuhr, was mit ihm geschehen war, bevor er zu uns kam und uns alle veränderte. Vielleicht geschah es nur, weil ich ihn zunächst so haßte: sein Lächeln, seine herablassende Höflichkeit, vor allem aber seine Art, in der er mit Vater umging. Bard hatte ihn vollkommen in der Hand, er beherrschte ihn, wie er wollte; dennoch verbarg er seine Überlegenheit und tat unaufhörlich so, als ob er von Vater abhinge. Natürlich tat Vater mir leid, besonders dann, wenn er mir morgens begegnete mit der Müdigkeit durchwachter Nächte, wenn er nickte, ohne aufzusehen und wortlos das Haus verließ; doch am nächsten Abend verachtete ich ihn, als ich sah, mit welch widerwärtigem Eifer er sich um Bards Wohlbefinden sorgte und wie er, der auch Bards Vater hätte sein können, sich um gewisse Vertraulichkeit bemühte. Wir waren deshalb nicht erstaunt, als er uns an einem Morgen sagte, daß er Bard vorgeschlagen habe, aus dem Hotel auszuziehen und bei uns zu wohnen. Wir waren nicht überrascht.

– Mutter ging stillschweigend in das Zimmer hinauf, um den Einzug vorzubereiten, ich ging fort. Ich hatte nur noch den Wunsch, herauszubekommen, was sie verband, welch ein Geheimnis es war, das sie teilten – auf so unterschiedliche Weise, daß der eine seine erschreckende Überlegenheit daraus empfing, der andere seine Niederlage.

– Bard arbeitete nun in der Bank, aß bei uns, wohnte bei uns, und zu all dem hatte er nicht mehr als vierzehn Tage gebraucht: was ihm noch zu fehlen schien, war ich. Und ich wollte besonders geschickt sein, Christina, glaubte mit aller Klugheit und Vorsicht handeln zu müssen. Ich fuhr dorthin, woher er gekommen war.

– Du wirst dir denken können, daß ich kein sehr gutes Gefühl dabei hatte, als ich losfuhr, um in seiner Vergangenheit zu graben, aber ich mußte erfahren, was es zwischen Vater und ihm gab und woher Bards Einfluß stammte, ich mußte ihm auf die Spur kommen. Dieser verdammte Wunsch führte mich schließlich zu Bard selbst; denn dort, woher er gekommen war, erfuhr ich nichts, obwohl ich verschiedene seiner Freunde ausfindig machte, auch Walroß, den feisten, berufsmäßig Trauernden. Sie alle schwiegen mit bedeutungsvollem Grinsen, sobald ich sie nach Bard fragte, und das Walroß, das mich in einem kalten Zimmer im Bett empfing, drehte das Gesicht zur Wand und sagte: »Hör auf damit, komm lieber rein und wärm mich!« Ich kam ohne Ergebnis zurück, nur mit der Erinnerung an das bedeutungsvolle Grinsen; zuletzt war ich auf ihn selbst angewiesen. Bard vermied es nicht, mir zu begegnen, aber es schien ihm auch nichts daran zu liegen: eine gleichgültige, etwas herablassende Höflichkeit war alles, was er mir entgegenbrachte. Es hatte den Anschein, als ob er von mir weder etwas erwartete noch befürchtete.

– Manchmal, wenn ich schon im Bett lag, hörte ich ihn aus Vaters Arbeitszimmer heraufkommen, wo beide getrunken hatten, und ich überlegte, ob ich ihn stellen sollte. Ich stand auch bereits hinter der Tür, hörte den sorglosen Schritt näherkommen, ließ ihn vorbei. Wenn er nur einmal vor meiner Tür gezögert hätte, wäre ich draußen gewesen, doch er tat es nie: achtlos ging er vorbei zu seinem Zimmer, und dann hörte ich nichts mehr, kein Tappen, kein Seufzen, keines der Geräusche, die man verursacht, wenn man schlafen geht. Sobald Bard sein Zimmer betrat, schien er zu erstarren oder sich aufzulösen, so daß ich mitunter glaubte, er suche etwas hinter dieser selbstauferlegten Lautlosigkeit zu verbergen, und immer, wenn es still wurde, wenn er da, aber nicht zu sehen war, wuchs das Gefühl für die Bedrohung, die wie ein unbeweglicher Schatten auf dem ganzen Haus lag.

– Heute weiß ich, daß Bard damals nichts anderes tat als arbeiten, hartnäckig, umsichtig, mit der Gewissenhaftigkeit, die sein Vorhaben erforderte: lautlos dunkelte er das Fenster ab, setzte sich an den Tisch, zog die Ordner und Papiere heraus, die er sich in einem geliehenen Koffer täglich von der Bank mitbrachte, und begann zu lernen. Er verließ sich nie auf sein Glück. Er mißtraute allen Geschenken des Zufalls. Was er gewann oder eroberte, war immer ein Ergebnis seiner methodischen Anstrengung; selbst der Aufmerksamkeit, mit der er Mutter behandelte, lag ein Plan zugrunde.

– Ich weiß nicht, Christina, warum ich so lange brauchte, um ihn zu stellen – wahrscheinlich aber, weil ich mich insgeheim vor dem fürchtete, was er zu erzählen hätte. Und als es dann geschah ... es war an einem Sankt-Hans-Tag, und unten am Fjord bis zur Küste hin brannten die Feuer. Ich weiß noch, daß ich mit Vater hinabging zu den Klippen; sie waren warm, und ich zog die Schuhe aus. Wir saßen alle in einem Kreis um das Feuer, aßen Bratwurst und tranken Bier. Zuerst hatte das Feuer noch seinen eigenen Wind, der den Rauch plötzlich flach gegen uns warf, wir mußten immer wieder die Plätze wechseln. Damals warst du nicht dabei, Christina. Als das Feuer dann niederbrannte, rückten wir näher heran, faßten uns bei den Händen und sangen; auch Vater sang, und er küßte mich und forderte mich auf, mich zu freuen.

– Ich hatte den Eindruck, daß er selbst sich freute, zum ersten Mal, seitdem Bard bei uns war: sein großes schwitzendes Gesicht schwankte hin und her im Schein des Feuers, er zog die Jacke aus, schleppte Bier heran und Wurststücke auf Spießen, drückte meine Hand. Und als wir über das Feuer sprangen und tanzten, war er einer der ersten; er erhielt Beifall, wenn er seine Körpermasse über das Feuer brachte, und er genoß diesen Beifall.

– Er war es, der Bard zu mir brachte. Auf einmal zog er ihn heran, half mir, aufzustehen, und ließ uns allein mit einem Blick: also tut etwas, macht etwas wie die andern. Wir tanzten barfuß auf den Klippen am Feuer, nur einmal, keiner von uns sagte ein Wort. Ich ging zu meinem Platz zurück. Bard verschwand auf der andern Seite des Feuers, ich verlor ihn aus den Augen, bis er auf Birgit stieß oder sie auf ihn: von da an tanzten sie jeden Tanz. Vielleicht erinnerst du dich noch, daß Birgit einmal meine beste Freundin war, sie mit ihrer Trägheit und Wärme und mit all dem weichen Fleisch; es ging so weit, daß wir die gleiche Frisur trugen, die gleichen Kleider, und wir verglichen unsere Busen.

– Sie tanzten zusammen, Bard und sie, gingen ans Wasser hinab und erfrischten sich, ich beobachtete sie genau, und je länger es dauerte, desto heftiger wurde der Wunsch, ihn zu stellen, ihn aufzubrechen, um an das zu gelangen, was ihn mit Vater verband. Plötzlich war die Sicherheit da, das Zutrauen, das mir solange gefehlt hatte; ich stand einfach auf, suchte seinen Blick und sagte ihm, daß ich ihn sprechen möchte. Er kam sofort mit. Wir entfernten uns vom Feuer, gingen schweigend auf den Klippen entlang bis zu dem glatten Grund, wo die Trockengestelle stehen, er immer hinter mit, lächelnd, seine Schuhe und Strümpfe in den Händen.

– Es fiel nicht auf, denn du weißt, wie man fortgeht an Sankt-Hans, solange wie's dauert, und wiederkommt, und du kennst die Art, in der man den Zurückkehrenden am Feuer prüfend betrachtet, gerade als müßte man ihm etwas ansehen können, na ja. Unter den Trockengestellen drehte ich mich um und wollte etwas sagen und wußte nicht wie; denn sein Gesicht verriet, daß er meine Fragen kannte und Antworten darauf bereit trug, nicht erst seit jenem Abend. Mag sein, daß er meine Frage durch mein Schweigen aufnahm, jedenfalls sagte er, bevor ich den Mund aufgemacht hatte, daß ich besser daran getan hätte, zu ihm zu kommen, als mich bei seinen Freunden zu erkundigen – wenn ich schon darauf aus sei, alles über ihn zu erfahren.

– Das sagte er ohne Vorwurf, Christina, auch ohne Spott. Also mußte er erfahren haben, daß ich unterwegs gewesen war, um in seiner Vergangenheit zu stöbern; desgleichen muß ihm auch meine Erfolglosigkeit bekannt gewesen sein. Kannst du dir denken, wie mir darauf zumute war und daß mir nichts einfiel; denn ehe ich damit gerechnet hatte, war es ihm gelungen, mich bloßzustellen.

– Wie hätte ich mich schließlich ihm gegenüber rechtfertigen sollen für meine Reise in seine Vergangenheit, da ich doch nichts in der Hand hatte, nichts anderes hätte sagen können als: ich hatte das Gefühl, mir war so oder es hatte den Anschein. Ist das schon genug? Auf einmal hatte ich keine andere Möglichkeit mehr, als ihm zuzuhören, seine vorgefaßten Antworten hinzunehmen, die ich von seinen Freunden nicht hatte bekommen können.

– In unserem Rücken das Feuer, die helle Nacht, das ruhende Wasser, und Bard erzählte mir, nur durch mein Schweigen aufgefordert, von seinem Unglücksfall, der sein Leben verändert hatte; das heißt: er nannte es einen Unglücksfall, womit er einen Teil seiner Verantwortung zurückwies. Wahrscheinlich habe ich dir die Geschichte schon einmal erzählt: der vorgetäuschte Banküberfall in der Hauptstadt, bei dem er als Junge mitmachte. Er ließ die Leute herein, sollte niedergeschlagen und gefesselt werden, und da der Niederschlag ihm selbst nicht überzeugend genug erschien, brachte er sich eine Kopfwunde bei, die ihn zwang, mehrere Wochen im Krankenhaus zu liegen. Das nannte er seinen »Unglücksfall«, wobei er sich einerseits als Verführten bezeichnete, andererseits, in geschickter Selbstanklage, als halb Gestrauchelten, was in mir überraschend eine Art von Teilnahme hervorrief, die ich einfach nicht erklären konnte. Das ist wirklich etwas, was Bard beherrscht: die Kunst der Selbstanklage, nicht aufdringlich, nicht zu versteckt, sondern sanft und ausgewogen, auf beinahe ansteckende Art, so daß du versucht bist, dich sogleich selbst vor die Brust zu schlagen und zu bekennen. Wirklich, Christina, das habe ich bei Bard gelernt: wenn wir das Vertrauen eines Menschen prompt gewinnen wollen und sich keine andere Chance bietet, dann ist eine gemäßigte Selbstanklage das beste Mittel.

– Und als Bard mir so von seinem »Unglücksfall« erzählte, glaubte ich auf einmal sogar ein Gefühl der Dankbarkeit haben zu müssen. Verstehst du das? Ich sprach ihn für mich nicht nur frei, sondern fühlte mich ihm verpflichtet, und das führte dazu, daß ich nicht mehr so viel fragte wie am Anfang. Seit diesem Tag erschien mir Vater auch anders als zuvor, meine Sehweise hatte sich geändert: jetzt sah ich ihn nur noch heiter und schweißglänzend vor dem Hintergrund des Feuers, sah seine fröhliche Geschäftigkeit, hörte seine Aufforderungen, mich zu freuen. Dies Bild prägte sich nun ein, und der plumpe, gravitätische Körper, der sich zum Anlauf duckte und dann knapp über die Flammen sprang mitten in den Beifall hinein. Ja, Christina, so sehen die Schlußfolgerungen aus, die das Herz zieht: das Gedächtnis erklärt sich bereit, Opfer zu bringen.

– Immerhin konnte ich ihm beweisen, daß ich nicht stumm war; ich erinnerte ihn an den Aufbruch, und als wir zum Feuer zurückkamen, musterten sie uns freimütig mit eindeutigen Blikken, mir war, als ob ich nackt, wehrlos und nackt in den Kreis eintrat. Ich fühlte mich gut, wenn dir das was sagt. Ich machte keinen Versuch, ihre Vermutungen zurückzuweisen, obwohl noch einige Wochen vergingen, ehe sie recht erhielten.

– Es ist lächerlich, Christina, doch als ich zum ersten Mal in meinem Zimmer mit ihm schlief, war immer noch der Gedanke dieser absurden Verpflichtung im Spiel, jedenfalls eine ganz andere Art der Teilnahme, als sie sonst üblich ist.

– Das war die erträglichste Zeit: als wir noch nicht verheiratet waren und ich davon träumte, ihn zu ändern. Natürlich dachte ich weniger daran, mich ihm anzugleichen, als ihn selbst dazu zu bringen, gewisse Eigenschaften abzulegen. Ach, Christina, ich mußte erst lernen, welch eine Anmaßung darin steckt, einen Menschen ändern zu wollen. Einen anderen zu erziehen, das ist die beste Gelegenheit zur Selbsttäuschung: wir genießen die hervorgerufenen Veränderungen und übersehen völlig dabei, daß auch wir selbst uns ändern. Ich konnte damals Bard nie sehen, wie er wirklich war, sondern immer nur so, wie ich ihn haben wollte.

– Mir ging es genauso, wie es Mutter gegangen war: auch sie sah Vater nie, wie er wirklich war. Wenn er unentschlossen war, zweifelte, wenn er gravitätisch und seufzend das Haus verließ, lächelte sie mit all ihrer naiven Gläubigkeit und sagte: du schaffst es, du hast es doch immer geschafft. Sie konnte sich einfach keinen Konflikt vorstellen, dem er nicht gewachsen war, kein Problem, das er nicht meistern würde. Für sie war Vater der verläßliche, sieghafte, vertrauenswürdige Mann, der durch nichts unterwandert werden konnte, und weil sie sich ihn so wünschte, konnte sie an seinem wirklichen Leben nicht teilnehmen. »Du schaffst es, du hast es doch immer geschafft«: das war ihr ganzer Beitrag.

– Das kleine, infame Lächeln, der Spott seines Blicks und die methodische Aufmerksamkeit – was hätten sie schon bewirken und was mich lehren sollen? Wir waren jede Nacht zusammen, und ich wußte, daß Vater es wußte, also billigte.

– Es war nicht Bard, der zuerst vom Heiraten sprach, sondern ich, Christina, ich fing davon an und war enttäuscht, weil er nicht gleich zustimmte und runterging zu Vater. Heute weiß ich, daß auch sein Zögern und die anfängliche Abwehr zu seinem Plan gehörten: er machte sich einfach klein, Christina. Er hatte eine ganz bestimmte Art, sich klein zu machen – wie manche, die sehr hoch spielen –: er ging nicht so weit, sich als ungeeignet darzustellen, er gab mir nur geschickt zu verstehen, wie wenig mich erwartete, wenn wir verheiratet wären: ein beamtetes Leben, erhebliche Verzichte, na, und nicht zuletzt das Unberechenbare in ihm selbst. Das war die beste Bestätigung für mich, die ich hören konnte; denn du weißt ja, wie wir sind: wir wollen gern etwas in Kauf nehmen, wir brauchen eine Spanne der Überraschungen, einen Streifen Niemandsland zwischen Mann und Frau. Wir mißtrauen doch dem Vollkommenen, weil es mitunter etwas Unmenschliches hat.

– Jedenfalls, wir einigten uns, indem ich ihn überzeugte, und dann ging ich zu Vater, um es ihm beizubringen. Ich erinnere mich noch genau, ich ging in sein Büro in der Sparkasse, fand ihn dort sitzen unter dem riesigen, vergilbten Bild des Lloyd-Paketdampfers, auf dem Frauen mit seidenen Taschentüchern schweren Möwen zuwinken, Vater hing an dem Bild. Ich glaubte, ihm eine Freude zu machen, doch er sah mich auf einmal an mit ruhigem, beherrschtem Entsetzen, gerade so, als gäbe es keine Nachricht in der Welt, die für ihn Schlimmeres bedeuten könnte als meine Heirat mit Bard, allerdings lag in seinem Entsetzen auch bereits eine Kapitulation: er hatte das Unabänderliche erkannt und sich vorzeitig damit abgefunden.

– Es war peinlich. Du hättest ihn sehen sollen, wie er sich aufrichtete, steif und gewichtig, die Schreibtischplatte erfaßte, Daumen nach oben; sein unterlaufender Blick suchte etwas, er begann leise zu schnaufen, und dann sagte er nichts anderes als: »Du mußt es wissen. Viel Glück.« Danach kam er zögernd hinter dem Schreibtisch hervor, der ihm einen Rest von Schutz und

Sicherheit zu geben schien, legte mir seine Hände auf die Schultern und küßte mich mit einer verzweifelten Zärtlichkeit: du weißt nicht, warum. Mein Vater, Christina, der kein Fest ausließ, der überall gesucht war wegen seiner behäbigen Würde – er gehörte zu jeder Feier wie die Lorbeerbäume in den Kübeln –, schien sich vor dem Fest zu fürchten, das mir galt und doch auch ihm.

– Ich spürte wieder, daß Bard ihn in der Hand haben mußte, das alte Mißtrauen war wieder da, doch auch unser Mißtrauen nutzt sich allmählich ab, und so unterließ ich es auch diesmal, ihn nach seiner Verbindung mit Bard zu fragen. Es war die letzte Gelegenheit – ich versäumte sie. Vielleicht hätte er mir in seiner Verzweiflung anvertraut, wozu er sonst nicht den Mut gehabt hatte, ich weiß es nicht; ich weiß heute nur, daß seine Angst ihn davor zurückhielt, sich gegen etwas aufzulehnen, was er nicht nur mißbilligte, sondern sogar haßte. Frag mich nicht, wieviele Masken er trug; als er mich zur Tür brachte, nahm sein Lächeln schon wieder zu, und als er sich übers Geländer beugte und mir nachwinkte, mußte ich annehmen, daß seine erste Reaktion nur ein Irrtum gewesen war.

– Er hatte einfach zu viele Möglichkeiten, du wußtest nicht, woran du dich halten solltest bei ihm …

– Jedenfalls brachte er mich so weit, daß ich ihm mehr zutrauen mußte, als ihm angenehm sein konnte: schließlich ist dir ja bekannt, was auf meiner Hochzeit geschah, wofür er sorgte.

– Das war ein Tag, Christina, der nie aufhören wird für mich. Und ich ahnte es, fühlte es im voraus, daß sich da etwas vorbereitete: eine Stimmung entstand, ein Stau; der Tag begünstigte eine Entladung, es war der Tag, Christina, es war das bevorstehende Ereignis der Hochzeit, das so befreiend wirkte. Natürlich war alles vorhanden und angelegt in uns, jeder war seine Möglichkeit, nur der Stoß fehlte noch.

– Mein Hochzeitstag brachte den Augenblick. Ich merkte es schon am Morgen, als wir beim Frühstück saßen; Vater behandelte Bard, wie er ihn nie zuvor behandelt hatte oder zu behandeln gewagt hätte: eine erbitterte Ironie, eine aggressive Verachtung erfüllten ihn; er reizte Bard durch Anspielungen, die wir nicht verstanden, er gab ihm zu verstehen, daß er nicht beliebt war bei den Herren der Stadt, er zweifelte an seinen Fähigkeiten, für eine Familie zu sorgen – nie zuvor hatte Vater so mit Bard gesprochen. Und ich bewunderte Bard. Ich konnte ihm ansehen, wie ihm zumute war; ich wußte, daß er sich hätte wehren können, wenn er es gewollt hätte, doch er verzichtete darauf, er steckte nur ein und schwieg. Er ließ sich nicht verleiten, nicht herausfordern zu dem, worauf Vater es abgesehen hatte in seiner Verzweiflung. Ausgerechnet an diesem Tag, scheint mir, hatte Vater seine wahren Gefühle entdeckt und sich für die Ehrlichkeit entschieden; kannst fast den Eindruck haben, daß er in letzter Minute bemüht war, ein Konto an Aufrichtigkeit zu erwerben.

– Das war gewiß der Grund, warum er sich weigerte, Bard nach der Kirche die Hand zu geben und neben ihm zu sitzen später beim Essen. Sie saßen sich gegenüber, und wenn ihre harten, wissenden Blicke sich begegneten, schien es mir mitunter, als ob jeder sich selbst im andern begegnete. Und als er dann aufstand zu seinem Trinkspruch ... noch heute, Christina, zieht sich etwas in mir zusammen, wenn ich daran denke, wie Vater sich erhob mit herabgezogenen Lippen, steifnackig dastand und jeden einzelnen musterte, abschätzig und befragend, bevor er sein Glas hob und in die erwartungsvollen Gesichter hineinsprach mit seiner Kapitänsstimme, was ich immer hören werde: »Liebes Kind, liebe Freunde: wer glaubt, sich freuen zu können, der freue sich; wer anderer Meinung ist, ist auch willkommen. Eine Hochzeit ist ein Tag des Abschieds. Prost!«

– Ja, das war alles, was er sagte mit gravitätischer Unbestimmtheit, und er setzte sich und genoß die allgemeine Verblüffung. Was mich nur wunderte, war, mit wieviel Haltung Bard dies ertrug; ich hätte verstehen können, wenn er die Gesellschaft, das Haus, die Stadt verlassen hätte an diesem Tag ...

– Aber das Schlimmste stand uns noch bevor, und du weißt, was ich meine: deine Eltern waren doch auch dabei. Auch deine Eltern waren im Garten wie wir alle, es regnete einmal nicht, und zwischen den Bäumen stand ein kaltes Büfett, Lampions hingen vor der Hecke, der traurige Madsen, der gerade Ferien hatte, bediente das Grammophon, es hatte den Anschein, als sei durch den trockenen Abend eine genügsame Fröhlichkeit aufgekommen. Immerhin kamen einige Leute zu mir und sagten: »Freu dich, dieser Abend ist ein Erfolg.«

– Du brauchst mir nicht zu sagen, was von solchen Feststellungen zu halten ist, natürlich sind auf jeder Gesellschaft Leute, die ihren Schätzpreis erkunden wollen, aber nach allem, was geschehen war, mußte ich doch glücklich sein über die Wendung, die mein Tag genommen hatte. Es wurde getanzt, es wurde enorm gegessen und getrunken, liegt darin nicht ein Erfolg für die Gastgeber?

– Ich konnte mich nicht ständig um Bard kümmern, ich hatte eine Menge zu tun, doch immer, wenn ich ihn suchte, fand ich ihn allein im Schatten der Veranda, er lehnte dort rauchend und bewegungslos, niemand vermißte ihn, niemand zog ihn hinab zu einer der Cliquen, die kleine Glut der Zigarette im Dunkeln erinnerte mich fortwährend daran, daß er ausgeschlossen, nicht akzeptiert war – und das an dem Tag, der doch auch ihm gehörte.

– Anfangs war ich nur enttäuscht, aber dann hatte ich solch eine Wut, daß ich beschloß, Vater zu holen, damit er sich um Bard kümmerte: ich suchte ihn im Garten überall und im Haus, und je länger ich ihn suchte, desto wütender wurde ich, und schließlich hatte ich den Verdacht, daß er mein Fest verlassen hatte und in die Stadt gegangen war. Ich fragte alle – niemand wußte, wo er war, und zuletzt, als ich an Bards Zimmer vorbeikam, sah ich dies Stück Papier an der Tür kleben, las in Vaters penibler Handschrift die Worte: Herein, ich bin tot.

– Sicher, Christina, es klang wie ein makabrer Witz, doch die Tür war verschlossen, und als Bard sie gewaltsam öffnete ... Vater war tot. Bard schnitt ihn ab von seinem Gürtel, an dem er sich erhängt hatte, Bard wollte ihn auffangen, doch Vater stürzte auf ihn mit seinem ganzen Gewicht, drückte und zwang ihn nieder, als ob er ihn endlich im Tod überwältigt hätte mit seinen schweren, schlappen Armen ...

– Bald jährt sich sein Todestag, bald jährt sich auch der Tag unserer Hochzeit, den wir nie gefeiert haben. Acht Jahre, Christina, und vielleicht sollte ich wieder anfangen, mich für die Verbindung zu interessieren, die zwischen Vater und Bard bestand: was meinst du? In den letzten Jahren vergaß ich es offenbar.

– Übrigens läuft Bards Zug jetzt bald ein; ich glaube, ich muß mich fertigmachen und dann zur Bahn, um ihn abzuholen. Kommst du mit, Christina?

Der Spielverderber

Die Wunde ist nicht tief, nur ein langer Schnitt in der Schulter, der sich schließen wird, ohne daß ich ihn gesehen oder betastet hätte, ein sauberer Schlitz, der schon an den Rändern zu jucken beginnt, und das ist ein gutes Zeichen. Nicht so zaghaft, ziehen Sie den Verband fest an, noch strammer, ja, dann einen Knoten über der Brust und eine Schleife – so wie ich es selbst gemacht habe in den letzten Tagen, machen mußte, wenn der Junge nicht kam. Es ist nicht leicht, eine Wunde zu verbinden, die man nicht sehen kann, man müßte mit dem ganzen Körper sehen können in gewissen Augenblicken. Soll ich den Daumen draufhalten?... Da, jetzt gucken Sie wieder auf die kantige Fessel an meinem Handgelenk, verwirrt und unschlüssig wie vorhin, als Sie mich hier fanden: lassen Sie sich nicht beunruhigen. Sobald ich in der Lage dazu bin, werde ich versuchen, mein Handgelenk von diesem verhängnisvollen Schmuck zu befreien. Schütteln Sie nicht den Kopf, als ob es Ihnen nichts ausmachte: wir alle zögern, überprüfen uns selbst, wenn wir etwas für einen Menschen empfinden sollen, der von den Behörden öffentlich gekennzeichnet ist. Ich spüre die Unruhe, die die gebrochene Fessel in Ihnen hervorruft; ich verstehe Ihr Schweigen: es würde mir genauso gehen ... Jedenfalls danke ich Ihnen für die Hilfe, die Sie mir gebracht haben; Sie verstehen etwas davon, Sie haben Erfahrung, und Sie haben vor allem Mut, daß Sie als Mädchen zu uns herauskommen.

Sie sind die neue Fürsorgerin? Dann muß ich Ihr Erscheinen noch mehr bewundern; denn wahrscheinlich wissen Sie, was der alten zustieß, die von ihrer zähen Güte hier herausgeführt wurde, bis es eines Tages geschah. Keine Furcht? Nun, vielleicht kommt die Furcht mit den Erfahrungen, mit der Phantasie ...

Danke, ich bleibe hier liegen: der Junge hat mir das Lager gemacht, aus alten Zeitungen und dem Autositz, den er auf dem Müllabladeplatz gefunden hat; mehr brauche ich nicht. In gewisser Weise bin ich sogar gern hier; ganz recht: es ist ein ausgedienter Güterwagen, den man aufgebockt hat; dort drüben stehen noch mehrere unter den Erlen, Veteranen, die nicht umzubringen sind, in denen es sich gut wohnen läßt. Ich wenigstens fühle mich wohl in dieser kühlen, sargähnlichen Reinlichkeit, ich bin darin aufgewachsen, habe früh meine Entdeckungen gemacht. Schauen Sie nur hinaus: wirken die bewohnten Güterwagen nicht vertrauensvoller als die Buden und Lauben, zeitloser als die plumpen Wohnwagen, deren Räder bis zu den Naben eingesackt sind? ... Manchmal, wissen Sie, in der Dämmerzeit, wenn Nebel von der Elbe herüberziehen und den kleinen Erlenwald durchfluten, muß ich beim Anblick dieser Unterkünfte an eine Ansammlung ausgedienter Schiffe denken, die vom Meer ausgeschlossen sind. Wie eine Bucht der Verbannten erscheint mir diese Niederung, in der man reglos steht und stromabwärts lauscht auf die Verheißungen der freien See. Doch das ist sicher eine Täuschung ...

Durchaus, man kann Hamburg von hier noch sehen, zumindest nachts die Lichtglocke über der Stadt.

Es besteht nur eine Busverbindung. Die Geleise drüben auf dem Damm sind stillgelegt, außerdem – schauen Sie mehr nach links – sind sie blockiert durch ausrangierte Lokomotiven, die man hier abgestellt hat. Gleich hinter dem Erlenwald, die rauchenden Hügel da, das ist der Abladeplatz; und dort unten kommen Sie zur Elbe ...

Wer diesen Platz entdeckte? Ich weiß es nicht, ich vermute nur, daß es jemand war, der seine Schwächen kannte und mit ihnen allein sein wollte; wahrscheinlich kaufte er zum Vorzugspreis einen der alten Güterwagen, oder er baute sich eine der Buden aus Treibholz, Kistenbrettern und Wellblech; vielleicht kam er auch mit dem Wohnwagen hierher, hörte nichts, sah nichts und entschied sich zum Bleiben. Natürlich hatte er nicht bedacht, daß wir unaufhörlich darauf aus sind, uns denen anzuschließen, deren Schwächen wir teilen, und so war eines Tages ein zweiter da, ein dritter, sie kamen einzeln oder mit Familie, als ob sie einem Geruch gefolgt wären oder einem rätselhaften Verständigungston.

Unglücklich, meinen Sie? Im Gegenteil; ich glaube, wir alle hier stimmen darin überein, daß die Tage des Unglücks vorüber sind, weil niemand gezwungen wird, sich mit seinem Nächsten zu befassen. Für uns gibt es keinen Nächsten, und das ist die sicherste Voraussetzung zum Glück. Vielleicht sind es Verbannte, aber die Verbannung ist ihnen erwünscht, sie haben sich freiwillig dafür entschieden ... Als Fürsorgerin wissen Sie ja, welche famosen Leute wir sind; für Sie sind wir Asoziale, schwierige Mieter, schwierige Bürger, Einzelgänger, deren Stärke nicht die Arbeit ist, ohne Gemeinsinn und auf keinen Fall in der Lage, sich anzupassen. – Sicher, Sie haben es nicht gesagt, aber etwas Ähnliches haben Sie doch wohl gelernt.

Dieser Ton? Es ist das Warnsignal eines Schleppzugs, dort unten, hinter den Erlen zieht er stromabwärts, tiefgeladen und hoch versichert wie alles, was für Hamburg bestimmt ist. In dieser Stadt fürchtet man nichts so sehr wie das Risiko, und erstaunlich früh widmet sich der Hamburger seinen wichtigsten Beschäftigungen: er prüft die Wetterkarte und läßt sich versichern ... Aber Sie müssen achtgeben, Ihre Haarspange ist aufgegangen, Sie werden sie verlieren.

Ja, das ist richtig: wir nennen unseren Winkel Klein-Paris, aus Notwehr natürlich, mit einer Art ironischer Zärtlichkeit; vielleicht aber auch nur deswegen, weil niemand von uns Paris kennt. Mit demselben Recht könnten wir uns nämlich Klein-Moskau nennen oder Klein-Kapstadt, und das Mißverständnis wäre nicht geringer.

Natürlich sind nicht alle diese Prachtbauten bewohnt, einige stehen leer, verlassen und aufgegeben von ihren Eigentümern, die sich – mit Hilfe Ihrer Behörde übrigens – für ein sogenanntes ordentliches Leben entschieden haben. Solche Abgänge gibt es von Zeit zu Zeit.

Einverstanden, lassen wir das ... Sehen Sie, zwischen den Kronen der Erlen gleitet etwas vorbei, stromabwärts: der Schleppzug, der sich ankündigte; und dort am Wasser – beugen Sie sich etwas vor – kauert der Junge. Er hilft mir beim Anlegen des Verbandes, er bringt mir zu essen, nicht regelmäßig, sondern nur dann, wenn er sich meiner erinnert, zufällig, doch täglich.

Ich habe ihm die Fessel versprochen, sobald ich sie losgeworden bin. Ich liebe dies flache Land, torfbraun, und in der Elbe spiegeln sich hier nur ziehende Krähenschwärme und der matte Glanz der Erlen. Kein heiterer Strom, nein, keine Ufer, die uns zum Leichtsinn überreden – wie meinen Sie?

Eine Verkehrsader? Sicher, unter Kaufleuten ist man der Ansicht, daß bei der Erschaffung der Welt auch auf ihre Interessen Rücksicht genommen wurde ... Die Dämmerung kommt, es wird kühl; die Kühle steigt aus dem sumpfigen Land; bald werden in Klein-Paris die Lichter aufflammen, und die Buden dieser Niederung werden im Dunkel schwimmen wie ruhende Barken. Die Nähe des Meeres verwandelt alles unwillkürlich, ruft manche Sinnestäuschung hervor: das ist – für mich wenigstens – die Zeit der unentschiedenen Augenblicke, in denen die Grenze zwischen Land und See aufgehoben wird. So etwas wie eine erträumte Vereinigung erfolgt, die Niederung wird zum Meeresgrund, über den namenloses Plankton treibt.

Ich interessiere Sie? Warum? Wenn Sie wissen wollen, woher die Fessel an meinem Handgelenk stammt: ich bin zufällig bei einer Maßnahme der Polizei zu nah herangekommen. Das ist alles ... Aber ich kann mir wohl denken, warum ich Sie interessiere: Sie glauben, ich passe nicht hierher, Sie halten mich gewiß für eine Milieu-Attraktion, für einen Außenseiter unter den Außenseitern, der unverschuldet in diesem Winkel sitzt.

Das würde mich nicht wundern, das habe ich sogar vermutet. Doch ich muß Ihnen sagen, daß ich hier zu Hause bin, hier aufwuchs, im Schatten dieser Erlen, zwischen diesen phantasievollen Unterkünften, mit Gemeinschaftswasserleitung und Gemeinschaftsklosett. Hier kennt man mich, ohne sich mit mir zu beschäftigen: dies ist der einzige Ort, an dem man mich nicht für einen Fremden hält. Glauben Sie nicht, in mir den Mann gefunden zu haben, der das Musterbeispiel einer Bekehrung abgeben könnte! Wir alle hier – das weiß ich – fürchten nichts so sehr wie eine amtliche Erlösung. Versuchen Sie niemanden gegen seine Überzeugung zu bessern! Ich sage Ihnen das, weil ich Ihnen Erfahrungen ersparen möchte, die Ihre Vorgängerin eines Tages machen mußte ...

Sie müssen einmal versuchen, sich an die Stelle eines Menschen zu versetzen, den alle Welt bessern will, bekehren und überzeugen will. Jahraus, jahrein erinnert man ihn an seine Schwächen und droht unablässig, ihn davon zu heilen. Still! Hören Sie? ... Da ist es wieder, der Pfiff einer Ratte; in der Dämmerung kommen sie von dem Müllgebirge, streifen durch die Niederung auf der Suche nach Abwechslung, kräftige Landratten, die manchmal zu zweit operieren; zumindest sah ich, wie zwei von ihnen einen riesigen Fischkopf wegschleppten, sehr geschickt, in imponierender Zusammenarbeit. Geben Sie mir den Knüppel, für alle Fälle. So, jetzt können sie kommen ...

Ob die Wunde schmerzt? Ah, es ist zu ertragen, sehr viel leichter als in der ersten Nacht: die heißen Stiche haben aufgehört, der Schmerz ist vorbei, und nun klopft es nur und spannt in der Schulter. Sie müßten das Klopfen spüren können, wenn Sie Ihre Fingerkuppen leicht – wollen Sie es mal versuchen?

Nicht wahr, man spürt durch den Verband, wie die Wunde arbeitet; das strahlt aus über den ganzen Rücken. Dieser lange Schnitt – es war kein Messer, wie Sie vielleicht denken, war auch keine Kugel, die nur eine Wunde riß im Fleisch und das Rückgrat schonte; daß ich hier liege, verdanke ich einer Schlepperschraube, die mich unter Wasser erwischte mit einem scharfen kupfernen Flügel …

Judith – die junge Frau dort am Schuppen ist Judith: sie nimmt zur Nacht die Wäsche ab, obwohl sie noch klamm ist, sie wird auch die Leine abnehmen und die Klammern einsammeln in ihrer Schürzentasche, und sie wird alles in den Schuppen bringen mit Hilfe ihrer internationalen Töchter.

Wir nennen sie so; bei uns sagt man, daß Judith das Andenken an die drei Besatzungsmächte lebendig erhalten will, die entscheidend an ihren Töchtern beteiligt sind.

Vielleicht wundern Sie sich, daß ich hier so gut Bescheid weiß. Ach, wissen Sie, hier weiß jeder Bescheid, die Armut hat nichts zu verbergen, zumindest nimmt man sich nicht die Mühe, etwas zu verbergen; die Türen stehen offen, weil niemand die Befürchtung hegt, durchschaut zu werden. Man gibt alles über sich preis, um dann endgültig in Ruhe gelassen zu werden. Sehen Sie, die Fessel interessiert Sie doch mehr, als Sie zugeben wollen; es ist übrigens eine gewöhnliche Polizeifessel, wie sie heute allgemein in Gebrauch ist. Überraschenderweise kann ich mit gefesselten Händen schlafen …

Sie wollen also wissen, worin mein Vergehen besteht, beziehungsweise: was ich verbrochen habe – doch, man kann es so nennen, und ich möchte sogar noch mehr sagen, nämlich, daß es sich bei mir um Vergehen aus Veranlagung handelt, was soviel heißt, daß weder erzieherische noch abschreckende Strafen etwas ändern werden. Ich werde immer rückfällig werden.

Wie es begonnen hat? So wie fast alles beginnt: mit einem Staunen oder einem Schaudern, zumindest aber mit einer vollendeten Tatsache. Als wir hierherkamen nach dem Krieg – meine Mutter, meine Brüder Boris und Bruno und ich –, war ich fünf Jahre alt; wir bezogen eine der hängenden Villen aus gutem Wellblech, die gerade frei war, und da wir müde waren von der Wanderschaft aus dem Osten, entschlossen wir uns, in Klein-Paris zu bleiben. Meine Mutter war erfahren im Warzenzauber, sie heilte Gürtelrose durch Handauflegen, hatte Erfolg bei der Behandlung gewisser Krankheiten durch Besprechen: damit brachte sie uns durch. Ihr Arbeitszeug ruhte in einem Marmeladeneimer: gerissene weiche Lappen, getrocknete Pflanzen, Flaschen, die gefüllt waren mit Flüssigkeiten, in denen etwas schwamm und schwebte, die Rippen des Rosenblatts, Geraspeltes vom Kuhhorn oder flockig gewordene Zweigspitzen des Kirschbaums. Außerdem lag in dem Eimer ein Schreibheft voll von Ratschlägen und Rezepten, die mühsam zusammengetragene Weisheit der Fernheilung, die Mutter kostenlos anbot, sobald sie erfuhr, daß Persönlichkeiten wie Churchill oder Max Schmeling krank geworden waren …

Da ich damals sehr schwächlich war, brauchte ich nicht mitzuarbeiten; meine Lieblingsbeschäftigung bestand darin, mit beiden Füßen in einem riesigen alten Schuh zu stehen und die kalten Lokomotiven zu beobachten. Ich hörte Stimmen dabei und sah, was die Lokomotiven erlebt hatten.

Das hatte schon etwas mit meiner Veranlagung zu tun. Allerdings, zuerst waren es immer andere, die meine Veranlagung bemerkten und daraus ihre Schlüsse zogen. So hatte meine Mutter schnell heraus, daß ich mit fünf Jahren jedes Datum kannte; die Folge davon war, daß meine Familie mich gewissermaßen als lebenden Kalender benutzte. Ich fand nichts dabei, daß mein Gedächtnis in der Lage war, auch entlegene Daten und Ereignisse aufzubewahren, und zwar mit einer Zuverlässigkeit, die selbst hinter Lexiken nicht zurückstand. Abgesehen davon, daß ich jedes Tagesdatum verläßlich kannte, war mir der Geburtstag von Hindenburg ebenso geläufig wie die Gründung der Stadt Königsberg, das Datum der Schlacht von Kunersdorf nicht weniger als der nächste Termin für die Ausgabe von Rationierungskarten … Ich wußte das und fand nichts dabei.

Es konnte mich nicht belasten, da ich selbst damals weder die Vorteile noch die Nachteile meines Gedächtnisses kannte. Einstweilen bedeutete mir mein Gedächtnis nichts, da nur andere sich seiner bedienten. Unter uns: ich wußte nicht einmal, daß ich ein Gedächtnis besaß, und meine Leute, die es zur Orientierung befragten, benutzten es so selbstverständlich wie ein Werkzeug. Jedenfalls war es schon früh als Anlage vorhanden, ich hatte es mitgebracht in diese Niederung, ohne zu wissen, welch eine seltene Krankheit ich eingeschleppt hatte: eine Art gesammelter und – ja, man kann sagen: schmerzlich klarer Erinnerung an Namen, Begebenheiten und Jahre, auch an verschollene, auch an entlegene. Und da Sie sich von Berufs wegen für mich interessieren, darf ich Ihnen anvertrauen, daß die Wurzel meiner Vergehen ausschließlich in meinem Gedächtnis zu finden ist. Ein Phänomen, meinen Sie? Ich sei ein Phänomen? Ich würde es nicht so nennen, einfach, weil man sich mit einem Phänomen zu rasch abfindet, achselzuckend zufriedengibt. Ich hoffe nur, daß

Sie noch ein anderes Interesse für mich haben, beziehungsweise daß Sie sich nicht mit dieser Tatsache zufriedengeben ... Immerhin, in der ersten Zeit bestand für mich kein Anlaß, unter meinem Gedächtnis zu leiden. Ich zog mit meinem riesigen Schuh, den ich auf dem Abladeplatz gefunden hatte, durch diese Niederung, und wo es mir gefiel, da stellte ich ihn hin, schlüpfte mit beiden Füßen hinein und war glücklich: im Schilf des toten Arms, am Ufer der Elbe, unter den fettig glänzenden Erlen, am liebsten jedoch vor den kalten, zerschossenen Lokomotiven, auf denen meine Brüder mit Meta Gorny »Vater-Mutter und Kind« spielten. Manchmal begleitete ich meine Mutter auf dem Weg zu ihren Patienten, und ich assistierte ihr, indem ich beispielsweise die Anzahl der Tropfen nannte, die ein Mann mit Haarausfall einnehmen mußte, desgleichen überließ sie es meinem Gedächtnis, die ausstehenden Honorare zu speichern: vertrauensvoll senkte sie alle Daten in mich hinein – ohne die Befürchtung, ich könnte sie enttäuschen ...

Warum sehen Sie mich so an?

Warum erschrecken Sie?

Sie kennen meinen Namen? Das ist möglich: schließlich hat sich ja die Presse meinen Fall nicht entgehen lassen ...

Das stimmt, ich heiße Joseph Wollina. Wie heißen Sie? Sofia?

Wie Ihr Haar glänzt unter dem Licht der Bogenlampe. Jedenfalls: In jenen frühen Jahren war es so, wie ich's Ihnen sagte: meine Veranlagung war vorhanden, doch ich nahm sie weder wahr noch wußte ich etwas damit anzufangen.

Das änderte sich später in der Schule; drüben in Uhlenbusch bin ich zur Schule gegangen, auf der andern Seite der Elbe. Nun sollen Sie allerdings nicht glauben, daß es mir Vergnügen bereitete, die Schule zu besuchen.

Wissen Sie, ich langweilte mich. Jedesmal, wenn wir neue Lehrbücher erhielten, setzte ich mich in den Schatten der Lokomotive und las sie durch, und von diesem Tag an beherrschte ich das Pensum des Schuljahrs.

Sagen Sie noch nicht, das sei beneidenswert, warten Sie ab. – Die Kameraden, die in meiner Nähe saßen – meist kräftige Bauernjungen, die müde waren von der Arbeit –, machten sich mein Gedächtnis zunutze und beglichen meine Hilfe mit Naturalien; mein Lehrer, Eugen Pienkogel, bevorzugte mich vom ersten Augenblick an: ich war sein Lieblingsschüler, in mir glaubte er den handgreiflichen Erfolg seiner Lehre zu sehen, mich rief er auf, sobald eine Inspektion unser Klassenzimmer betrat. Er glaubte lange, daß ich mir das vorhandene Wissen mühsam und geduldig angeeignet hatte …

Nun, ich wollte Ihnen erzählen, daß Eugen Pienkogel mich eines Tages bat, ihn nach Hause zu begleiten und die Aufsatzhefte in seine Wohnung zu tragen, es war ein Vorzugsdienst. Wir gingen nebeneinander auf dem Wulst des Deiches, stiegen zu seinem Haus hinab, und dort sah ich die alte, englische Standuhr, ein mannshohes Gehäuse mit beschlagenem Zifferblatt aus Messing. Mit den Heften unterm Arm blieb ich vor der alten Uhr stehen, ich las die Jahreszahl 1824, ich spürte einen leichten Schmerz im Hinterkopf, spürte ein Schwächegefühl in den Beinen – etwas, das später oft wiederkehrte –, und plötzlich ergab sich ein Name, er setzte sich unwillkürlich zusammen, der Name des letzten Besitzers dieser Uhr: Siegfried Berendson.

Ich flüsterte diesen Namen, und mein Lehrer stutzte und sah mich an, kam argwöhnisch näher, betroffen und argwöhnisch, nahm mir die Hefte ab, zog mich zu sich heran: »Wiederhole«, sagte er, »wiederhole den Namen« – und ich wiederholte ihn und wußte, daß es der Name von Pienkogels Kollegen war, der hatte emigrieren müssen. Mein Lehrer ließ mich los, beobachtete mich lange, dann fragte er: »Woher weißt du das? Wer hat es dir erzählt?« Und ich sagte ihm, daß es mir niemand erzählt hatte. Er glaubte es nicht … Natürlich hätte jede bescheidene Lüge meinen Lehrer beruhigt, aber mir fiel einfach keine ein, und als er drohend zu wissen verlangte, woher ich den Namen kannte, sagte ich schlicht: aus dem Gedächtnis.

So ist es, damals entdeckte ich mein Gedächtnis zum ersten Mal, oder sagen wir: ich erkannte den Unterschied zwischen dem Gedächtnis der anderen und meinem eigenen Gedächtnis. Es beunruhigte mich jedoch noch nicht, da ich die Folgen meiner Veranlagung noch nicht kennengelernt hatte. Ich machte auch keinen bewußten Gebrauch von ihr, abgesehen davon, daß ich das Pensum in der Schule stillschweigend aufnahm und mit zehn Jahren von keinem Lehrer mehr in Verlegenheit gebracht werden konnte …

Zunächst können Sie sich denken, daß ich niemals mehr in den Genuß kam, die Aufsatzhefte für Eugen Pienkogel nach Hause zu tragen. Er widmete mir keine Aufmerksamkeit in der Klasse, zumindest nicht die Art von Aufmerksamkeit, die ein Lehrer für seinen Schüler aufbringen sollte; wenn mich sein Blick streifte, so lagen in ihm lediglich Unsicherheit und Mißbilligung. Manchmal allerdings, in Augenblicken unerklärlicher Gerechtigkeit, forderte er mich auf, seine Lehre zu bestätigen, die ein eigensinniger Bauernjunge nicht einsehen wollte – worauf ich mich erhob und sagte: es stimmt. Damals machte ich übrigens die Feststellung, daß mein Gedächtnis nicht nur mir allein gehörte; was in ihm bereitlag, das waren nicht allein Daten und Begebenheiten, die ich persönlich erfahren hatte, vielmehr schien es mir mitunter, als habe mein Gedächtnis auch die Erinnerungswerte anderer Leute übernommen.

Das verstehen Sie nicht ganz? Ich auch nicht, unter uns gesagt, und bei allem, was ich Ihnen erzähle, müssen Sie einen Rest von Ungeklärtem in Kauf nehmen. Schauen Sie, eines Tages beispielsweise fand ich ein dreckiges, unvollständiges Exemplar von Miltons ›Verlorenem Paradies‹ auf dem Abladeplatz; soweit ich es gelesen habe, kann ich es auswendig, und dabei verstehe ich nicht ein einziges englisches Wort ...

Eben ... das ist merkwürdig ... Immerhin, mit Hilfe meines Gedächtnisses verdiente ich das erste Geld meines Lebens, Karl Tumler gab es mir, ein verdrossener Sozialbeamter, der für Klein-Paris zuständig war und uns regelmäßig besuchte, um hier nach dem Rechten zu sehen. Sein amtliches Mitgefühl schlug sich in Tabellen nieder, in kniffligen Fragebogen, die er für seine Vorgesetzten ausfüllen mußte. Er hatte bald heraus, daß die Angaben, die ich ihm über die Leute in der Niederung machte, genauer und zuverlässiger waren als alles, was er in den Buden und Lauben erfahren konnte. Ob es sich um Geburtstage handelte, um die Höhe der Rente oder um die Anzahl der Kinder, bei mir wurde er gut bedient, deshalb brachte er mir eine Tüte Puffreis mit und gab mir zwanzig Pfennig und ließ sich von mir diktieren ...

Was meinen Sie? Wie ich meine ganze Jugend hier zubringen konnte? Die wahre Lebenskunst besteht darin, keinerlei Verpflichtungen anzuerkennen; ich glaube, diese Kunst beherrschten wir, und in Klein-Paris wurde sie in besonderer Weise gefördert. Zu dieser Lebenskunst gehört übrigens eine ganz bestimmte Abneigung, die wir alle hier teilen: die Abneigung gegen die Arbeit; anders gesagt, wir halten Arbeit nicht für unsere Stärke und lernen schon früh, ihren Fallen zu entgehen ...

Freunde, ja, ach, wissen Sie, Freunde hatte ich nur so lange, wie sich mein Gedächtnis nicht meldete. Sobald es mir gewisse Daten und Begebenheiten zutrug, die ich nicht für mich behalten konnte, wurden meine Freundschaften schwierig oder hörten auf. Schließlich kann man niemandem zumuten, sein ganzes Leben vor einem Spiegel zu verbringen. Meinen besten Freund, Jens Matthiessen, verlor ich beispielsweise nach dem ersten Besuch im Haus seiner Eltern. Es war der dreizehnte Geburtstag von Jens, zu dem man mich eingeladen hatte, seine Schwestern waren auch da, träge, wohlgenährte Geschöpfe, deren Körperwärme lange auf den Stühlen zurückblieb, auf denen sie gesessen hatten. Da es regnete, gingen wir nach dem Kaffee in den geräumigen Keller hinunter, um zu spielen. Wir spielten im Dunkeln ein Spiel, bei dem es darauf ankam, einen andern festzuhalten, sorgfältig abzutasten und zu erraten, wer es war, den man festhielt: die Schwestern von Jens spielten es sehr gern. Und ich weiß noch, als ich zusammengekrümmt lag auf dem Kokshügel, die vorsichtigen Schritte hörte, als ich lauschend die süße, stickige Luft atmete, die die Lunge beleidigte, spürte ich auf einmal wieder das Schwächegefühl, den ziehenden Schmerz im Hinterkopf: ich achtete nicht mehr auf die näherkommenden Schritte, ich verdarb das Spiel. Zu deutlich hörte ich das Stöhnen, sah ein Augenpaar voll glänzender Angst, das knochige, blasse Gesicht eines jungen Soldaten, der neben mir lag – oder neben mir hätte liegen können – in dreckiger Uniform. Es war ein junger Deserteur, der sich in den letzten Tagen des Krieges hier versteckt gehalten hatte, zehn Tage und Nächte, bis Jens Matthiessens Vater unruhig wurde und schließlich der Feldgendarmerie einen Wink gab. Mein Gedächtnis erinnerte sich an ihn, an die Angst, die er litt, an seinen Hunger und an die Schlaflosigkeit; es war, als ob man mir aufgetragen hätte, mich an ihn zu erinnern in diesem Augenblick, mich, aber auch die andern. Mit steifem Rückgrat rutschte ich von dem Kokshügel hinunter ...

Natürlich habe ich Jens' Vater an den Deserteur erinnert, später, als wir oben waren und Abendbrot aßen.

Wissen Sie, was er tat? Er sorgte dafür, daß ich meinen besten Freund verlor, er verbot ihm jeden Umgang mit mir.

Übrigens: ich muß Ihnen sagen, ich habe in meinem Leben auch schon gearbeitet, und zwar gerade so lange, um meine Abneigung bestätigt zu finden gegen jegliche Art regelmäßiger, bezahlter, geschützter Tätigkeit. Meine Berufswahl hing eng zusammen mit dem Tätigkeitsbereich meiner Mutter – was nicht heißt, daß ich bei ihr die Kunst erlernte, eine Gürtelrose durch Handauflegen zu heilen; vielmehr vermittelte sie mich als Krankenträger in das große graue Krankenhaus St. Bertha. Das war notwendig geworden, nachdem man es für angebracht gehalten hatte, meine Brüder Boris und Bruno für einige Jahre festzusetzen.

Weshalb? Nun, ich möchte sagen, wegen ihrer Ungeduld bei der Erwartung des Geldbriefträgers, der allmonatlich zu uns in die Niederung kam: meine Brüder waren ihm entgegengegangen bis zur Höhe der Fähre, empfingen ihn dort, und da es Unstimmigkeiten zwischen ihnen gab über die Höhe der Auszahlung, blieb ihnen keine andere Wahl, als den Geldbriefträger gewaltsam zu überzeugen.

So kam es, daß ich eines Tages einen Leinenkittel trug und die Bahre mein Handwerkszeug wurde: Vordermann war Albert, ein ehemaliger Matrose, ich war Hintermann, und als Trägerpaar, das aufeinander abgestimmt war, stiegen wir in Dachwohnungen hinauf, betätigten uns auf Verkehrskreuzungen, und manchmal seilten wir unsere Bahre auch durch Lichtschächte ab. Was meine Arbeit beeinträchtigte, war die konsequente Verachtung, die Albert mir vom ersten Tag an zeigte, immerhin doch mein Partner, der ebenso auf mich angewiesen war wie ich auf ihn ...

Sicher, ich fand das auch befremdlich, vor allem die unaufhörlichen Bemühungen, mich seine Verachtung spüren zu lassen, indem er etwa die Bahre anwinkelte – wobei mehrere Kranke abrutschten – oder indem er die Bahre nach dem Prinzip der Pleuelstange bewegte, wobei die Hilflosen seekrank zu werden drohten. Gott sei Dank dauerte das nicht allzu lange.

Was soll ich Ihnen sagen: mein Gedächtnis machte mich schließlich unbeliebt, obwohl es zunächst den Anschein hatte, als sei ich gerade wegen meiner Veranlagung höchst willkommen ...

Das war an einem Morgen, als die Flucht eines Patienten festgestellt wurde; während der Chefarzt und seine Begleitung erstaunt vor dem leeren Bett standen, trat ich dazu und zeigte mich in der Lage, sämtliche Personalien des Geflohenen zu nennen.

Der Chef wunderte sich da noch nicht, doch als ich ihm alle gemessenen Fieberwerte des Patienten nannte, musterte er mich interessiert und bestellte mich in sein Zimmer, wo er mein Gedächtnis ins Kreuzverhör nahm. Die Folge unserer Gespräche war, daß ich, gegen geringe Gebühr, den Studenten des psychiatrischen Kollegs als Anschauungsperson diente. Nur zweimal allerdings. Dabei erfuhr ich, daß die Außenfläche des Hinterhauptlappens, die sogenannte okzipitale Zone, neben dem Sehzentrum auch die Zentren der Erinnerung enthält; am meisten scheint wohl aber im mittleren Assoziationszentrum los zu sein, wo sozusagen die höheren Funktionen beheimatet sind: Phantasie und Intelligenz ...

Der kritische Augenblick sozusagen ergab sich damals aber, als der Chefarzt mich aufforderte, die Namen von zwei Dutzend seiner Patienten, die er rasch hintereinander nannte, mit Kreide an die Tafel zu schreiben, und zwar in genauer Reihenfolge. Selbstsicher begann ich, doch während ich den letzten Namen schrieb, spürte ich das Schwächegefühl, das etwas ankündigte, und mein Gedächtnis öffnete und erweiterte sich, trug mir andere, unerwähnte Namen zu, die ich unter mechanischem Zwang an die Tafel schrieb, mühselig, angestrengt, mit brennenden Augenlidern, zur Verwunderung der Studenten, zur Besorgnis des Chefs, der mir plötzlich die Kreide aus der Hand schlug, das Experiment unterbrach und auf die Tafel starrte, wo geheimnisvolle Namen standen, ukrainische, polnische und tschechische Namen: Marjan Zdziechowski, oder Teodor Stamma, oder Jan Zopotoki ...

Ich bewundere Ihren Scharfsinn; ja, das waren Namen von Menschen, die auch einst Patienten des Chefs gewesen waren, während des Krieges ...

Nach diesem Vorfall sah der Chef keine Möglichkeit, mich weiter zu beschäftigen – was durchaus in meinem Sinne war. Ich kehrte zurück in diese abseitige Niederung, saß oft dort auf den Lokomotiven unter den sprunghaften Winden ...

Ich kann Ihnen versichern, daß es mir nicht schwerfiel, auf einen Beruf zu verzichten. Jeder Morgen hier draußen hat seine bestimmten Verheißungen, mit jeder Nacht kommen schwierige Träume, sie fordern einen freien Mann. Außerdem fand ich damals in Klein-Paris eine Beschäftigung, die mir genug abverlangte; diese Beschäftigung hieß Meta. Vielleicht erinnern Sie sich, daß ihr Vater verhaftet wurde wegen Landfriedensbruchs – ein wendiger Alter mit rotem, wildem Gesicht, das der Ärger verkniffen hatte. Sommers und winters trug er einen langfallenden Mantel aus Schafsfell, und an dem höhnischen Triumph seiner Augen konnten wir erkennen, ob seine letzte Unternehmung Erfolg gehabt hatte. Er haßte alles, was fest, was angebunden war: nachts ging er in den Fischereihafen und warf die Leinen festgemachter Dampfer los, die daraufhin in den Strom hinaustrieben; er befreite Hunde, die vor Geschäften angebunden waren oder löste die Bremsen von Autos, die auf Bergstraßen parkten …

Warum er das tat? Er hielt es für seine Lebensaufgabe …

Nachdem man ihn abgeholt hatte, erschien Meta an einem Sonntagmorgen mit unsicherem Lächeln unter den Erlen; sie, die ihr Alter verborgen gehalten hatte hinter den mit Putzwolle abgedichteten Wänden seiner Blechvilla, bot sich zum ersten Male gemächlich in der Sonne an, und wir alle staunten. Als sie sich zeigte in ihrem verwaschenen Baumwollkleid, blaß und dünnbeinig, aber bereits von erkennbarer und geltender Schönheit, erschienen auf mehreren Gesichtern hier in der Niederung gewisse Entwürfe.

Ich weiß es genau: sie war sechzehn und bis dahin nur wenige Male gesehen worden, immer in Abwesenheit ihres Vaters, der gerade den Landfrieden brach. Ihr Lieblingsplatz wurde der Rahmen einer Tür, den der Strom hier angeschwemmt hatte, dort stand sie lange, und ihr Schatten fiel genau wie vom Zeiger einer Sonnenuhr …

Meta und ich, wir begegneten einander vielsagend auf dem gesplitterten Türrahmen am Ufer, wir kamen aus verschiedenen Richtungen und trafen auf dem Platz zusammen mit der schweigenden Selbstverständlichkeit von Vögeln, die einen Ast teilen; vielleicht sollte ich noch erwähnen, daß in ihrem Blick Wachsamkeit lag und ein begründeter Argwohn.

Ich gerate ins Schwärmen? Gut, wenn Sie diesen Eindruck haben, dann will ich nicht mehr sagen, als daß Meta und ich, gewissen Nöten gehorchend, eine Interessengemeinschaft gründeten, die unter anderem auch gemeinsame Heimarbeit einschloß. Meta fand eine Verbindung zum Statistischen Landesamt, für das sie Adressen schrieb, Tabellen ausfüllte, das heißt, sie brachte die Aufträge nach Hause und überließ es mir, sie zu erledigen: mit Hilfe meines Gedächtnisses arbeiteten wir zügig und fehlerlos …

Wir bildeten eine unmündige Familie …

Sie irren sich, ich trauere ihr nicht nach, gleichwohl habe ich einen Anlaß zu nachdenklicher Trauer, das weiß ich, das habe ich längst eingesehen …

Worin dieser Anlaß besteht? Ich dachte, Sie wüßten es bereits – nun, ich kann es Ihnen sagen: Sie haben sicher schon erfahren, welche Wohltat, welche Möglichkeit darin liegt, vergessen zu können: sobald unsere Erinnerung verschüttet wird, erhalten wir eine Chance, uns selbst freizusprechen. Ich habe diese Chance weder gekannt noch habe ich von ihr Gebrauch machen können. Aus dem einfachen Grund, weil mein Gedächtnis jeden Wunsch vereitelte, vergessen zu können. Die Außenfläche meines Hinterhauptlappens, die die Zentren der Erinnerung enthält, bewahrt leider alles – was zur Folge hatte, daß ich mich nicht nur selbst bezichtigte, sondern immer in die Verlegenheit kam, auch andere unwillkürlich, sogar widerwillig bezichtigen zu müssen. Und darin besteht denn auch der Grund meiner Trauer: daß ich die Menschen, die mir nahestanden, an Vergehen erinnerte, die sie längst glücklich vergessen zu haben glaubten ... Genug! Ich konnte Meta nicht ersparen, was ich anderen nicht erspart hatte, das Gedächtnis kennt kein Mitleid, und so kam der Augenblick, in dem der leichte Schmerz im Hinterkopf auftrat und ich Meta anvertraute, daß der alte Landfriedensbrecher nicht ihr Vater war. Obwohl ich voraussah, was diese Nachricht in ihr hervorrufen würde, mußte ich sie ihr anvertrauen, ein sanfter, stetiger Zwang ließ mir keine Wahl; nie hinderte mich etwas daran, das Wissen meines Gedächtnisses preiszugeben: keine sichtbare Beunruhigung, kein Unglück, nicht einmal die feindselige Ablehnung, auf die ich selber stieß.

Wir saßen auf dem gesplitterten Türrahmen am Ufer, beobachteten einen gedrungenen, mühsam vorbeimahlenden Schleppzug, die wirre weiße Schrift der Möwen über ihm: da sagte ich ihr, daß ihr Vater Lukosius bei uns gewohnt hatte, nur ein halbes Jahr nach dem Ende des Krieges. Ich erzählte ihr, daß er einen gefärbten Uniformmantel getragen hatte und Soldat gewesen war sein Leben lang; in Litauen – er stammte dorther –, dann in der Heide bei Lüneburg und später überall, wo sie ihn gebraucht hatten. Vor dem braunroten Güterwaggon, in dem er wohnte, hatte er den ganzen Tag in der Sonne gesessen und Holzschwerter geschnitzt für die Kinder von Klein-Paris. Der ausgebrochene Friede hatte ihn zuerst schwermütig gemacht, nach einiger Zeit auch jähzornig; und es fiel ihm nichts anderes ein, als zu trinken; Präparieralkohol übrigens, in dem flockige Reste von Lebewesen schwammen wie in den Fläschchen meiner Mutter.

Außerdem erfuhr Meta von mir, daß Lukosius ihre Mutter zur Zeit der Schwangerschaft auf einem Spaziergang methodisch an die Elbe führte und sie oberhalb der alten Fähre umsichtig hineinstieß, ohne indes zu erreichen, was er erreichen wollte ...

Meta hörte mir zu mit ausgestreckten Beinen und zurückgelegtem Kopf, regungslos; dann kauerte sie sich zusammen wie zu einem Sprung, aufmerksam, schmaläugig, entschieden für etwas. Über dem Heck des Schleppkahns stoben die Möwen auf, als ob der Schiffer sie gleichzeitig in die Luft geworfen hätte. Ich spürte, daß ich Meta verlieren würde oder schon verloren hatte; trotzdem tat ich nichts, um ihre Entscheidung rückgängig zu machen, sondern erzählte ihr noch, daß Lukosius eines Nachts den Waggon anzündete, mit benzingetränkten Lumpen, und dann nach Straßburg fuhr, zur Annahmestelle für die Fremdenlegion. Da hatte Meta beschlossen, ihn zu suchen und zu finden. Wir waren so gut wie verheiratet und stellten dar, was man beinahe eine Familie nennen konnte, doch das galt nicht mehr, zählte und besagte nichts gegenüber dem Wunsch, Lukosius aufzuspüren, ihren Vater. Sie weinte nicht. Alles, was sie mir gegenüber zeigte, war ein Gefühl der Erbitterung, und sie gab mir zu verstehen, daß ich schuld sei an der großen Unruhe, die sie erfaßt hatte. Was mich jedoch am tiefsten traf, das war ihr Bekenntnis, daß sie es mit mir ohnehin nicht ausgehalten hätte ein Leben lang ...

Ganz recht: sie fürchtete sich vor meinem Gedächtnis ...

Meta selbst drückte es so aus: »Mecht nur mal wissen, Menschenskind, woher du weißt, was kein andrer nich weiß. Wenn du einen so anglubschst von schräg, dann ieberlegt man sich gleich, was man getan hat und was nich, das stört mich, das kann keiner nich aushalten.« Ich wollte sie nach Hamburg begleiten – sie verschwand ohne Abschied, ihr Lager war kalt.

Später, viel später, habe ich dann allerdings etwas von Meta gehört. Nachdem sie sich einige Jahre nicht gemeldet hatte, erhielt ich überraschend einen Brief aus Sidi-bel-Abbès. Alles, was ich erfuhr, war, daß es ihr gut gehe, und auf einer Photographie, die sie beigelegt hatte – Meta vor schattenlosen, geriffelten Sanddünen – konnte ich erkennen, daß sie schwanger war ...

Ich fürchte, es beginnt zu regnen, kommen Sie ruhig näher zu mir.

Was dort in der Ecke klebt? Haben Sie es nicht gesehen? Es ist ein Plakat, das der Junge drüben auf dem Müllabladeplatz fand und hier anklebte; es zeigt Weinberge, Adenauer, Maultiere und scheint zugleich für die griechischen Inseln Reklame zu machen und an den Besuch des Kanzlers dort zu erinnern ...

Reisen, meinen Sie ... O ja, nachdem Meta fortgefahren war, bin ich manchmal nach Hamburg gereist, in vierzig Minuten schafft man es mit dem Bus bis ins Zentrum.

Eine offene, eine aufgeschlossene Stadt, dieses Hamburg, in dem alles maßvoll ist: die Weisheit und die Träume, die Götter und das Mitleid. Auch die Verbrechen übersteigen nicht das erträgliche Maß. Am liebsten fuhr ich bei Nebel nach Hamburg, ging durch die Straßen und ließ mich vom Ton der dröhnenden Schiffssirenen verfolgen, die die Stille über der Stadt zerreißen. Weil mir die Stadt im Nebel gefiel, gab ich übrigens eines Tages der Versuchung nach und wurde Klein-Paris untreu …

Ja, ich hielt mich auch einmal in der Stadt auf, nur vorübergehend, versteht sich, gerade um einzusehen, daß mir alles andere gelingt, nur keine Anpassung …

Nämlich, die einzige Möglichkeit, der Arbeit halbwegs zu widerstehen, bestand für mich darin, die Beschäftigungen häufig zu wechseln: ich war Stromableser beim Elektrizitätswerk, arbeitete als Verkehrszähler und kurze Zeit auch für das offizielle Adreßbuch – ausnahmslos Tätigkeiten, bei denen mein Gedächtnis mir zustatten kam und meine Abneigung gegenüber der Arbeit erträglich machte. Während meiner Tätigkeit für das offizielle Adreßbuch kam ich auch zum ersten Mal in die Zeitung: ein alter, resignierter Reporter hatte mein Gedächtnis entdeckt und schrieb eine Lokalspitze über mich, die in einer Rubrik erschien, die sich ›Menschlich gesehen‹ nennt. Was mich betrifft, so wäre er der Wahrheit näher gekommen, wenn er den Titel ins Gegenteil gewandt hätte. Immerhin, die Spitze verfehlte nicht ihre Wirkung: meine Kollegen mieden mich, schwiegen in meiner Gegenwart, und selbst Rolf-Günther Bunz, der bis dahin mein Kumpel gewesen war, zog sich allmählich von mir zurück. Was das schlimmste ist: ich kann ihn verstehen, ich kann einsehen, daß ihm keine andere Wahl blieb, als mich zu schneiden. Das Mißtrauen, das ich hervorrief und das mich umgab, bestätigte nur meine asoziale Veranlagung; es ließ mich erkennen, daß ich ein Außenseiter war und es so lange bleiben würde, wie es mir nicht gelang, mein Gedächtnis zum Verstummen zu bringen …

Sie wissen natürlich längst: manchmal ist mir das Gedächtnis auch unangenehm vorgekommen, vor allem, was gewisse Resultate angeht … Stellen Sie sich beispielsweise einen Stadtteil vor an einem trüben Mittag, eine leere, bescheidene Villengegend, kein Verkehr, und mein Vorgesetzter und ich gehen nebeneinander die Straße entlang, es war übrigens ein Routinebesuch, der uns Aufschluß über eventuelle Änderungen von Adressen bringen sollte. Einige der Villen waren zerbombt, die Ruinen jedoch aufgeräumt, planiert, in Ordnung gebracht, ja, es waren ordentliche, solide Ruinen, in die wir stiegen, um nach verschollenen Namen zu fahnden. Manchmal entdeckten wir neben Notausgängen eine halb erloschene Schrift, eine verstümmelte Adresse, die sich im Regenschatten über all die Jahre erhalten hatte. Meistens allerdings fanden wir keinen Anhaltspunkt, so daß mein Gedächtnis einspringen mußte – immer unter Begleitumständen, wie Sie sie bereits kennen. Der Vorgesetzte trug die Ergebnisse ein. Langsam arbeiteten wir uns die Straße hinunter, und dabei näherten wir uns der verschonten Villa, in der mein unmittelbarer Vorgesetzter wohnte. Ich merkte wirklich nicht, daß er beunruhigt war, sonst hätte ich gewiß versucht zu schweigen, doch dann standen wir vor seinem Grundstück, das Schwächegefühl ergriff meinen Körper, ich schloß vor Anstrengung die Augen ...

Ich hatte zuerst auch gedacht, daß hier alles in Ordnung sei, doch mein Gedächtnis gab den Namen eines Mannes preis, der die Villa einst unter Zwang hatte verkaufen müssen ...

Glauben Sie mir, ich hatte nichts gegen meinen Vorgesetzten, es lag nicht in meiner Absicht, ihn an etwas zu erinnern, was seine Sorgen vergrößerte, und freimütig, wie ich Ihnen bisher alles erzählt habe, möchte ich Ihnen anvertrauen, daß ich selbst am meisten unter dem litt, was aus den Verliesen der Erinnerung hervorkam. Ohne Freunde, von Kollegen gemieden, von dem Mädchen verlassen, das all meine Interessen teilte, ja, gefürchtet und mißbilligt und angesehen als eine Art Störer der Stadtruhe – wem kann das gleichgültig sein? Immer, wenn ich unbekannten Menschen begegnete, begann ich mich vor dem Augenblick zu fürchten, in dem mein Gedächtnis sich unweigerlich meldete ...

Was mein Vorgesetzter tat? Er tat etwas, worauf ich am wenigsten vorbereitet war und was mich in die Lage einer glorreichen Verzweiflung brachte: er bot mir Geld an für mein Schweigen.

Ich verließ meinen Arbeitsplatz und verbrachte einen Sommer dort unter den rostigen Lokomotiven und im Schilf des toten Arms. Wenn ich Geld brauchte, inspizierte ich den Müllabladeplatz, streifte zwischen den rauchenden Hügeln umher; man kann mühelos von dem leben, was manche für wertlos halten. Eine Sache gewinnt ja erst ihren Wert durch geheiligte Übereinkünfte; da wir hier außerhalb der meisten Übereinkünfte leben, haben wir die Freiheit, den Wert einer Sache selbst zu bestimmen ...

Einer der Gründe für meine Zurückgezogenheit lag natürlich in dem Wunsch, mich zu schonen, nicht an Vergessenes zu rühren. Ich fürchtete mich wahrscheinlich davor, die Festungstore der Erinnerung aufzustoßen und in Gräben und Schächte zu blicken, wo alles das noch lag, was unser Bewußtsein beschädigen konnte ...

Aber vielleicht können Sie mir sagen, was ich hätte tun sollen nach all diesen Erfahrungen, und vor allem: was man erfolgreich unternehmen kann gegen sich selbst. Das heißt nicht, daß ich mich verändern möchte; ich will lediglich den bitteren Geschmack auf meiner Zunge verlieren – was so viel bedeutet, daß ich alle Gelegenheiten ausschließen möchte, in denen mein Gedächtnis mich heimzusuchen beginnt. Das ist doch verständlich? Glauben Sie nicht, daß ich mich für weniger betroffen, für weniger schuldlos halte als andere Leute, deren Erinnerung ich freilege. Ich bin so weit gekommen, daß ich das Gedächtnis für ein kleines Meisterwerk des Teufels halte, mit dessen Hilfe es uns unaufhörlich zu verstehen gibt, daß der Mensch genügt, um dem Menschen Höllen zu Lebzeiten zu errichten. Was liegt näher, als uns dieser unangenehmen Mitgift zu entledigen!

Sehen Sie, Sofia, deshalb kann ich auch nicht den Mann verurteilen, dem ich die kantige Fessel an meinem Handgelenk unmittelbar verdanke. Es fehlt mir sogar nicht an Bereitschaft, ihn zu verteidigen ...

Den Namen können Sie durchaus erfahren. Es ist H. P. Hansen, der Chef der Reederei, die nach dem Kriege ein Vermögen mit Schrott verdiente. Später, als die Schrottfahrten weniger rentabel wurden, verlor er zwei Schiffe bei leichtem Sturm vor der marokkanischen Küste: die Versicherungsgesellschaften trösteten ihn mit mehreren Millionen. Als ich in seinem Büro die gerahmte Photographie eines dieser Schiffe sah – »Benares« hieß es und war ein Fünfzehnhunderttonner mit Kohlenfeuerung –, spürte ich, unvermutet, den Schmerz im Hinterkopf, und unter mechanischem Zwang flüsterte ich, was mein Gedächtnis mir zutrug: die Vorgeschichte des erfolgreichen Unglücks, den Verlauf und die erträglichen Folgen ...

Nein, nicht H. P. Hansen hörte es, sondern sein schlagkräftiger Sekretär, der meine Worte so verstand, wie ich sie bestimmt nicht gemeint hatte ...

Er war der Meinung, daß ich die ehrenwerte Firma erpressen wollte; was sonst sollte er annehmen, zumal von jedem Wissen, das andere von uns haben, eine Bedrohung ausgeht, manchmal schon eine Anklage. Und wie sollen wir die schonen, die uns bedrohen? H. P. Hansen jedenfalls war nicht der Mann, der eine

Bedrohung genießen konnte, worauf sich heute ja viele verstehen – er schätzte mich richtig ein, er erkannte sofort, daß wir nicht Leute entschuldigen dürfen, die uns gefährden. Er erkannte vor allem, was er sich selbst schuldig war.

Er erstattete Anzeige, und dabei handelte er in vollkommener Übereinstimmung mit all den andern, denen ich begegnet war und die sich gleich ihm verletzt fühlten. Ich zweifle nicht daran, daß er sich auf die Zustimmung vieler berufen konnte, sogar auf Metas Zustimmung.

Ich sah in der Flucht keine Chance, darum blieb ich hier, lag dort hinter den Erlen in der letzten Hütte und beobachtete, wie sie von den kalten, zerschossenen Lokomotiven herabkamen: zwei Polizisten und ein Hund. Es war ein windiger Tag, der Wind arbeitete im Blech, und ich sah ihnen entgegen und wußte, daß sie zu mir kamen, nicht nur im Namen von H. P. Hansen, sondern auch all derer, die mein Gedächtnis bedroht hatte. Ich beobachtete, wie die Polizisten zu geschulter Zangenbewegung ansetzten, zu zweiseitigem Kniff gegen die Hütte, in der ich lag. Hinter den Fenstern und Gucklöchern von Klein-Paris tauchten plötzlich Gesichter auf, na ja ... Es war eine formal einwandfreie Verhaftung, gegen die Polizisten läßt sich nichts sagen. Die Fessel: gebräuchliche Handschellen aus tadellosem Metall plus Kette, hier, Sie können sich überzeugen ...

Natürlich weiß ich, was die Polizisten mit mir vorhatten; sie wollten mich ihren beliebten Hamburger Kollegen übergeben, und dazu führten sie mich den krustigen Lehmweg hinunter zum Liegeplatz der Fähre ...

Sie sind für Genauigkeit, das habe ich gemerkt, also gut: wir gingen zum Liegeplatz, wo auf einem Faß der Fährmann hockte, achtlos und mürrisch: ein steif wirkender Mann in viel zu großer Joppe, mit eisgrauem Haar, das verklebt und verfilzt war wie ein Schaffell im Herbst. Wir stiegen auf die Fähre, um überzusetzen von Kove nach Uhlenbusch; die Strömung schob das Wasser hoch an den zerschrammten Seiten und drückte uns fort, nachdem der Fährmann die Leinen losgeworfen hatte ...

Außer uns waren noch andere an Bord, ein Mann mit einem Pferd, einem Grauschimmel, und ein Auto standen unmittelbar vor dem Sperrbalken. Das Drahtseil straffte sich unter Stößen und Schwingungen, ruckte hart, daß die Tropfen absprangen. Wir sahen den Schleppzug rechtzeitig; gemächlich dampfte er auf uns zu, viel zu langsam, als daß wir die Gefahr hätten erkennen können, in der wir uns befanden. Der Strom ist breit genug zwischen Kove und Uhlenbusch. Der Schleppzug war ausweichpflichtig …

Wenn Sie über das Unglück gelesen haben, dann wissen Sie ja alles …

Es herrschte gute Sicht, als der Schleppzug uns in der Mitte des Stroms rammte.

Sie begreifen das nicht? Ich kann das verstehen; ich brauche nur daran zu denken, wie ich zum ersten Mal auf einem Fahrrad saß: den sanften Weg vom Bahndamm dort kam ich gefahren, wollte auf den Platz, auf dem niemand war außer Mieze Gorny, Mieze mit einem vollen Wassereimer auf dem großen Platz, und ich fuhr ihr mit dem Vorderrad genau zwischen die Beine … Die Fähre kenterte, die Leinen sprangen, wir wurden unter Wasser gedrückt. Es wird Sie nicht überraschen, daß ich meine Begleiter dabei verlor; schließlich waren meine Hände gefesselt, und ich mußte sehen, wo ich blieb. Die Strömung drückte mich an den Schlepper heran; von seiner Schraube stammt die Wunde, ein sauberer Schnitt, wie gesagt, der gut heilt …

Es wurden alle gerettet, bis auf mich; selbst der Grauschimmel und sein Besitzer und auch der mürrische Fährmann erreichten das Ufer oder wurden an Bord des Schleppzuges geholt. Ich wurde hinabgetrieben bis zur Landzunge, zog mich zu den Weiden hinauf, blieb dort aufmerksam liegen und verfolgte die Rettungsaktion, die mir galt, eine eifrige, eine gewissenhafte Aktion: um mich zu finden, suchten sie die Buchten ab, liefen über den schwarzen, ölschimmernden Sand der Ufer, tasteten mit Stangen den schlammigen Grund toter Arme ab und zogen Leinen mit stählernen Haken durch das Wasser …

Der Junge war es übrigens, der mich fand und der mir in der Dunkelheit half, hier heraufzukommen, nachdem ich ihm die Fessel feierlich versprochen hatte. Er wird sie bekommen …

Da, die Scheinwerfer über dem Land: das ist der letzte Bus. In vierzig Minuten sind Sie in Hamburg, der Lieblingsstadt Merkurs, in der auch die Götter bürgerlich geworden sind …

Natürlich werde ich mich freuen, wenn Sie morgen wiederkommen; Sie finden mich hier, in diesem Güterwagen, zu jeder Zeit …

Nein, nein, diese Zuversicht kann ich nicht teilen: weder morgen noch übermorgen wird die Welt anders aussehen, für mich wird sich nichts ändern. Mein Körper wird seinen Trumpf ausspielen, ich werde gesund werden, ich werde mich von diesem Lager erheben und in einen Tag neuer Entmutigung hinaustreten, ereilt von meiner Schwäche, die manchen als Stärke erscheint. Wer Paradiese erreichen will, muß vorher das Gedächtnis verbannen.

... Seien Sie nicht so sehr überzeugt, daß ich Ihr Wohlwollen verdiene. Überlegen Sie sich's gründlich.

Ich werde schlafen ...

Leben Sie wohl.

Der sechste Geburtstag

Alfred hatte den Vorschuß bekommen. Er hatte ihn mir nicht gleich gegeben, als er von der Arbeit kam; er hatte das Geld bei sich behalten bis zum nächsten Morgen, und da erst, als ich ihn zur Tür brachte und er mich zum Abschied küßte wie früher, gab er mir den offenen Umschlag. Ich spreizte den Umschlag mit zwei Fingern auseinander, sah rasch, daß es lauter kleine Scheine waren, wollte ihm einen Schein davon geben, doch er schüttelte lächelnd den Kopf, klopfte mit den Fingerkuppen auf seine Brusttasche, als ob er auf ein Geheimnis anspielte, auf eine geheime Barschaft. Ich wußte, daß er log, und ich wollte ihm einen Schein in die Jackentasche stecken. Er fing meine Hand ab, schob sie zurück und sagte ruhig: »Kauf ihm ein Geschenk, Maria, das schönste, das du findest. Frag ihn noch einmal, was er sich wünscht, und dann kauf es ihm. Ich laß mir die letzten Stunden freigeben.«

Ich versprach es ihm, und ich versprach, nichts zu trinken an diesem achtzehnten April, den wir uns auserwählt hatten, um Richards sechsten Geburtstag zu feiern. Zuerst hatten wir den Geburtstag Anfang Mai feiern wollen, wenn Alfred sein Gehalt bekommen hätte, doch der Arzt meinte, je früher desto besser, und so hatten wir Richard an einem Mittwoch damit überrascht, daß wir am Freitag seinen Geburtstag feiern wollten, und natürlich geriet der Junge außer sich, redete nur noch in Wünschen, die er wachsen und wachsen ließ, ohne einen einzigen zu verwerfen. Ich staunte manchmal darüber, woher er wußte, was alles man sich wünschen konnte, mir wären so viele Wünsche nicht eingefallen, ich komme immer in Verlegenheit, wenn ich Wünsche äußern soll.

Nachdem Alfred gegangen war, räumte ich die Wohnung auf, duschte, zog das blaue Kostüm an und ging ins Kinderzimmer, wo Jutta am Fußende von Richards Bett stand und schweigend die Bewegung von Tieren nachmachte, die sie ihn raten ließ; natürlich versuchte Jutta, ihn seine Unterlegenheit spüren zu lassen, indem sie darauf achtete, daß ihre Bewegungen nicht eindeutig, unmittelbar bezeichnend waren, weswegen es ihm auch nicht gelang, das gemeinte Tier zu nennen. Ich unterbrach ihr Spiel. Ich zog Jutta an mich, spürte ihren drängenden unwillkürlichen Widerstand, doch ich ließ sie nicht los, zog sie zum Kopfende des Bettes. Alles an ihr verriet eine unerhörte Aufmerksamkeit, eine fast feindliche Wachsamkeit, und wenn ich manchmal ihr elfjähriges Gesicht sah, erkannte ich das Alter in ihm. Ich hielt sie sehr fest und hörte Richard fragen: »Wann geht der Geburtstag los?«, und ich hörte mich antworten: »Am Nachmittag, wenn wir alle zusammen sind.« »Gut«, sagte er, »dann paß bloß auf, daß 'n rotes Tischtelefon dabei ist: das wünsch ich mir nämlich auch noch. Wenn das nicht dabei ist, will ich auch nichts anderes.« Ich nickte und ließ alles offen, glaubte sicher zu sein, daß er die früher geäußerten Wünsche längst vergessen hatte, und ich bat Jutta, bei ihm zu bleiben, und ging, um für die Geburtstagsfeier einzukaufen.

Die Straßenbahn war überfüllt, aber ich mußte sie nehmen, denn der Bus war fort, und ein kleiner Alter mit Igelgesicht und Knopfaugen drängte mich durch den Gang nach vorn. Er sabberte und saugte an einer Zigarre, die er nie aus dem Mund nahm, paffte stoßweise kleine Wolken in meinen Nacken, drückte seine Aktentasche gegen mein Gesäß. Die Luft war warm und verbraucht. Beim Anfahren ruckte die Bahn so stark, daß die Stehenden gegeneinander geschubst wurden, und dabei stemmte der Alte seinen Ellenbogen gegen meine Hüfte. Ich hatte Mühe, mein Gesicht vor einer Berührung mit einem feuchten, stark riechenden Federgewirr zu bewahren, das eine Frau vor mir auf ihrem Hut trug. Meine Knöchel schwollen, meine Lippen brannten. Auf einem Plakat empfahl ein genußerfahrener Kahlkopf die Vorzüge einer Matratze. Ich sah auf meine Hand hinab, sah, daß sie zitterte, und wußte, warum ich dieser Fahrt so wenig gewachsen war; mit einem einzigen Schluck hätte ich sie leichter ertragen.

Ich stieg nicht vorzeitig aus, fuhr durch bis zum Hauptbahnhof und verließ dort die Straßenbahn und prüfte mein Gesicht im Spiegel eines Pfefferminzautomaten, flüchtig, nicht unzufrieden, da flogen Sandspritzer gegen meine Beine, gelber, ganz und gar künstlich anmutender Sand, den ein junger Arbeiter geworfen hatte. Der Junge lag auf den Knien in seiner schwarzen Manchesterhose, er verlegte dort Platten, zementfarbene Romboide, die er behutsam festklopfte. Er lächelte mir zu, schnell und gemein, und fuhr augenblicklich in seiner Arbeit fort.

Ich ging zu den großen Kaufhäusern hinüber, sah mich auf mich selbst zukommen in der Schaufensterscheibe und wuchs und mußte die Augen schließen in dem Strom von warmer Luft, der aus dem Eingang der WUKA hinausdrang. Ein festlich gekleideter, scharf gekämmter Mann trat auf mich zu, ich verstand kaum ein Wort, blickte nur auf seine belegte Zunge: er wies mir den Weg zur Spielwarenabteilung. Er hielt mir die Tür zum Lift auf, der mich in den dritten Stock brachte, in dem die Stimmen, die Schritte und Bewegungen mich weniger verwirrten, erträglicher waren. Das Licht bildete glänzende Lachen auf dem Fußboden des sehr großen Raumes. Eine Verkäuferin schritt langsam auf mich zu, musterte mich herablassend.

»Bitte?« fragte sie in einem Ton, als sei mein Besuch ihr lästig, und ich sagte: »Ich weiß noch nicht. Darf ich mich mal umsehn?« – Mit einem hochmütigen Nicken teilte sie mir ihr Einverständnis mit und schritt würdevoll zu ihrer Kollegin zurück. Sie schenkte mir keinen Blick, als ich an den Ständern mit Bällen vorbeiging, weiter zur Puppenabteilung und zu den Regalen mit Stofftieren. Achtzig Mark lagen in dem weißen Umschlag, ich war entschlossen, sie auszugeben, und ich wußte, daß dies in Alfreds Sinne war.

Die erste Schwäche trat in dem Augenblick auf, als ich die Sheriff-Uniform sah, den Pistolengurt, die ärmellose Jacke und den goldenen Stern; es war die Uniform, die er sich gewünscht hatte, doch ich sah ihn darin keine Viehdiebe zuhauf treiben oder schulpflichtige Bankräuber durch das Treppenhaus verfolgen, vielmehr sah ich Richard in der Uniform im Bett liegen, ein sehr leichter, regloser und sehr apathischer Sheriff, so geschwächt durch die Leukämie, daß er nicht einmal die Pistole halten konnte. Ich kaufte die Uniform nicht. Ich hielt mich an der Tonbank fest und kaufte sie nicht.

Die Verkäuferin beobachtete mich jetzt. Ich bat sie herüber, ließ mir ein Xylophon zeigen mit goldenen und silbernen Scheiben, fragte, nur um etwas zu fragen, ob man das Instrument einem sechsjährigen Jungen schenken könnte, der seinem Alter voraus sei, worauf die Verkäuferin mir wortlos die Klöpfel gab und mich aufforderte, den Klang auszuprobieren. Ich ließ die Klöpfel auf die Scheiben fallen, lauschte der schwebenden Heiterkeit der Töne, und konnte mich nicht zum Kauf entschließen. Die Verkäuferin zeigte mir lustlos einen Modellbaukasten, der Richard angeleitet hätte, ein Schiff, den ersten atomgetriebenen Frachter der Welt, auszuschneiden, maßstabgerecht zu leimen, und wieder wagte ich nicht den Kauf: ich sah das zusammengeleimte Pappmodell in seinem Zimmer stehen, sinnlos und ohne

Eigentümer, nur eine zusätzliche Erinnerung, und so winkte ich ab.

Ich wußte, unter welchen Umständen mir ein Kauf leichter gefallen wäre. Die Schwäche kehrte wieder, eine kleine unbestimmte Übelkeit. Meine Haut sträubte sich gegen etwas oder verlangte etwas. Ich spürte ein wohlvertrautes Schwindelgefühl. Ungeduldig wandte die Verkäuferin sich ab, und ich blickte zur Galerie der Stofftiere, und auf einmal hatte ich tatsächlich den Eindruck, als duckten sie sich, kauerten sich zusammen aus Furcht, von mir gekauft zu werden.

Plötzlich fragte die Verkäuferin: »Wie wär's mit einer Eisenbahn? Davon wurde noch kein Junge enttäuscht.« »Er hat sie sich sogar gewünscht«, sagte ich, und das zurechtweisende Lächeln der Verkäuferin besagte: Warum-denn-nicht-gleich-so? Sie führte mich zu einer Tischplatte, auf der eine Eisenbahn montiert war, drückte gleichgültig auf einen Knopf, und darauf setzten sich Züge in Bewegung, Signale schnellten hoch, kleine Birnen flammten auf, doch da hatte ich schon das Interesse verloren: die Bahn kostete über zweihundert Mark. Und ich dachte daran, daß in einem halben oder einem dreiviertel Jahr, wenn geschehen wäre, was der Arzt vorausgesagt hatte, die ganze Apparatur in eine Kiste und auf den Boden wandern würde, in eine endgültige Dämmerung, in ein ungestörtes Vergessen. Ein billigeres Modell, das nur zweiundsiebzig Mark kosten sollte, wollte ich nicht kaufen, ich weiß nicht mehr warum.

Ich dachte an Richard, an die Arglosigkeit, mit der er darauf eingegangen war, seinen Geburtstag, der auf den zweiten September fiel, am achtzehnten April zu feiern; kein Zögern, kein Bedenken, kein Mißtrauen waren auf seiner Seite gewesen, im Gegenteil: als wir sagten, Freitag hast du Geburtstag, da rechnete er so mit planlosem Eifer an seinen Fingern, blickte auf und nickte, als müsse er das Datum bestätigen. Nur Jutta war eingeweiht; wir hatten ihr nicht gesagt, warum wir den Geburtstag um Monate vorverlegt hatten, wir hatten ihr nur zu erkennen gegeben, daß es sehr notwendig sei, und sie war bereit, zu schweigen und mitzuspielen.

Auf einmal erschien es mir zweifelhaft, ob ich mich überhaupt für einen Kauf würde entscheiden können, und ich erwog, Alfred in seinem Übersetzerbüro anzurufen und ihn zu bitten herüberzukommen. Die Uniformen, Musikinstrumente, Modellbaukästen und Eisenbahnen – sie kamen mir als Geschenk ungeeignet vor, sinnlos, nicht dem Zustand des Jungen angemessen.

Etwas hinderte mich daran, zu kaufen, was Richard sich selbst gewünscht hatte, ein Gefühl, ein jäher Argwohn, wir könnten uns bloßstellen mit einem ungeeigneten Geschenk. Da Alfred sich den Nachmittag freinehmen wollte, gab ich den Plan wieder auf, ihn jetzt herüberzubitten, und ich ging an den Ständern und Regalen entlang, prüfte, verwarf, erwog und verwarf abermals, bis ich in einem Holzkasten das rote Tischtelefon entdeckte. Ich kaufte es, ohne nach dem Preis zu fragen, zum Telefon gehörte eine fünf Meter lange, rotweiß-geflochtene Schnur, es lief über Batterien, und man konnte wirklich mit ihm von Zimmer zu Zimmer telefonieren. Es kostete zweiundvierzig Mark.

Ich spürte eine unerwartete Erleichterung, nun, nachdem ich das erste Geschenk, das wichtigste Geschenk, besorgt hatte. Die schmerzhafte Spannung ließ nach, die Empfindlichkeit meiner Haut, und es gelang mir mühelos, ein Zeichenbuch, einen Farbkasten und ein Spiel – »Der kleine Bergsteiger« – auszuwählen. Während die Geschenke eingepackt wurden, bezahlte ich und behielt zwölf Mark zurück und beschloß, einen Kaffee zu trinken, bevor ich nach Hause fuhr.

Im achten Stock hat die WUKA ein Restaurant, ich fuhr mit dem Lift hinauf, wunderte mich, wie gut das Restaurant schon am Vormittag besucht war, wie viele Leute schon am Vormittag warme Mahlzeiten aßen. Ich fand nur noch einen leeren Tisch in der Mitte, setzte mich und wartete auf den Kellner, indem ich die Getränkekarte las, las bis zu dem Augenblick, in dem ich mich dringend beobachtet fühlte. Was war denn geschehen, was wollten sie alle von mir? Wodurch erregte ich ihr Interesse? Alle an den Nebentischen, kleine untersetzte Frauen, alte Männer, selbst Kinder musterten mich, nicht lächelnd oder beiläufig, sondern befremdet fast, mit interessiertem Befremden. Ich konnte ihr Interesse weder erklären noch zurückweisen, ich mußte schlukken, mein Gesicht brannte. Da kam der Kellner, und ich hörte mich sagen: »Kaffee – Kognak«, hörte ihn diese Worte gleichgültig wiederholen, und ich hob die Tasche mit den Geschenken auf meinen Schoß, machte mich sinnlos, für die andern unerkennbar, an den Päckchen zu schaffen.

Die Blicke wurden noch strenger, das Interesse noch fordernder, als der Kellner mir auf einem Kunststoff-Tablett Kaffee, Kognak servierte: was wollten sie nur von mir? Meine Hand bewegte sich zur Tasse, sie zitterte, doch ich konnte die Bewegung nicht widerrufen. In kurzen Schlucken trank ich von dem heißen Kaffee, setzte die Tasse ab, sah auf das Kognakglas, auf dessen

Rand die leicht schwappende Flüssigkeit eine Spur hinterlassen hatte wie von langsamen, öligen Tropfen. Ich berührte das Glas nicht.

Ich zahlte und ging; fuhr mit dem Lift hinab, prüfte in einem beschrifteten Spiegel mein Gesicht und fand keinen Grund für die Aufmerksamkeit, die ich hervorgerufen hatte. Im Bus, der mich nach Hause brachte, nahm niemand Notiz von mir, und auch Jutta, die mich bei meiner Rückkehr mit ihrer stumm befragenden Skepsis empfing, fiel nichts an mir auf. Sie nahm mir die Tasche ab, verschwand damit in der Küche, wo gleich darauf Papier knisterte, woher ein unterdrückter Ausruf zu hören war und besagte, daß sie dabei war, die Geschenke für Richard auszupacken. Sie war mit den Geschenken einverstanden. Sie gefielen ihr so sehr, daß sie mich bat, ihr zum Geburtstag die gleichen Dinge zu schenken, einschließlich des Würfelspiels »Der kleine Bergsteiger«.

Ich versprach es ihr, und dann bereiteten wir gemeinsam das Essen vor.

Alfred kam pünktlich. Er hatte etwas von sich aus gekauft, eine Taschenlampe mit Gummikanten, die Jutta sogleich zu den andern Geschenken legte. Er küßte mich an der Tür so wie früher. Er schien mir anzusehen, daß ich mein Versprechen gehalten hatte, jedenfalls unterließ er es, sich zu vergewissern. Vieles an seiner Art und an seiner Haltung erinnerte mich an früher, half mir in vieler Hinsicht, um diesem Tag, diesem sechsten Geburtstag gewachsen zu sein.

Nach dem Essen zog Richard sich an und wurde aus dem Kinderzimmer verbannt. Alfred war bei ihm, während ich mit Jutta die Vorbereitungen zur Feier traf: wir machten aus der Lampe einen Lampion, zogen Konfettischlangen durch das Zimmer, deckten den Tisch und legten einen Halbbogen aus Blumenköpfen dort, wo Richard sitzen würde. Jutta stand viel herum und beobachtete mich bei den Vorbereitungen, und auf einmal sagte sie: »Vielleicht freut er sich gar nicht.« »Warum«, sagte ich, »warum soll er sich nicht freuen?« »Wenn er merkt, daß heute gar kein Geburtstag ist.« »Er hat selbst nachgerechnet«, sagte ich, »und deshalb wird er nichts dagegen haben.« »Aber der Tag stimmt nicht«, sagte sie, »eigentlich muß er noch warten bis zum September.« »Er kann nicht warten«, sagte ich. »Und wir?« fragte sie. »Wir tun, was er sich gewünscht hat«, sagte ich, »wir feiern seinen Geburtstag.«

Ich merkte, daß Jutta mit unserer Entscheidung nicht einverstanden war, daß sie einen Vorbehalt machte und sich am liebsten geweigert hätte mitzufeiern, nicht weil es ihr schwerfiel, Richard diesen Tag zuzugestehen, als vielmehr deshalb, weil wir diesen Tag nicht an seinem ordentlichen Datum feiern wollten. Ich mußte sie bitten, mußte sie sogar verwarnen, in unserem Sinne mitzuspielen. Danach spürte ich solch ein Schwindelgefühl, daß ich ins Badezimmer ging, Wasser über meine Handgelenke laufen ließ. Ich versicherte mich, daß mein heimlicher Vorrat noch in seinem Versteck war, rührte jedoch nichts an.

Bevor die Feier begann, steckte Jutta die Kerzen an, und wir holten Richard und Alfred herüber, und Alfred mußte vor unseren Augen, unter dem Gelächter des Jungen, zunächst eine Blume essen, weil er eine Wette verloren hatte. Er aß sie unter fröhlichen Krümmungen und Verrenkungen. Richard klatschte dazu. Dann gab es die Geschenke, das heißt, wir führten Richard zu einem Stuhl, und er fetzte das Papier nur so herunter, sagte kein Wort, sah sich nicht um, arbeitete hastig und verbissen, hielt sich mit keinem Geschenk, das er ausgewickelt hatte, auf, sondern nahm gleich das nächste Päckchen zur Hand. Mit zufriedenem Nicken legte er die Geschenke auf den Fußboden, schnell, aber nicht achtlos, und zuletzt packte er das rote Tischtelefon aus: jetzt sah er sich zum ersten Mal um. Er setzte sich auf den Boden, hob den Hörer ans Ohr, lauschte, winkte uns, ganz still zu sein, verzog sein Gesicht, lächelte und sagte: »Ich höre ihn. Ich höre ihn genau.« »Was sagt er denn?« fragte Alfred. »Es geht ihm gut«, sagte Richard.

Alfred bückte sich, nahm den Hörer, lauschte und sagte: »Er meint, wir sollten jetzt den Geburtstagskuchen probieren; er will sich erst wieder melden, wenn wir gegessen haben«, worauf Richard nur einmal kurz lauschte und die Auskunft bestätigte. »Ich möchte ihn auch einmal hören«, sagte Jutta. »Jetzt nicht«, sagte Richard, »er ist fort. Jetzt sagt er nichts.« Mit einer unduldsamen Bewegung verbot er ihr, den Hörer aufzunehmen, und wir setzten uns an den Tisch, aßen Apfelkuchen und tranken Kaffee, und Alfred zwinkerte mir zu wie einst. »Ich werde die Schnur verlegen«, sagte er, »ich ziehe sie von hier bis zur Küche, und dann werden wir sprechen.« »Nicht nötig«, sagte Richard, »ich höre ihn auch so. Ich hör ganz genau, was er sagt.« »Du kannst gar nichts hören«, sagte Jutta, »denn zuerst muß das Telefon angeschlossen werden. Und es muß jemand mit dir sprechen.« »Mit mir hat jemand gesprochen«, sagte Richard, »er hat gesagt, es geht ihm gut.« Eine heimliche Erregung ergriff ihn, er weigerte sich zu essen, wartete widerwillig, bis wir fertig waren und er zu seinem Telefon zurückkehren konnte.

Alfred und er verlegten sodann die rotweiße Schnur, sie reichte über den Korridor in die Küche, und wir hatten keine Möglichkeit, das Geschirr hinauszutragen: wir durften uns nicht bewegen, durften nicht sprechen, als die Verbindung erprobt wurde. Beide Türen wurden geschlossen, die Telefonierenden lagen auf dem Fußboden in der Küche und im Kinderzimmer, und die Lautstärke, in der sie sich verständigten, hätte ausgereicht, vier Türen zu überwinden. Lächelnd gab Alfred mir den Hörer, blieb neben mir hocken, und während ich mich bei Richard brüllend erkundigte, wie das Wetter bei ihm sei, stützte Alfred mich und hielt mich fest. Da war wieder der Druck auf dem Magen, ich ließ ihn weitersprechen, erhob mich, ging hinaus auf den Korridor und öffnete behutsam die Tür zum Kinderzimmer, öffnete sie nur, ging aber nicht hinein, sondern lehnte mich aufgerichtet gegen die Wand. »Ich auch einmal«, sagte Jutta, »bitte, laß mich auch einmal.« Richard antwortete nicht, und ich hörte Jutta drängen: »Bitte, Richard, jetzt bin ich dran. Du darfst auch mit meinen Sachen –« »Weg«, sagte Richard, »laß mich.« »Gut«, sagte Jutta, »dann sag ich dir, was du nicht weißt: du hast heute gar nicht Geburtstag! Es stimmt nicht, es stimmt nicht: dein Geburtstag ist im September.« Ich ging nicht zu ihnen hinein, wartete auch nicht auf Richards Antwort, die Übelkeit wurde so groß, daß ich ins Badezimmer ging, nicht einmal abschloß, sondern einfach nur einen Schluck nahm und die Flasche sofort wieder wegstellte und auf den Korridor trat, wo ich Richard brüllen hörte, begeistert, dem Spiel hingegeben. Ich wischte mir die Lippen ab, zündete eine Zigarette an, als Alfred lächelnd aus der Küche kam, auf Zehenspitzen zu mir, dann etwas flüstern wollte und es nicht tat, sondern einfach an mir vorbeiging, als hätte er mich gar nicht dort stehen sehn.

Lauschend kam der dicke Burow aus dem Gasthaus heraus, als über der glatten morgendlichen Bucht das Tuckern der auslaufenden Fischkutter erklang. Schwerfällig, angetan nur mit Hose und kragenlosem Hemd, stieg er die Zementstufen der schäbigen Veranda hinab, ging lauschend weiter durch das kalte Gras, überquerte den Hügel und trat unter das Teerdach des zur Bucht offenen Schuppens. Bedächtig zog er aus einer Hosentasche ein Fernglas hervor, setzte sich auf einen Hauklotz und hob das Glas an die müden, geröteten Augen: scharf, in ausgestochenen Scheiben erschien die Steilküste auf der anderen Seite der Bucht; körniger, kreidiger Fels wurde deutlich, steile Rinnen, die der Regen gerissen hatte, und über der Steilküste, hingebogen vom ewigen Wehen des Ostwindes, tauchten in den münzrunden Ausschnitten Strandkiefern auf, schräge Stämme mit niedergezwungenen Kronen, die bis zum äußersten Ende der Bucht wuchsen, dort, wo die Steilküste jäh abwinkelte. Suchend senkte der Mann das Glas, senkte es so weit, bis er die schwarzen ausgespülten Löcher unten am kreidigen Felsen erkannte; weiter lief sein Blick, weiter am Fuß der Felsen entlang, über das flache grauschimmernde Wasser, aus dem sich einzelne Felsbrocken heraushoben, rundgewaschen von der See. Ohne abzusetzen, richtete er das Glas hinaus auf das Wasser: draußen, wo die Steilküste abwinkelte, krauste und riffelte es sich, warf kurze Wellen im Zusammenstoß zweier Strömungen; zur Mitte der Bucht hin wurde das Wasser dunkler, tiefgrün über der Fahrrinne, die in der Mündung des Flusses lag, und auf seiner Seite, wo das Land flach zur See auslief, mit einem breiten, sandigen Strand, hatte das Wasser einen hellbraunen Schimmer. Suchend lief sein Blick darüber hin, streifte die kleinen Fischkutter, die unter gleichmäßigem Tukkern in Kiellinie ausfuhren, und glitt jetzt prüfend den Sandstrand hinab: ein zerschlagener Kutter erschien in den ausgestochenen Scheiben des Fernglases, die von der Sonne gebleichten Trockenpfähle für die Netze, die beiden Landungsstege dann und schließlich das Dorf. Friedlich lagen die Fischerkaten da. Räuchertonnen standen hinter den angebauten Schuppen, Stapel von Bretterzeug, weißgewaschenes Schnittholz, das sie aus der See gefischt hatten. Eine schmutzige Linie lief durch den Sand: verdorrter Tang, den der letzte Sturm auf Land geworfen hatte,

Lappenreste, verrostete Schachteln und zerbrochene Korkstücke – eine Markierung, die der letzte Sturm wie zur Erinnerung daran zurückgelassen hatte, wie weit er hinaufgeschlagen war auf den Strand.

Bis zur Mündung des schnell fließenden Flusses suchte der Mann die Bucht ab, bis zur Stelle, wo das Land allmählich zu steigen, sich zu erheben begann und als Steilküste die eine Seite der Bucht begrenzte. Wie jeden Morgen suchte er ergebnislos. Seufzend stand er vom Hauklotz auf, ein schwerer Mann mit bekümmertem Karpfengesicht; Müdigkeit in den Augen, Müdigkeit um den kleinen, trockenen Mund, so stand er frierend in der klaren, kalten Luft jenes Morgens. Sein Gesicht war blaß; es hatte die Blässe eines angedünsteten Fisches, und eine Spur von verstörter Traurigkeit zeigte sich auf ihm. Langsam kam er aus dem Schuppen hervor, steckte das Fernglas in die Hosentasche, stopfte den schmalen Lederriemen nach und stand und sah mit bloßem Auge auf die gekalkten Wände der Katen hinab. Die Wände leuchteten in der frühen Sonne. Zögernd, nach einem schnellen Blick zum Gasthaus hinüber, trat Burow auf den ausgefahrenen Sandweg, der zu den sauberen, gekalkten Katen hinabführte, zwischen ihnen hindurch und weiter bis zu den Landungsstegen. Ohne Eile ging er, während das Glas bei jedem Schritt gegen seinen Oberschenkel stieß, den Sandweg hinab; Fische, Kistenholz und Teer strömten einen strengen Geruch aus, der immer stärker wurde, je näher er den Katen kam. Die Katen waren grob verputzt, dickwandig, mit kleinen Fenstern zur Seeseite hin, Fenstern wie Gucklöchern; vor den Fenstern hingen grobe, gehäkelte Gardinen; und in die rauchigen, schwarzen Türpfosten waren Kerben eingeschnitten, eckige Zahlen, eckige Namen. Ausgetreten, gesprungen manchmal waren die Steintreppen, die in die lichtlosen Flure führten; neben den Steintreppen standen Bänke, kurz, gedrungen, mit trockenen Fischschuppen bedeckt, die weißgrau schimmerten. Ruhig ging der Mann an den alten Katen vorbei, an den angebauten Schuppen, die gefüllt waren mit gespaltenem Holz, mit Säcken voll Sägespänen, und in denen, an breiten Haken in der Längswand, schwere Riemen hingen, Drahtrollen und Stangen mit Aalgabeln. An einer Feuerstelle vorbei, auf der ein Kessel zum Kochen der Netze stand, ging er hinunter zum Strand, zu dem zerschlagenen Kutter, den sie aus dem Wasser geschleppt hatten. Die Spanten des Kutters standen in der Luft, gebogen und ausgedörrt wie Rippen. Burow sah, daß jetzt auf dem zertrümmerten Bug des Kutters ein Mann saß, ein Alter mit speckiger Joppe, mit Schirmmütze und nikotingelbem Bartkranz. Den Oberkörper auf einen Stock gestützt, blickte er über die Bucht, blickte den Kuttern nach, die mit dumpf tuckerndem Geräusch hinter der Steilküste verschwanden. Der Alte war mager. Es war Feddersen. Burow erkannte ihn wieder, und er ging langsam, mit knirschenden Schritten auf ihn zu. Leicht hob der Alte den Stock zum Gruß, sein Kopf begann zu nicken, die wässrigen Augen schlossen sich fast ganz unter einem freundlichen Grinsen, das die Haut straffte, sein Gesicht starr und maskenhaft machte: Feddersen war der älteste Fischer im Dorf. Seine Haut war trocken und ausgezehrt, die Gelenke steif, die Finger gekrümmt, er sah aus, als ob ihn das Salz der See überkrustet, eingepökelt hätte.

»Nu«, machte er freundlich, »nu«, und hob fragend die Schultern. »Wieder nichts«, sagte Burow leise. Das müde Gesicht mit den geröteten Augen senkte sich: »Alles habe ich abgesucht, die Steilküste drüben, die Mündung, die ganze Bucht; wieder nichts. Ich werde sie nicht mehr sehen.«

Der Alte blickte sorgfältig den Strand hinab, zur Steilküste hinüber und weit über die Bucht; er hob den Stock dabei, drehte ihn langsam in Hüfthöhe, beschrieb einen offenen Kreis: niemals stand der Stock still, und der Mann stieß ihn wieder in den Sand und schüttelte den Kopf.

»Nu«, machte er, »nu.«

»Vor der Bucht war es«, sagte Burow. »Am Ausgang der Bucht sind sie gekentert, und da ist sie ertrunken. Das Boot wurde angetrieben, auch ein Kissen wurde angetrieben – nur sie nicht, meine Frau hat keiner gefunden.«

Der Alte hustete, schluckte angestrengt; eine kleine Öffnung entstand im nikotingelben Bart: »Im Frühjahr«, sagte er freundlich, »im Frühjahr wird sie antreiben der Wind. Das Frühjahr is gut dafür; dann steht der Wind auf der Bucht und bringt alles an Land. Aufs Frühjahr is Verlaß, Herr.«

Ein mildes Erschrecken glitt über das müde Gesicht Burows, zeigte sich in den traurigen Augen.

»Nein«, sagte er, »ich bin nur gekommen, um sie zu begraben. Bis zum Frühjahr kann ich nicht warten, ich muß zurück in mein Geschäft.«

»Aufs Frühjahr is man mehr Verlaß als auf den Herbst«, sagte der Alte. »Is schön bei uns im Frühjahr: große Aale, geräucherte Flundern.«

Burow trat an ihn heran, suchte seinen wässrigen Blick, roch den strengen Geruch des Alten, einen Geruch nach Fischen und Kautabak, und er sprach flüsternd in das hautstraffe Gesicht hinein: »Sie war nicht allein im Boot, aber von ihm hört man gar nichts, niemand weiß, was mit ihm geschehen ist, mit dem Vertreter, der sie 'rausgebracht hat. Vertreter war er, weiter nichts; mit ihm ist sie weggegangen, an einem Sonnabendmorgen, am Tag, wo am meisten zu tun ist. Ein kleiner Vertreter war er, der nichts hatte als sein Fixum und seine Bügelfalten. Vom Segeln verstand er nichts: nur das Boot wurde angetrieben und das Kissen. Niemand weiß, was mit ihm geschehen ist.«

»Im Frühjahr«, sagte der Alte, »im Frühjahr steht der Wind auf der Bucht und bringt alles an Land, auch Vertreter. Im Frühjahr is man viel zu finden hier, da is schon manch einer überrascht worden. Was sich die Fische nicht holen und die Strömung nicht fortnimmt, das bringt der Wind alles an Land.«

Er hustete, würgte, sein Gesicht verfärbte sich; krampfhaft umschlossen die Finger den Stock, so daß die Knöchel weiß anliefen, dann spuckte er kräftig aus und lächelte. Lächelnd wartete er, bis sich sein Atem beruhigte, der Druck auf der Brust nachließ. »Im großen Frühjahr is alles besser«, sagte er mühsam, »wenn man nur erst der nächste Winter vorbei is.«

Das Tuckern der Fischkutter war nicht mehr zu hören, nacheinander waren sie hinter der Steilküste verschwunden; leer lag die Bucht jetzt da, durchschnitten von dem tiefgrünen Streifen der Flußmündung, auf dem treibende Möwen saßen, Heringsmöwen mit gelben Schnäbeln, roten Augen und schiefergrauen Flügeln. Sie saßen auf dem glatt strömenden Wasser, ließen sich hinaustreiben aus der Bucht und kehrten in kreischendem Flug wieder zur Mündung zurück.

Burow sah hinüber zu einer kreischenden Gruppe von Möwen, als er unvermutet eine Berührung spürte, eine kurze streifende Berührung vom Stock des Alten: überrascht wandte er sich um. Der Alte machte ihm ein vergnügtes Zeichen, hinter sich zu blicken, zu den Katen, ein Zeichen auch, nicht zu sprechen, und er blickte stumm in die Richtung, in die der Stock wies. Die verschrammte Eisenspitze des Stockes zitterte leicht, sie zeigte auf eine Kate mit tief herabgezogenem Schilfdach, auf ein niedriges Seitenfenster, aus dem behutsam, ruckweise ein verschnürter Karton gestoßen wurde. Lautlos beinahe fiel der Karton in den Sand, und gleich darauf erschien das mißtrauische Gesicht eines Jungen neben dem Türpfosten: blondes, stumpfes Haar, breite Wangen und starke Kiefer, die an die großen Kiemen eines Kaulbarsches erinnerten; hastig lauschte der Junge über die Bucht, horchte in die Kate zurück und schlüpfte schließlich barfuß die Steintreppen hinab und um die Ecke der Kate zu seinem Karton. Er griff mit beiden Händen unter die Schnur des Kartons, hob ihn hoch und entfernte sich rückwärts gehend von der Kate; rückwärts gehend näherte er sich den Männern, bis er sich plötzlich instinktiv umwandte und erschrocken den Alten entdeckte und Burow. »Nu«, machte der Alte vergnügt, »nu«, und mit fröhlichem Glucksen sagte er: »Is man zu früh zum Reisen, Jungchen, solltest bis zum großen Frühjahr warten.«

Der Junge sah ihn zaudernd, mit erschrockenem Lächeln an, er sah zur Kate zurück und dann, forschend und unruhig, in das blasse Karpfengesicht Burows, in die vor Müdigkeit geröteten Augen, die ihn rätselhaft musterten, mit rätselhaftem Vorwurf.

»Ich – ich muß weiter«, sagte der Junge.

»Nein«, sagte Burow, »du bleibst hier. Du gehst jetzt nicht weg. Du wirst mir erst sagen, woher du den Schal hast: es ist der Schal meiner Frau.«

Der Alte legte den Kopf auf die Seite, neugierig, freundlich grinsend betrachtete er den Schal, den der Junge lose gebunden über einem verwaschenen Leinenhemd trug.

»Woher hast du den Schal?« fragte Burow.

Der Junge nickte zur offenen Bucht hinüber; er stand jetzt in lauernder Haltung da, fluchtbereit, den Karton in beiden Händen.

»Hast du den Schal gefunden?«

»Vater«, sagte der Junge, »er hat ihn rausgeholt mit den Dorschangeln, der Schal war an zwei Haken fest.«

»Gib ihn her. Es ist der Schal meiner Frau; sie hat ihn von mir.«

Vorsichtig trat der Junge einen Schritt zurück, duckte sich, wandte sich unerwartet um und lief, den Karton gegen die Brust gedrückt, den Strand hinauf; lief weiter, ohne sich umzusehen, über den flachen Grünstrich, zwischen angepflockten Ziegen vorbei, weiter um die Katen herum bis zum Sandweg, der ansteigend am Schuppen des Gasthauses vorbeiführte und durch einen lichten Buchenwald hinaus aus dem Dorf. Auch als er auf der Höhe des Gasthauses war, dieses vernachlässigten, fremdartigen Hauses, das aussah wie eine Geschwulst des Hügels, sah er nicht zurück, lief nur und lief mit seinem Karton und der Angst. Burow machte keinen Versuch, ihn einzuholen.

»Nu«, gluckste der Alte, »nu«, und er drückte sich vom Gerippe des Kutters ab, ging stockend in Richtung der Flußmündung, und Burow folgte ihm. Der Sand knirschte unter ihren Schritten. Eine Seeschwalbe stürzte wie ein Geschoß ins Wasser, tauchte auf und flog davon.

»Es war ihr Schal«, sagte Burow, »sie hat ihn zum Urlaub bekommen.«

»War in der Dorschangel«, sagte der Alte, »schön festgehakt, so fest wie der Matrose damals mit den feinen Stiefeln: vier Jahr, Herr, hab ich die Stiefel können tragen. Und der Bosack hat die Hosen können brauchen. Im Frühjahr is oft was drin in den Angeln, was paßt.«

»Ich wollte sie nur begraben«, sagte Burow. »Wenn sie nicht tot wäre – wahrscheinlich wäre ich dann nicht gekommen. Aber sie muß ertrunken sein, sonst hätte sie sich gemeldet.«

Sie gingen bis zum Fluß vor der Mündung, sie blickten schweigend den schnell strömenden Lauf des Flusses hinauf; lautlos floß er heran, zerrend an überhängendem Weidengestrüpp, an losem Astgeflecht; heftig schwankte, zitterte Hechtkraut in der Strömung, Blätter trieben vorbei, kleine Grasinseln, die, von den Strudeln erfaßt, herumgewirbelt und gegen das Ufer gedrückt wurden, einen Augenblick nur, denn gleich riß das drängende Wasser sie wieder los, führte sie zur Mitte, drehend, ein grünes Karussell auf dem dunklen Lauf des Flusses.

Burow zog das Fernglas aus der Tasche, hob es an die Augen, während der Alte ihn grinsend beobachtete; langsam drehte sich das Glas, und jetzt, ja, jetzt erschien in dem münzrunden Ausschnitt ein laufender Junge mit einem Karton auf der Schulter, über die zerrissene Steilküste lief er dahin, auf einem schmalen Weg, der in die Strandkiefern führte. Und bevor er noch die Strandkiefern erreicht hatte, sah Burow eine Frau sich von der Erde erheben, sah, wie sie auf den Jungen zutrat und ihm das Paket abnahm. Er erkannte sie wieder, es war seine Frau. Er beobachtete, wie sie dem Jungen etwas gab und dann allein zu den Strandkiefern ging und in einer Bodenwelle verschwand.

Der Alte zupfte ihn am Ärmel.

»Is da was?« fragte er.

»Nein«, sagte Burow, »da ist nichts.«

»Wer ertrinkt, is man tot«, sagte der Alte freundlich.

»Ja«, sagte Burow.

Die Glücksfamilie des Monats

Sie rangen miteinander vor unserem Fenster. Ihre dünnen, nackten Beine stemmten, spreizten sich, machten heftige Ausfallschritte; sie schmiegten sich schön und fest aneinander, suchten sich durch Druck zu überzeugen und dann wieder durch die plötzliche Aufhebung jeden Drucks; schleudernd öffneten sie eine Falle, setzten stampfend auf und stolperten leicht, und dabei scharrten sie mit ihren Schuhen über den trockenen Schulhof und rissen den Staub hoch. Sie rangen lautlos, und es war einstweilen nur die Arbeit ihrer Beine zu sehen, eine schnelle, durchschaubare und ganz und gar erbitterte Arbeit; was ihre Arme taten und ihre Körper, das war nicht immer zu sehen, denn die obere Kante unseres Fensters schnitt sie in der Hüfte ab. Manchmal allerdings, wenn ein Rücken sich wegduckte, war da ein Schulranzen zu erkennen und das Profil eines Gesichts, und es zeigte sich ein brauner Pullover, der eine Manchesterjacke umarmte, und für Sekunden sah man auch offene, stumme Münder, stumm vor Anstrengung, und Blicke voll erstaunter Not und Drohung und Trotz.

Sie rangen vor unserem Fenster, während wir aßen, und mein Alter, der Pedell der Schule, tat und sagte nichts, vielmehr verfolgte er den Kampf genau und mit quälendem Interesse, so als fürchte er sich davor, in einem bestimmten Augenblick eingreifen, sich zumindest äußern zu müssen. Er kaute langsam zu Ende. Achtlos trank er seinen Kaffee. Er saß starr und hoch aufgerichtet da, mit gerötetem Gesicht, aus schmalen Augen den kleinen, anonymen Kampf verfolgend, und wie immer, wenn etwas geschah, was er nur beobachtete, bewegten sich seine Lippen, bewegten sich aufgeregt und schnappend und unter kleinen platzenden Geräuschen. Seit seiner Verschüttung hatte er eine Sprachstörung und die Gewohnheit, Ereignisse, die er beobachtete, mit einem unwillkürlichen, heftigen Kommentar seiner Lippen zu begleiten; es war kein Wort zu verstehen, dennoch war ihm anzusehen, wie er bezeichnende Worte unaufhörlich suchte und sammelte, gerade so, als könne er sich auf sein Auge nicht verlassen und müsse, damit das Geschehene auch wirklich geschah, Worte zum letzten Beweis bilden. Er mußte einfach alles mit seinen Lippen wiederholen und aufnehmen, ungehört, nur für sich und mit Worten, die niemand verstand, die nur zu vermuten waren.

Es war durchaus ein schmerzhafter Eifer, mit dem seine Lippen den kleinen, verbissenen Kampf draußen auf dem Schulhof wiederholten, wiederholten und so für ihn erst stattfinden ließen, und weil er unsere Blicke auf sich fühlte, stand er auf, ging vor das offene Fenster und umfaßte mit beiden Händen die Eisenstäbe. Der braune Pullover war jetzt öfter zu sehen. Zwei Beine mit heruntergerutschten Kniestrümpfen stemmten nicht mehr so überzeugend wie am Anfang, sperrten und widersetzten sich nicht, sondern hakelten nur, stolperten, fanden jedenfalls keine Standfestigkeit. Dann fiel ein Schulranzen. Mein Alter hob eine Hand, deutete auf den Ranzen, wollte etwas sagen, doch es gelang ihm kein Wort. Langsam, wie enttäuscht über sich selbst, zog er seine Hand zurück. Die Beine standen jetzt schräg gegeneinander wie in einem waghalsigen Tanzschritt, jedes ein Hindernis für das andere, und sachte, als ob ein zunehmendes Gewicht sie niederdrückte, gaben sie nach, knickten ein, und dann stürzten die beiden Körper auf den Schulhof. Die Manchesterjacke war gleich obenauf. Ein Arm hob sich und fiel herab, hob sich und fiel abermals. Da war ein Stöhnen zu hören und ein trockenes Scharren von Absätzen.

Mein Alter umspannte fest die Eisenstäbe am Fenster. Seine Lippen bewegten sich erregt, schafften und schafften sich Worte, untaugliche Worte, die noch nicht fertig schienen, die mehr gedacht als artikuliert waren und hoffnungslos auf den Lippen verliefen. Er konnte nie in einem beliebigen oder doch von ihm selbst gewünschten Augenblick sprechen seit seiner Verschüttung; immer mußte die rasende Bemühung seiner Lippen vorausgehen, ein fast panischer Erwerb von Silben, bis allmählich ein Stau entstand oder doch ein Überfluß, da erst gelang ihm das erste fertige Wort. Doch danach konnte er nicht innehalten; einmal gelungen, folgten dem ersten Wort in zwanghaftem Strom andere Worte, schnell, hingerissen, er schien gar nicht mehr aufhören wollen zu reden, und es hatte den Anschein, als wollte er die plötzliche Fähigkeit, Worte zur Verfügung zu haben, grenzenlos ausbeuten.

Wir konnten sehen, wie er sich den nötigen Überfluß erarbeitete, den Kopf zur Seite warf, und endlich, endlich rief: »Auf- auf- aufhören wollt ihr wohl aufhören hab ich gesagt und sofort aufhören und schluß und aufhören oder soll ich euch beibringen und du dich kenn ich doch bist mir schon einmal aufhören ...«

Die Manchesterjacke erhob sich darauf zögernd, und auch der braune Pullover wurde sichtbar. Eine Hand hob den Schulranzen auf. Die dünnen zerschrammten Beine standen so ein wenig ratlos vor unserem Fenster, während mein Alter neu ansetzte zu variationsreichen Warnungen und Drohungen. Da bückte sich einer, und gleich darauf der zweite: sie, die bisher miteinander gerungen hatten, hockten sich hin und verbündeten sich stillschweigend, grinsten in unsere Pedellwohnung hinein, und auf einmal rief der erste, die Sprachnot meines Alten nachmachend: »Ka – Ka – Kakadu«, worauf der zweite, echohaft, antwortete: »Ka – Ka – Kakadu«, und schließlich vereinigten sich ihre Stimmen, und mit freimütiger Verachtung in ihren Gesichtern riefen sie in gleichem Rhythmus: »Ka- Ka- Kakadu.«

Mein Alter wußte, daß sie ihn in der Schule Kakadu nannten, und er konnte sich nicht abfinden damit; er litt so sehr darunter, daß man nicht einmal Kakadu zu rufen brauchte, um ihn außer sich zu bringen; es genügte, wenn ein Schüler Lora-Lora sagte oder Ara oder Jako, und mein Alter verlor die Fassung, forschte zornig und sprachlos nach dem Übeltäter, immer nahe daran, sich zu unbedachten Handlungen hinreißen zu lassen. Das aber hatte er wohl noch nie erlebt: daß jemand vor dem Fenster hockte und ihm mit gepreßter Stimme, gleichmütig skandierend, den verhaßten Namen zurief, das Wort, unter dem er so litt und das er so fürchtete. Seine Lippen zitterten. Er wandte sich an uns mit einer großen, hilfesuchenden Geste, schoß herum, griff hoch in die Eisenstäbe und fand kein Wort, fand nur zu einem Ausdruck schmerzhaften Staunens. Ich wollte zur Tür, aber mein Alter war schneller. Er stieß mich zur Seite, stürzte auf den Korridor hinaus und überließ es mir, ans Fenster zu treten. Die beiden waren verschwunden. Ich ging achselzuckend zu Mutter, die am Tisch sitzengeblieben war, und sagte: »Verstehst du das? Weißt du, warum?«

»Er weiß es, das genügt«, sagte sie.

»Aber dieser Name? Was besagt schon dieser Name?«

»Für ihn viel«, sagte sie.

»Er kann doch einfach weghören.«

»Einfach?«

»So tun, als ob es ihn nicht trifft.«

»So tun?«

»Frag doch nicht so«, sagte ich, »du weißt schon, wie ich's

meine. Wenn er sich nicht angesprochen fühlt, braucht er nicht zu leiden.«

»Aber er fühlt sich angesprochen, das ist es eben. Er muß sich angesprochen fühlen.«

»Warum?«

»Weil er sonst noch mehr allein wäre«, sagte sie. »Und jetzt – hole ihn. Sie haben ihn schon zweimal verwarnt. Hole ihn, bevor er sich hinreißen läßt ...«

Es klopfte mehrmals, ich bemerkte es nicht gleich. Ich blickte auf sie, die sich so verständnisvoll in seinem Unglück eingerichtet hatte, daß sie ruhig weiter aß und mich nun durch einen Blick aufforderte, zur Tür zu gehen und zu öffnen. Ohne Eile ging ich hinüber, erwartete, einen Schüler oder Lehrer zu treffen, der einen Schlüssel brauchte, der etwas aus der Schulapotheke verlangte, doch draußen auf dem Gang, unter den stoffverkleideten Leitungsrohren, stand ein Paar, das zu glücklich lächelte, als daß es im Auftrag der Schule hätte gekommen sein können. Die Reporterin war Mitte Vierzig, untersetzt. Sie hatte dichtes, stumpfes, blondes Haar, eine griesige Haut, dunkle Augen. Sie stand mit leicht gespreizten Beinen da, hielt vor dem Bauch eine lackglänzende Handtasche und einen riesigen Blumenstrauß, wippte leicht und legte ein Vertrauen in ihr Lächeln, das mir durch nichts gerechtfertigt schien. Neben ihr, mit eingezogenem Kopf, etwas zerstreut, doch gleichfalls lächelnd, stand der Photograph, ein riesiger junger Mann, in dessen gebeugten Oberkörper sich kreuz und quer Trageriemen einschnitten, an denen Kameras hingen, lederne Taschen und Etuis. Durch Zug und Gegenzug seiner Ausrüstung wurden die Ärmel seines Jacketts hoch über die Handgelenke geschoben, so daß seine schwarzen, mit arabischen Schriftzeichen bedeckten Manschettenknöpfe zu sehen waren.

Noch bevor ich etwas sagen konnte, reichte mir die Reporterin herzlich, ungeduldig die Hand, zwinkerte mir aufmunternd zu, als ob sie mich auf eine Überraschung aufmerksam machen wollte. Sie sagte: »Edith Pohl-Malesius. Ich bin Reporterin. Sind Ihre Eltern zu Hause?«

Ich nickte, worauf der Photograph einen brennenden Zigarettenstummel in die linke Hand nahm, mir mechanisch die rechte anbot, nicht seinen Namen nannte, sondern in einem Ton, in dem eine heitere Warnung lag, feststellte: »Ich mache die Bilder und so weiter.«

Es lag ihnen nichts daran, mein Erstaunen, meine Verwirrung aufzuheben. Sie waren es gewohnt, das gleiche Erstaunen vorzufinden, wo immer sie auftauchten, die gleiche Verwirrung und Ratlosigkeit. Es schien mir sogar, daß ihnen meine Ratlosigkeit Freude machte, etwa wie einem Weihnachtsmann die Ratlosigkeit dessen Freude macht, dem er gegen jede Erwartung einen Sack mit Geschenken anschleppt. Jedenfalls kündigte ihr Lächeln bereits eine Entschädigung für die Ungewißheit an, die ihr Besuch hervorrief. Ich bat sie einzutreten, horchte rasch den Gang hinab, doch von meinem Alten war nichts zu hören. Beide traten zu Mutter, die immer noch ruhig aß und in genußreichen Zügen ihren Kaffee trank. Sie begrüßten sie, wie sie mich an der Tür begrüßt hatten, brauchten die gleichen Worte, worauf Mutter unachtsam nickte, von ihrem Wurstbrot abbiß, den Blick senkte und kaute.

Da sagte die Reporterin: »Wir sind hier, Frau Steputat, um Ihnen eine gute Nachricht zu bringen.«

»Und um zu gratulieren und so weiter«, fügte der Photograph hinzu.

»Da Sie Leser unserer Zeitung sind«, sagte die Reporterin, »wissen Sie, daß wir zwölfmal im Jahr eine Glücksfamilie des Monats wählen. Für diesen Monat hat die Redaktion Sie gewählt: Herrn und Frau Steputat.«

»Meine herzlichsten Glückwünsche«, sagte der Photograph.

»Auch ich gratuliere«, sagte die Reporterin, »Sie wissen sicher, was diese Wahl bedeutet: einen Monat lang, in jeder Woche einmal, dürfen Sie sich ein Ereignis aussuchen, an dem Sie gern teilnehmen möchten: von einer Premiere in der Staatsoper bis zum latein-amerikanischen Liebesmahl mit dem Bundespräsidenten. Die Redaktion macht alles möglich und übernimmt die Kosten.«

»Und alles wird im Bild festgehalten«, sagte der Photograph.

»Damit Ihnen kein Lohnausfall entsteht«, sagte die Reporterin, »wird die Redaktion Ihnen einen entsprechenden Betrag überweisen. Sie wird Ihnen einen Wagen zur Verfügung stellen für die Hin- und Rückfahrt. Falls es nötig ist, übernehmen wir auch die Kosten für die offizielle Kleidung ... Und nun noch einmal: herzlichen Glückwunsch. Und diese Blumen für Sie.«

»Wobei ich mich anschließe«, sagte der Photograph.

Ich stand schräg hinter ihnen, während sie sprachen, sah, daß die Reporterin sehr nachlässig gekleidet war, helle Flecken von Puder auf dem Kragen ihrer Jacke hatte und ein kreuzweis geklebtes Pflaster am Hals. Der Photograph suchte nach einer neuen Zigarette, fand keine, nahm wortlos die Handtasche der Reporterin, öffnete sie, kramte sich eine Zigarette heraus und zündete sie an. Beide blickten nun erwartungsvoll auf Mutter, die mit gesenkten Blicken dasaß, die Blumen betrachtete und sich doch äußern mußte zu ihrem Glück. Sie sprang nicht auf, aß nicht schneller, geriet in keinerlei Erregung, stieß nicht einmal, obwohl die Nachricht es wert gewesen wäre, einen zufriedenen Seufzer aus, sondern beendete, in schweigendem Einverständnis mit sich selbst, ihr zweites Frühstück, blickte mich an und sagte: »Hol Vater. Wahrscheinlich ist er im Chemiezimmer.«

Verblüfft wartete ich. Ich konnte mir nicht erklären, woher sie wußte, daß er im Chemiezimmer sein sollte, doch sie wiederholte: »Im Chemiezimmer. Hol' ihn.«

Ich ging hinaus. Ich war nur auf Urlaub zu Haus; doch mein Alter hatte mich so oft durch die Schule geführt, daß ich die Lage der Klassen kannte und wußte, wo der Zeichensaal war, wo das Physikzimmer, das Chemiezimmer. Elektrische Klingeln schrillten fordernd, tobsüchtig, als hätten sie ein Fiasko und nicht die neue Stunde anzukündigen. Ich ging den Gang zu Ende, stieg aus dem Keller hinauf, lauschte und konnte seinen Schritt nicht hören auf den geriffelten Fliesen. Keine Unruhe, keine Besorgnis, denn ich sagte mir, daß er die Jungen nicht gestellt hatte, nie hätte stellen können. In der Zeit, die er brauchte, um von seiner Pedellwohnung zum Eingang zu kommen, konnten sie jedes Klassenzimmer erreichen, hastig den Ranzen abschnallen, untertauchen. Wenn er sie aber doch gestellt hätte und sich hinreißen ließ zu etwas, was er nicht einmal durch seine Sprachstörung begründen konnte? Wenn er ihnen in seiner erregten Wortlosigkeit, in all seinem hilflosen Zorn mehr getan hatte als den beiden Brüdern, die er damals verprügelt und dann in den Heizungsraum eingesperrt hatte? Nur seine schwere Invalidität hatte ihm damals seine Stellung erhalten, und die persönliche Fürsprache des Direktors.

Ich lauschte am Lehrerzimmer, doch da wurde keine Verhandlung geführt, kein Verhör, wie es denkbar gewesen wäre. Merkwürdig, wie zuverlässig ich seine sprachlose Gegenwart spüren konnte, ich hätte sie auch hier gespürt. Seit seiner Verschüttung, seit dem Tag, an dem er die Fähigkeit verlor, über seine Worte zu bestimmen, hatte es meinen Alten verändert und uns mit ihm: bevor wir einen Raum betraten, meine ich, konnten wir sagen, ob er sich bereits darin aufhielt. Dieser kleine breitschultrige Mann mit den weit auseinanderstehenden Augen, der gewohnt war, Nützliches zu denken, der jahrelang aus Freude und Überzeugung an der Erfindung neuer Seifen und Haarwaschpulver gearbeitet hatte – in einer Ecke unserer Küche, in der es so eindringlich roch, daß Mutter sie nur flüchtig benutzte: mein Alter bot nicht mehr das Bild zerstreuter Freundlichkeit und planloser Güte. Er war unberechenbar geworden. Er war mißtrauisch geworden. Er konnte einen so lange schweigend ansehen, bis man sich einer Tätigkeit entsann, die man fortsetzen mußte. Wir wußten alle, daß er sich in der Schule keiner Beliebtheit mehr erfreute.

Ich stieg zum Chemiezimmer hinauf, las den Stundenplan, der an die Tür gepinnt war: Chemieunterricht fand erst am frühen Nachmittag statt. Ich beugte mich zum Schlüsselloch hinab, blickte hindurch und sah meinen Alten am Katheder vor leeren Tischen sitzen; er saß krampfhaft und unbeweglich da, doch seine Lippen arbeiteten... Seine Lippen wiederholten immer die gleiche angestrengte Schnappbewegung, so als läge ihm daran, Herrschaft nur über ein einziges Wort zu gewinnen, das ihm in diesem Augenblick alles bedeutete. Ich konnte nicht hören, welch ein Wort es war, ich sah nur, daß er es wieder und wieder artikulierte, gegen die leeren Tische hin, gegen das Fenster und zur Tür hin, hinter der ich stand. Ich klopfte und trat ein. Er erhob sich ohne Erstaunen, ließ mich näherkommen und machte eine Geste, die besagen sollte: wie du siehst, sie sind mir entwischt, wobei seine Lippen sich schmerzhaft zur Seite öffneten, Lippen, die von einem Angelhaken durchbohrt und geklammert schienen. Ich nahm seinen Arm. Ich sagte vielversprechend: »Komm. Komm nach unten. Unten wartet etwas auf dich. Eine schöne Überraschung«, und gegen einen unbestimmten Widerstand, den er mir entgegensetzte, zog ich ihn hinaus auf den Korridor, lächelte ihm zu, und als ich sah, daß eine neue Spannung ihn ergriff, ließ ich ihn los und erzählte ihm, was geschehen war. Ich erwähnte alles. Ich gratulierte ihm. Ich behandelte ihn wohl schon unwillkürlich wie ein Mitglied der Glücksfamilie des Monats, also zwinkernd, mit scherzhafter Hochachtung, schmeichelnd. Er ging darauf ein, er ließ es sich spaßhaft gefallen, während er seine Schritte beschleunigte, auf kürzestem Weg hinabstieg zu unserer Wohnung und an der Tür nicht einen Augenblick stehenblieb, sondern sogleich öffnete mit einem Ausdruck vergnügten und unschuldigen Triumphes: hier bin ich, hier ist der Mann, den sie suchen. Er wollte etwas sagen, doch die Reporterin kam ihm zuvor. Sie sagte: »Herzlichen Glückwunsch, Herr Steputat«, und der Photograph: »Gleich noch einmal. Die ersten Aufnahmen hätten wir...

Auch in meinem Namen: herzlichen Glückwunsch und so weiter.«

Mein Alter ging um den Tisch, setzte sich neben Mutter, die nicht mehr aß, und legte ihr bedachtsam eine Hand auf die Schulter, bereit, sich von der Reporterin aufklären oder einweisen zu lassen. Sein Gesicht verriet eine ständige Bereitschaft, etwas auszurufen; was seinen Lippen nicht gelingen wollte, versuchten die Augen möglich zu machen. Nickend, amüsiert und unaufhörlich nickend hörte er sich an, was die Reporterin ihm zu sagen hatte, rutschte auf seinem Stuhl hin und her, schnaufte, machte belustigt abwehrende Handbewegungen und verstand alles sehr rasch und willigte in die Wahl ein. Ausgelassen morste er Mutter einige Signale mit flacher Hand auf die Schulter: mach doch ein anderes Gesicht, mach es halblang, nun sei doch mal eine Glücksmutter des Monats. Aber sie saß nur da in ihrer gedankenvollen Behäbigkeit, nicht unglücklich, das möchte ich nicht sagen, aber auch keineswegs versucht, mitzuspielen.

Nachdem die Reporterin alles gesagt und sich eine Zigarette angezündet hatte, blickte sie erwartungsvoll auf meinen Alten, der sich erhob, auf sie zuging, breit den Mund öffnete und sich auf einmal ruckhaft abwandte, dann den Kopf in den Nacken warf und würgte, einfach Worte halbwegs hervorwürgte, wobei er schlenkernde Bewegungen machte wie ein Jagdhund, der einen Hasen quer im Maul trägt. Die Reporterin warf dem Photographen einen schnellen, fassungslosen Blick zu, der Photograph antwortete darauf, indem er die Achseln zuckte, während mein Alter immer noch würgte und schlenkernde Bewegungen machte, als habe er seine Zähne in sperrende Worte geschlagen, die er totbeißen wollte, bevor er sie ablegte. Mutter sagte nichts, und ich nahm mir nicht das Recht, etwas zu sagen. Wir warteten. Dann wandte mein Alter sich um, warf eine Hand hoch und meinte aufgeräumt: »-tz, tz-tz-, tzausgezeichnet was Sie zu sagen haben nur worin besteht denn das Glück ausgezeichnet nu lassen Sie mal sehen Ihr Angebot lassen Sie das Glück wir wolln doch mal sehen.«

»Mit Vergnügen«, sagte die Reporterin, »wir haben alles mitgebracht.«

Die Reporterin schien erleichtert, daß mein Alter zu Worten gefunden hatte und sah ihn sogar mit gespielter Bewunderung an, wie er vor ihr stand mit den Händen in der Hüfte. Aus ihrer

Handtasche, deren Schloß immer aufsprang, zog sie ein Notizbuch, blätterte darin, stieß mit dem Zeigefinger zu, sagte: »Hier: das ist der Ereigniskalender für diesen Monat.«

»Da ist allerhand los, will ich meinen«, sagte der Photograph.

»Vom Staatsbesuch bis zum Stapellauf.«

»Und Sie haben die freie Auswahl.«

»In jeder Woche ein glückliches Ereignis.«

»Das im Bild festgehalten wird.«

»Suchen Sie sich aus, wo Sie dabei sein möchten. Wir machen alles möglich.«

»... ak, ak, acht«, machte mein Alter.

»Trachtenfest. Wenn Sie wünschen, können Sie an der Sitzung der Kommission teilnehmen, die das Internationale Trachtenfest vorbereitet«, sagte die Reporterin.

»Da dreht man sich im Kreise und so weiter«, sagte der Photograph.

»... er darf keine Rheinländer sehen«, sagte Mutter plötzlich, »... die erregen ihn unnötig.«

Ich blickte schnell und erstaunt zu ihr hin und merkte, daß sie drohend vor sich hinlächelte in ihrer wachsamen Behäbigkeit, was meinen Alten dazu brachte, ihr mit einem schnalzenden Geräusch zu antworten, ihr das Notizbuch zu zeigen und sie an den Schwierigkeiten der Wahl teilnehmen zu lassen.

»Bdu, bdu auch doch auch«, sagte Vater.

»Klar«, sagte Mutter mit einer Art von grimmiger Freude, »ich komm mit. Ich möcht auch mal raus hier.«

»Sie sind mitgewählt«, sagte die Reporterin.

»So hab ich's auch verstanden«, sagte Mutter.

»Das war die Aufnahme!« rief der Photograph plötzlich.

»Ball der Werbung ist mir zu anstrengend«, sagte Mutter, »aber hier: das soll wohl Donnerstag heißen: Ostafrika-Tag. Da möchten wir teilnehmen erst einmal. Zur Probe vielleicht.«

Mein Alter sagte: »Owa- Owa ich wollte schon immer ng ng einen richtigen Owambo begrüßen ausgezeichnet und mich erkundigen nach dem Einfluß der Sonne auf das Gd, Gd...«

»Ist das mit Erhard?« fragte Mutter.

»... Geld wollte ich sagen Einfluß der Sonne auf das Geld tja«, sagte mein Alter.

»Soviel ich weiß«, sagte die Reporterin, »wird der Ostafrika-Tag von der Ostafrika-Gesellschaft veranstaltet. Jährlich. Dabei werden die traditionellen freundschaftlichen Beziehungen gefestigt. Es ist wirklich ein festliches Ereignis, das Sie sich ausgesucht haben.«

Sie einigten sich auf den Ostafrika-Tag, besprachen Kleidung, Fahrtmöglichkeit, Spesen, während der Photograph mit lauerndem Interesse die Pedellwohnung erforschte und hektisch photographierte, was ihm ins Auge sprang: das mit Gitterstäben gesicherte Kellerfenster, die Sitzecke, das strenge Spalier der Gries-Sago-Mehl-Graupenbehälter, alles lauernd und hastig und voll glücklicher Beutegier, als sei er auf einer Photo-Safari. Mein Alter bot ihnen Heidelbeerschnaps an, beide lehnten ab. Sie lehnten auch den Tee ab, den Mutter aufgießen wollte; denn die Reporterin hatte es eilig, sie brauchte beide zu einem Interview. Sie zog einen Block aus ihrer Manteltasche, lieh sich von mir einen Bleistift und setzte sich an den Tisch und begann, Fragen zu stellen, die ausnahmslos Mutter beantwortete. Es waren geläufige Fragen, möchte ich meinen, nicht allgemein, nicht chronologisch, sondern eher gefärbt und einstimmend, Fragen, die meinen Alten zu etwas machten, was er zwar auch war, aber doch nur teilweise. Durch ihre Fragen machte die Reporterin meinen Alten zu einem leidenschaftlichen Hausmeister, zu einem Pedell aus Berufung, der fröhlichen Pausenlärm, Klingelzeichen und das Getrappel kleiner Schritte brauchte, um leben zu können. Sie sagte etwa: »An Nachmittagen mit einem großen Schlüsselbund durch die leere Schule zu gehen... Fundsachen einzusammeln... letzte Worte auf den Tafeln zu entziffern... den fröhlichen Lärm zu bemerken, der sich in kühlen Korridoren für immer gefangen hat: das garantiert doch fast Jugendlichkeit. Oder Glück, Herr Steputat: Glück?«, worauf mein Alter gedankenvoll lächelte und Mutter feststellte: »Mein Mann wollte immer schon Pedell werden. In keinem anderen Beruf würde er das leisten, was er hier in der Schule leistet.«

»Das habe ich wissen wollen«, sagte die Reporterin.

Sie machte sich nur wenige Notizen, und ich hatte das Gefühl, daß sie auch diese nicht brauchte, um ihr Interview mit der Glücksfamilie zu schreiben. Unter ihren Fragen verwandelten sich die Leute, erhielten einen zustimmenden Blick, dachten beistimmende Gedanken, gewannen eine sanfte Einsicht in sich selbst und waren einverstanden mit den Ergebnissen dieser Einsicht. Plötzlich sagte der Photograph: »Von mir aus, Süße, können wir fahren. Ich hab alles im Kasten.«

»Ich denke, ich bin auch fertig«, sagte die Reporterin, und zu

Mutter: »Übrigens, der Artikel wird schon morgen erscheinen. Sie erhalten natürlich ein Belegexemplar.«

Sie verabredeten sich sodann für Donnerstag, die Reporterin verabschiedete sich mit langsamer Stimme und dauerhaftem Händedruck, der Photograph hängte sich Kamera, Taschen und Etuis um, dann gingen sie, und ich brachte sie hinaus. Ich brachte sie bis zur Treppe, blieb stehen, die Reporterin kehrte zurück, und während sie mir die Hand gab, fragte sie: »Ist es sehr schlimm?«

»Was? Was meinen Sie?« fragte ich.

»Wird er es schaffen?« fragte sie. »Seine Stimme. Seine Not, wenn er sprechen muß.«

»Wußten Sie es nicht?« fragte ich.

»Es tut mir leid. Wir können nur hoffen.«

»Worauf?«

»... daß es leichter geht mit den Worten... Wir- wir wußten es nicht vor der Wahl«, sagte die Reporterin.

»Los, Süße, nimm Deine Ständer in die Hand«, rief der Photograph.

Sie entzog mir sacht ihre Hand, sah mich teilnahmsvoll an und folgte dem Photographen, während ich in die Wohnung zurückging, zur Glücksfamilie. Sie saßen sich schweigend gegenüber, mein Alter lächelnd, Mutter nicht fröhlich und ratlos oder verwundert, wie es ihr in diesem Augenblick vielleicht auch zugekommen wäre, sondern besorgt, unruhig, abwartend, als hätte sie auf einem Stuhl Platz genommen, der für einen anderen reserviert war, und rechnete nun damit, zu einem Platzwechsel aufgefordert zu werden. Und dann sagte Mutter: »Was soll der Mist. Die mit ihrer Glücksfamilie. Jetzt sitzen wir drin«, worauf mein Alter erstaunt den Kopf hob, sie vorwurfsvoll anblickte, aufstand, hin- und herging in verständnisloser Erbitterung und nach intensiver Vorbereitung feststellte: »Gdu ein einva warst einverstanden zu spät verst verst doch selb sagen...«

»Ich hätte sie nicht reingelassen«, sagte Mutter versöhnlich, »aber du bist einverstanden. So bin ich auch einverstanden.«

»Mittu mit nur vier Wochen Wochen«, meinte mein Alter, »och ok vier Wochen Glück werden wir schon mittu aushalten bdu aushalten länger dauert es ja nicht ja –«

»Du hast recht«, sagte Mutter. »Vier Wochen werden wir's schon aushalten. Und vielleicht können wir's brauchen. Ich mache ja mit. Darum sei ruhig jetzt. Sei ruhig.«

Da blickte mein Alter zufrieden, blickte selbstgefällig und ging an den Schrank, um sein Jackett zu wechseln. Vergessen, vollkommen vergessen war seine Empörung, die hilflose Wut über die beiden Jungen; die Wahl zur Glücksfamilie des Monats erfüllte ihn mit so viel Genugtuung, daß nichts anderes mehr galt. Ich selbst hatte den Eindruck, daß er diese Wahl für ein rechtmäßiges Verdienst hielt, für eine Auszeichnung, die er sich durch persönliche Leistungen erworben hatte: er war weder verblüfft noch verstört, als ihm, nachdem das Interview erschienen war, zuerst der Direktor, dann das Kollegium der Schule gratulierte; er nahm für uns abgegebene Blumen ohne überraschten Dank an, und wenn Bekannte ihn beglückwünschten, nickte er beiläufig und kommentierte den Glückwunsch mit der Geste: es wurde Zeit, daß dies geschah.

Mutter indes gewöhnte sich so eine erzwungene, unwirsche Heiterkeit an. Sie nahm Glückwünsche aufmerksam zur Kenntnis, mit schräg gelegtem Kopf, sie hörte mit spöttischer Andacht zu, wenn man sie Glücksmutter des Monats nannte, und massierte sich dabei den mächtigen Nacken und stellte ein Bein zurück. Seufzen, das hatte sie immer gekonnt, und in dieser Zeit brachte sie es fertig, lautlos und gleichsam ununterbrochen zu seufzen, indem sie ihren gedrungenen Körper verzog, eine Schulter auslud. Nur wenn mein Alter im Zimmer war, wenn er sprachlos und selbstgefällig den Tisch umrundete, ließ sie nichts von Sorge merken, sondern starrte ihn aufmunternd an und blinzelte ihm zu, vergnügt und vielsagend. Es konnte da geschehen, daß sie schnaufte und etwa sagte: »Nur ruhig, du Glückskäfer. Nicht die Hand ausstrecken. Alles nah rankommen lassen. Und langsam, alles langsam begreifen, hörst du?«

Mein Alter zählte die Blumensträuße, die abgegeben wurden. Er heftete sorgfältig Briefe ab, die eingingen, darunter eine Einladung zu einem kostenlosen Urlaub auf Pellworm. Er schnitt das gedruckte Interview aus und rahmte eine Photographie, die ihn mit erhobenem Schlüsselbund zeigte – so einladend, daß es aussah, als wolle er dem Betrachter die sieben Türen zur Freude aufsperren. Der Photograph hatte diese Aufnahme bei einem zweiten Besuch gemacht, bei dem er meinen Alten außerdem in der Turnhalle, im Biologiezimmer, im Heizungskeller und im Lehrmittelraum photographiert hatte. Diese Photographien erschienen auf einer Sonderseite unter der Schlagzeile: Dies ist meine Welt. Ich meine, nach der Wahl zur Glücksfamilie des Monats geschah schon einiges.

Aber die Höhepunkte stellten ohne Zweifel die vier Ereignisse dar, die sich jede Glücksfamilie aus dem Ereigniskalender aussuchen durfte. Sie hatten sich als erstes Ereignis den Ostafrika-Tag vorgenommen, und ich weiß noch, wie die Reporterin an jenem Donnerstag in einem schmuddeligen schwarzen Kostüm erschien, um sie abzuholen. Kameradschaftlich begutachtete sie Mutters Kleid, sammelte Haare vom Jackett meines Alten ab, korrigierte und lobte und prüfte, und man mußte den Eindruck haben, daß sie in sehr freundschaftlicher, fast intimer Beziehung zueinander standen, die drei: sie sprachen und verhielten sich, als erwarte sie draußen eine aufmerksame, fordernde Welt, der sie sich gewachsen zeigen müßten. Als sie hinausgingen, nahm die Reporterin Mutters Arm, so gingen sie zu dem wartenden Auto, wurden photographiert, durften einsteigen und fuhren davon.

Sie fuhren zum Hotel »Dar-es-Salam« an der Alster, wo man auf den Ostafrika-Tag eingerichtet war, wußte, was dieser Tag beanspruchte an rechter Art. Unlöslich, so stand in der Zeitung, war die Geschichte des Ostafrika-Tages mit dem Hotel »Dar-es-Salam« verbunden, die Geschichte des einen war die Geschichte des andern, und der Geschäftsführer konnte das mit Anekdoten belegen. Der Geschäftsführer konnte einen zweifelnden Besucher in das Ostafrika-Zimmer führen, in dem die Geschichte des festlichen Tages unter Glas an den Wänden hing: Photographien von einem Kaiser, von Kanzlern und Präsidenten, die auf unterschiedliche Weise aus dem Auto stiegen, um die Schirmherrschaft über den Ostafrika-Tag auszuüben. Außerdem hingen Flaggen da, Wimpel und Waffen und Stiche von übersonnten Forts, unter deren seewärts gerichteten Kanonen gedrungene Schiffe beladen wurden. Auch Mutter und mein Alter wurden beim Aussteigen photographiert, wurden vom Geschäftsführer und vom Präsidenten des Ostafrika-Tages begrüßt, knapp willkommen geheißen und in das Ostafrika-Zimmer geleitet, wo schweigsame, intelligente Kellner erfrischende Getränke servierten. Während Mutter sich an der Wand hielt, ausdruckslos die steilen Brüste junger ostafrikanischer Mädchen betrachtete, die von Photographien herablächelten, tat mein Alter sich um, erwiderte überraschte Blicke, versah sich mit einem Dauerlächeln und bot sich jedermann für einen Gruß an, für ein Nicken. Er mit seinem Gesicht, das jeder schon mal bei einer Gelegenheit gesehen zu haben glaubte, stellte sich in der Tat so auf, daß viele ihm für alle Fälle die Hand schüttelten, und die Reporterin, die bei ihm war, gab ihm wohl zu verstehen, daß dies eine ganz gewöhnliche Aufmerksamkeit war gegenüber einem Glücksvater des Monats.

Man wartete auf das Staatsoberhaupt, doch das Staatsoberhaupt erschien nicht, sondern ein Mann, der ihm sehr ähnlich war, den gleichen Gang, den gleichen Blick, die gleiche Kopfhaltung hatte und vorbereitet schien, die gleiche Rede wie das Staatsoberhaupt zu halten. Er wurde mit Beifall empfangen, das schien er gewohnt zu sein, denn er wartete ohne Verlegenheit, bis ihn Schweigen umgab, der Präsident des Ostafrika-Tages ihn willkommen hieß und ihm ohne Gedächtnishilfe die Anwesenden persönlich vorstellte. Alle wurden mit dem gleichen spitzmündigen Lächeln begrüßt und mit laschem, versonnenem Handschlag, nur bei den afrikanischen Gästen änderte sich der Gruß: die offizielle Rechte griff nach der Hand des Gastes, die Linke umspannte gleichzeitig das dunkle Handgelenk, und auf und ab, auf und ab schüttelte man sich die Hände, wortlos, doch ausdrucksvoll. Grüße austauschen, das beherrschte der Mann, der dem Staatsoberhaupt ähnlich war, er arbeitete sich mit gleichbleibendem Interesse durch das zwanglose Spalier, ließ Mutter nicht aus und sah meinen Alten so nachdenklich an, als ob sie beide ein Jugenderlebnis teilten.

Mein Alter erwiderte diesen Gruß fast zerstreut, denn er kam und kam nicht von den farbigen Gästen los, von breitnasigen, narbengezeichneten Männern und ihren so spöttisch lächelnden, kräuselhaarigen Frauen, die er so unverhohlen und amüsiert anstarrte, als rechnete er jeden Augenblick mit einer unerhörten Begebenheit. Vielleicht erwartete er, daß sich einer der dunklen Gäste in jähem Entschluß seiner Kleidung entledigte, daß einer zu brüllen oder an seinem Schuh zu knabbern begann – ich weiß es nicht. Ich weiß nur, daß er den farbigen Gästen eine herausfordernde Aufmerksamkeit schenkte, die auch nicht nachließ, als nach der Begrüßung das ostafrikanische Liebesmahl begann. Die Reporterin saß neben meinem Alten, achtete, daß er zweimal Suppe und zweimal Fleisch erhielt, und ich vermute, daß sie ihm nur deshalb so ausführlich von ihrem Beruf erzählte, um seine Aufmerksamkeit von den farbigen Gästen abzuziehen.

Dann sprach der Präsident des Ostafrika-Tages, der unter anderem sagte: »... eigenes Schicksal kann auch vor fremden Küsten liegen...«

Nach ihm ergriff der Mann das Wort, der dem Staatsoberhaupt ähnlich sah. Eindringlich bemerkte er: »Heute gibt es weniger Analphabeten in Ostafrika als noch vor hundert Jahren.«

Der Geschäftsführer des Hotels »Dar-es-Salam« sprach nicht, doch er führte einen Redner zum Pult, der zunächst über die Tradition des Ostafrika-Tages sprach und plötzlich, am Ende seiner Rede, sagte: »Und wie vielleicht einige von Ihnen wissen, haben wir heute noch weitere Ehrengäste unter uns: ich meine Herrn und Frau Steputat, die Glücksfamilie des Monats. Möge das Glück, das auf sie gefallen ist, auch unserer Verbindung erhalten bleiben, zum Wohl unserer Länder, zum Wohl aller.«

So angesprochen, zog es meinen Alten von seinem Stuhl hoch, und zwar mehr aus Überraschung als aus Höflichkeit, er starrte den Redner an, fühlte, wie er die Blicke der Gäste auf sich sammelte, und dann bemerkte er eine rasche, offerierende Geste, der Redner überließ ihm die Aufmerksamkeit und das Wort, brachte meinen Alten jedenfalls unbeabsichtigt in die Lage, länger als üblich dazustehen. Er blieb einfach stehn im Zentrum des Schweigens, lange, viel zu lange, ließ so die Erwartung wachsen und setzte sich immer noch nicht, obwohl sein Dastehen jetzt schon ein Versprechen bedeutete, das er einlösen mußte durch ein Wort. Vielleicht kam ihm das Schweigen auch wie eine drängende Aufforderung vor: er setzte sich nicht. Er schloß die Augen, warf den Kopf hin und her, machte zunächst langsame, schnappende Bewegungen und ließ dann seine Lippen zittern, seine Lippen verfärbten sich und wurden schmal und scharf vor Begehren nach dem ersten Wort. Die Reporterin suchte etwas in ihrer Tasche und fand es nicht. Gefaßt blickte Mutter vor sich hin, während mein Alter seine panische Bemühung fortsetzte, schräg blickte, heftig zuckte, seine Lippen schnell über etwas zu stülpen versuchte und würgend, mit hervortretenden Halsmuskeln einen Ton ausstieß, einen verstümmelten Klageton, der das Hindernis beseitigte, den ungenauen Strom befreite. Glücklich, glücklich über die Gäste blickend, ließ er seine Lippen zur Ruhe kommen, das Zucken hörte auf, und er sagte:

»Dawi dafür dawi daß wir in dieser Versammlung danken für die rng ehrenvolle Einladung zum Osta osta Tag zum Ostafrika-Tag ja denn für mich gehört zum Glück Kaffee ja undi undi Kaffee und ich möchte sagen Sonne-« Das sagte mein Alter, und der Mann, der dem Staatsoberhaupt glich, schmunzelte, worauf auch seine Begleitung schmunzelte und der Präsident des Ostafrika-Tages. Und mein Alter erkannte das Schmunzeln, nahm es für sich in Anspruch und fuhr mit erhobener Stimme fort: »dn dn die Sonne gehört doch zum Glück gehört doch wowo wow im Namen meiner Frau danken für die ehrenvolle nach Afrika Einladung nach Afrika ja iß iß heiß mir ist schon heiß beinahe ja Ton Tradition–«

Ein Kellner lachte plötzlich, und eine Frau, die meinem Alten gegenübersaß, lachte ebenfalls, und überall nickten sie sich vergnügt zu und bissen sich auf die Lippen. Einmal am Wort, wollte mein Alter die Kette nicht reißen lassen, da war wieder der alte Zwang, der ihn sprechen und sprechen ließ, gerade als fürchtete er, jedes Schweigen könnte den unwiderruflichen Verlust der Sprache bedeuten. Schnell, hingerissen und genußvoll, ja, auch genußvoll, redete er weiter, und plötzlich sprang eine farbige Frau auf, sprang auf vor Furcht oder sogar Entsetzen, eine alte Negerin, preßte beide Hände auf die Ohren und schrie. Sie wird in ihrer Landessprache geschrien haben, jedenfalls stockte mein Alter, sah sie verblüfft an, wollte noch etwas sagen, doch es gelang ihm nicht. Es gelang ihm nicht. Der Präsident des Tages nickte ihm zu: danke, setzen Sie sich, und mein Alter setzte sich verständnislos neben die Reporterin und sah zu Mutter hinüber, die ihm alles erklären sollte. Mutter wich seinem Blick aus. Still aß sie ihren Fruchtsalat, trank wortlos ihren Kaffee, und auch später, als das Auto der Redaktion sie zurückbrachte, konnte sie ihm nichts erklären.

Die Reporterin war es, die zum Aufbruch mahnte, sie brachte beide nach Hause und verfolgte mit beunruhigten Blicken meinen Alten, der hin und her ging, der sich selbstzufrieden die Hände rieb, der sich wohlzufühlen schien in seinem feierlichen Anzug. Er war nicht enttäuscht, daß er den Ostafrika-Tag gewählt hatte, das möchte ich meinen, und er konnte nicht verstehn, warum Mutter zu der Reporterin sagte: »Nun ist's genug. Nun haben wir wohl unsere Pflicht getan als Glücksfamilie.«

»Kein Ereignis mehr?« fragte die Reporterin.

»Ich denke, wir sollten zufrieden sein«, sagte Mutter.

»Wollen Sie nicht nochmal in den Ereigniskalender sehen? Für alle Fälle?«

Da winkte Mutter ab, und es hatte den Anschein, als sei die Reporterin selbst nicht sehr unglücklich darüber: sie klappte ihren Kalender zu, wollte ihn wegstecken, doch mein Alter nahm ihr den Kalender aus der Hand, blätterte darin und sagte zu Mutter: »Fff – F – Fidu Fidu...«

»Du kannst deine Freude haben, von mir aus«, sagte Mutter, »aber laß mich zu Hause. Laß mich zu Hause. Wenn du hinwillst zu einem Ereignis, dann geh allein.«

Darauf sagte mein Alter: »Letz nok letztes Mal noch ja nur noch tz… « Sein Finger wanderte schon die Zeilen entlang, seine Lippen versuchten, die vorgeschlagenen Ereignisse zu artikulieren, und dann hielt er inne, schob Mutter den Kalender hin, klopfte mit der Fingerkuppe auf ein Datum: hier, dies, dies meine ich, laß uns hingehn zum letzten Mal. Es war Mutter anzusehen, daß sie auf einmal eingewilligt hatte in ihrer bedachtsamen Art, die Glücksmutter wollte den Glücksvater des Monats nicht allein lassen, doch es war ihr gleichgültig, welch ein Ereignis mein Alter ausgesucht hatte; mechanisch, zwangsläufig würde sie ihn begleiten, ohne Erwartung.

Das zweite Ereignis, das sie sich als Glücksfamilie des Monats ausgesucht hatten, war ein Stapellauf, kein großer, festlicher, aufsehenerregender Stapellauf, sondern die Taufe eines Fischdampfers, eines hochbordigen Heckfängers, der ohne Sirenen zu Wasser gelassen werden sollte. Wieder holte die Reporterin sie ab, und im Hafen erwartete sie der Photograph, der sie kaum zur Kenntnis nahm, der nur mürrisch nach einem bewegten Hintergrund suchte, vor dem er sie photographieren konnte. Er ließ sie nebeneinander, hintereinander gehen, er verlangte meinem Alten einen sehnsüchtigen Blick ab, er zwang sie, einander zu begrüßen wie nach langer Reise, und winkend, Mutter photographierte er winkend vor einem Dückdalben.

Die Redaktion hatte dafür gesorgt, daß sie einen Platz auf einem der Schlepper erhielten, der den Fischdampfer, sobald er abgeglitten wäre, an den Haken nehmen, abfangen und an die Ausrüstungspier bringen sollte. Der Schlepper lag bereits unter Dampf. Der Schlepperführer selbst begrüßte sie und half ihnen an Bord, wo es ein heißes Getränk gab, während sie schon quer über den Strom zur Werft fuhren, dorthin, wo das Schiff auf den Schlitten lag. Der Schlepper drehte bei, trieb leicht an den Helligen vorbei, so daß sie von Bord aus die Taufkanzel sehen konnten und sogar den Ministerialdirigenten, dessen Frau den Dampfer taufen sollte.

Bereitwillig ließ sich mein Alter photographieren, schrieb seinen Namen ins Bordbuch des Schleppers, stand breitbeinig auf der Brücke und auf dem achteren Deck, wo sie die Leine übernehmen würden. Mutter saß in der Kajüte und warf nur selten einen Blick hinaus auf den Strom und zu den Helligen hinüber, auf denen sich jetzt etwas ankündigte: da erschienen Leute mit Hämmern neben dem Schiffsrumpf, Arbeiter liefen über Deck zum Spill, vom Vorschiff wurde eine Leine hinabgelassen, und auf die Entfernung konnte man sich denken, daß da eine sehr große, sehr erstaunliche Beute geteilt werden sollte. Es sprach der Ministerialdirigent, er sprach in Vertretung des Wirtschaftsministers in ein Mikrophon, und er rief, mit starker persönlicher Anteilnahme, aus: »... darum hängt die Zukunft unserer Ernährung von der Zukunft der Fischereiwirtschaft ab!«

Um der Rede folgen zu können, trat mein Alter auf die Brückennock, verfolgt von den Blicken des Schlepperführers und seiner Besatzung, die ihn nicht nachsichtig oder achtlos behandelten, sondern aufgeräumt, augenzwinkernd, als verbinde sie etwas, das sie nicht auszusprechen wagten. Doch die Rede war kurz, der Ministerialdirigent mußte an diesem Tag noch ein zweites Schiff ablassen, und so bat er seine Frau ans Mikrophon und reichte ihr die Sektflasche. Die Taufpatin rief etwas mit hoher Stimme, ließ die Flasche an schwingendem Seil gegen das Schiff schlagen, ein Hurra erscholl und dann kurze Hammerschläge, wonach das Schiff zu gleiten begann, immer schneller, immer ungeduldiger zu gleiten begann, mit dem Heck eintauchte und das trübe Wasser gewaltsam aufstaute, aufschob an der Bordwand, so daß es sich schäumend überschlug und in Wellen auseinanderlief.

»Abi ab achtung schwimmt schwimmt«, rief mein Alter erregt und zeigte auf das Schiff, das gut abkam und eintauchte und stetig gleitend auf sie zukam. Der Photograph arbeitete jetzt ununterbrochen. Er gab stumme Weisungen. Er kletterte aufs Brückenhaus, sprang zum Bug, photographierte meinen Alten vor dem Ereignis des Stapellaufs, und zum Schluß bat er ihn aufs Heck, wo sie die Leine des Fischdampfers übernahmen und auf den Haken legten. Der Dampfer glitt immer noch, doch jetzt scherte der Schlepper aus und zog an, und die gleitende Bewegung wurde schwächer, ging in ein Zittern über, in ein Beben aus Unentschiedenheit, bis die Kraft des Schleppers gewann. Die Stahltrosse straffte sich und wurde starr. Der Schlepper drehte, nahm Kurs auf die Ausrüstungspier. Mutter stand mit der Reporterin auf der Brücke, es entging ihr nichts, nicht die plötzliche Leere der Helligen, die Krängung des Schleppers nicht, und nicht das abgewandte Lachen der Besatzung, wenn mein Alter zu sprechen versuchte. Begeisterung erfüllte den Photographen. Er sagte zur Reporterin: »Graphik, Süße, das ist die Graphik der Arbeitswelt.« Und er photographierte meinen Alten unter und neben der straffen, schrägen Trosse, vor dem folgenden, steilen Bug, hinter den Wanten des Schleppermastes. Sie hatten die Ausrüstungspier fast erreicht, als die Trosse sprang. Sie brach vor dem Haken, befreite sich blitzschnell aus der Fessel, geladen mit Kraft und Zug, eine armdicke Trosse, die sich in der Luft krümmte und dann flach über Deck peitschte mit einem unscheinbaren Knall. Die springende Trosse traf meinen Alten in der Seite, so schnell, so scharf, daß er lautlos fiel und liegenblieb unter der Reling, wo sie ihn zuerst übersahen, da der Dampfer hinter ihnen all ihre Aufmerksamkeit verlangte. Und sie nahmen auch zuerst den Dampfer ins Schlepp, bevor sie meinen Alten an ein Unfallboot abgaben, das ihn ins Hafenkrankenhaus hinüberfuhr.

Mutter ließ mich rufen, und ich fuhr zum Krankenhaus, wo ich sie traf in ihrer stummen, behäbigen Wachsamkeit. Die Reporterin und der Photograph hatten sie gerade verlassen, wollten jedoch später noch einmal wiederkommen. Wir saßen in einem Wartezimmer neben der Loge des Pförtners. Ich fragte: »Wie kam es nur? Wo hat es ihn getroffen?«

»Es ist vorbei«, sagte Mutter.

»Womit?«

»Seine linke Seite gelähmt.«

»Gelähmt?« fragte ich.

»Und die Sprache. Der Arzt sagt, er wird nicht mehr sprechen können.«

»Nie mehr?«

»Er hat die Sprache verloren«, sagte Mutter.

»Das kann doch nicht sein.«

»Seine Sprache«, sagte Mutter, »jetzt wird ihn keiner mehr hochnehmen. Keiner wird mehr lachen über ihn. Vielleicht ist das sein Glück.«

»Er wird sie wiederfinden, seine Sprache. Bestimmt«, sagte ich.

»Wenn er nichts mehr sagen kann, werden sie ihn in Frieden lassen«, sagte Mutter; sie hob den Kopf und sah mich an, und in ihrem Blick lag keine Verzweiflung. Sie nickte mir zu. Sie setzte sich langsam zurück, steckte die Hände zusammen, senkte das Gesicht, als richtete sie sich auf dauerhaftes Warten ein.

Der Gleichgültige

Der Finne kam am Monatsende. Ich lag auf dem Küchensofa und rauchte, lag schon einige Stunden im Mantel da und überlegte, ob ich Elsa von der Eisdiele abholen sollte, in der sie als Kellnerin arbeitete. Ich dachte an ihre geröteten, plumpen Hände, die Eisbecher auf die fleckigen Marmortische schoben, Wechselgeld aus der extra breiten Bauchtasche hervorholten, Schokoladensplitter über den Batzen Schlagsahne krümelten; ich dachte an ihre kleinen, dreckigen Geschwister, die in der ersten Zeit unserer Ehe mit wissender Neugierde bei uns herumstrolchten, bis ich sie vertrieb, und die nun jeden Tag vor der Eisdiele lungerten, wachsam, räuberisch, auf das versteckte Zeichen wartend, das einen von ihnen hereinrief zum Empfang der heimlichen Eisportion; und während ich daran dachte, spürte ich eine warme Erschöpfung und beschloß, Elsa zu Hause zu erwarten.

Da klingelte der Finne, ein breiter Mann mit straff gespannter Gesichtshaut, den Staubmantel überm Arm, eine karamelfarbene Diplomatentasche vor sich zwischen den Füßen; lächelnd, sah er mich an, schwieg und sah mich an, mit einem Ausdruck freimütiger und ruhiger Abschätzung, und bevor ich ihn noch etwas fragte, nickte er befriedigt, nahm seine Tasche auf, kam herein in die Küche, und mit ihm ein essigsaurer Geruch.

»Uns fehlt nur Geld«, sagte ich, »sonst nichts. Alles andere ist reichlich vorhanden.«

Er schüttelte den Kopf, machte eine verblüffte und zugleich abwehrende Handbewegung, ein Zug gequälten Erstaunens glitt über sein Gesicht – woraus ich schloß, daß ich nicht der erste war, den er in seinen Angelegenheiten besuchte; dann musterte er die Küche, trat an das kratzige Sofa, prüfte die Federung, indem er die aufgestemmten Fäuste ruckartig in den Stoff stieß, und setzte sich schließlich auf den Hocker am Ausguß. Ich blickte auf seinen pflaumendunklen Anzug – die Hosen hatten einen weiten Schlag wie die eines Matrosen, unter dem Jakkett trug er einen Rollkragenpullover – und sagte ihm, daß ich nichts ohne meine Frau kaufen oder verkaufen könnte, da sie zur Zeit allein für das Wohlbefinden der Familie sorge, worauf er mir in einer Art schmerzlichen Verstehens zublinzelte, ein Zigarettenetui herauszog und mir eine seiner letzten beiden Zigaretten anbot. Wir rauchten schweigend, er betrachtete aufmerksam den Gasherd, erhob sich plötzlich und sagte, daß er Finne sei und in der Stadt zu tun gehabt habe. Sein gedrungener Körper wippte leicht vor und zurück, seine Lippen öffneten sich, als suchten sie einen vergangenen Geschmack, und er blickte durch das Fenster auf den verlassenen Kinderspielplatz unten und nickte schmunzelnd und flüsterte etwas, das ich nicht verstand. Ich spürte die Erschöpfung zurückkehren, dachte an Elsa, die nun bald kommen mußte und wandte mich an ihn mit einer Geste endgültigen Bedauerns. Er verstand diese Geste, die stumme Aufforderung, die in ihr lag; er kam nah an mich heran und fragte, ob ich bereit sei, ihm unsere Küche zu vermieten. Langsam drehte er sich dabei um sich selbst und bezeichnete mit ausgestreckten Händen, die Bescheidenheit seines Wunsches erläuternd, den engen Raum, so als wollte er sagen: »Dies nur, nicht mehr.« Wenn es keine Elsa gegeben hätte, wäre ich ohne Zögern darauf eingegangen, doch da ich wußte, wieviel ihr die Küche bedeutete, wiederholte ich, daß ich in Abwesenheit meiner Frau nichts entscheiden könnte. Unsicher musterte er die Wände der Küche, auf denen sich verschwommene Flecken wie verblichene Landkarten hinzogen, musterte das Sofa, das Bord, auf dem Elsas Lockenwickler lagen: er nahm seine Wahl nicht zurück. Er trat an den Gasherd, drehte prüfend den Hahn auf, ohne ein Streichholz oder den Anzünder in die Hand zu nehmen, beugte dann seinen Oberkörper hinab in der Hoffnung, das zischende Geräusch zu hören, mit dem das Gas entweicht. Ich wartete, bis er sich wieder aufrichtete, und erklärte ihm, daß der Herd noch nicht bezahlt sei und daß wir ihn abbezahlten, indem wir jedesmal, wenn wir Gas brauchten, zuerst ein Geldstück in den Schlitz warfen. Diese Erklärung schien ihn zu überzeugen, denn er nickte zustimmend und fragte mich – in einem Ton, als sei die Entscheidung bereits gefallen –, ab wann er die Küche bekommen könnte, und wie um mir anzuzeigen, daß er den Gasherd ausgiebig benutzen werde, schob er eine Hand in die Tasche und rieb einige Münzen gegeneinander. Ich hatte kein Verlangen, mich mit ihm zu unterhalten, zu erfahren, was er in unserer Stadt zu tun hatte und was ihn dazu bewog, unsere Küche zu mieten; ich hatte nur das Gefühl, mich raushalten zu müssen aus seinen Angelegenheiten, nichts zu teilen, kein Wissen, keine Vermutung.

Dann kam er wieder nah heran, ich roch seinen essigsauren Atem, sah seine entzündeten Augen, denen das auffordernde

Zwinkern mißlang: der letzte Anstoß, der letzte Versuch, mit dem er mich zu gewinnen hoffte. Schmunzelnd zog er eine safrangelbe Brieftasche heraus, öffnete meine Hand, zählte das gesamte Geld hinein – drei grüne Zwanziger – und schloß meine Hand und schob die leere Brieftasche in sein Jackett. Eine neue Überlegenheit erfüllte ihn, die Überlegenheit des legalen Anrechts, nun, da er mir das Geld hatte zustecken können, und mit einer Vertraulichkeit, die mich nicht erstaunte, legte er einen Arm auf meine Schulter, beobachtete mich schräg von unten, breit und vergnügt, trat zurück und beobachtete mich von vorn, ging einmal um mich herum und sagte, daß er nicht daran denke, uns die Küche für längere Zeit vorzuenthalten. Nur solange es dauere, wolle er dableiben, sagte er; er habe nicht vor, die sechzig Mark abzuwohnen, vielleicht genüge der Rest des Nachmittags.

Die Geldscheine waren echt. Ich schob sie lose in die Manteltasche und beschloß im gleichen Augenblick, Elsa von der Arbeit abzuholen. Der Finne zeigte mir einige Münzen und fragte mich, ob er damit auskäme; da ich unsicher war, legte ich alle Münzen dazu, die ich bei mir hatte, machte eine Bewegung, mit der ich ihm die Küche überließ, zog den Schalknoten fester und ging zur Tür. Bevor ich die Tür schloß, hörte ich, wie er sich auf das Sofa fallen ließ und die Schuhe abstreifte, die mit plumpsendem Laut auf den Boden fielen.

Auf dem Weg zur Eisdiele wechselte ich den ersten Zwanziger, kaufte Zigaretten und Rumkugeln für Elsa, überlegte, ob ich unsere Schuhe vom Schuster holen sollte, die längst fertig waren, doch ich ging an der Werkstatt vorbei, durch den feuchten, nebligen Nachmittag, der zerrissen wurde durch die dröhnenden Schiffssirenen im Hafen. Die kalte, feuchte Luft legte sich deckend auf die Lungen, zerstörte die Frisuren der Frauen, schlug sich auf den Schaufensterscheiben nieder. Auf der Kreuzung vor der Brücke hielt der Unfallwagen; zwei Sanitäter trugen einen Mann mit zerschnittenem Gesicht auf einer Bahre vorbei; Polizisten streuten Bremsspuren mit Mehl aus, maßen und photographierten sie. Ich kaufte eine zweite Tüte mit Rumkugeln, die ich Elsa am nächsten Morgen geben wollte.

Als ich die Eisdiele betrat, kam Elsas Ablösung aus der Dämmerung auf mich zu, eine kleine, knochige Frau in schwarzem Samtkleid; spät erkannte sie mich, sagte, daß Elsa nur zum Fischmann gegangen sei, wies auf ihren Mantel, der noch an der Garderobe hing, und bot mir eine Sofabank neben der Heizung an. Ich wollte nicht warten, nahm Elsas Mantel vom Haken und ging mit dem Mantel über dem Arm zum Fischgeschäft. Das Geschäft lag über der Straße, ich konnte nicht erkennen, ob Elsa im Laden war, doch als eine fleischige, schuppenbedeckte Hand sich in die Auslage schob, zwei geräucherte große Makrelen bei den bräunlichen Kiemen schnappte und mit ihnen verschwand, wußte ich, daß Elsa noch drin war, und ich kannte unser Abendbrot.

Sie sah mich mit kurzem Erstaunen an, gab mir das Einkaufsnetz, zog den Mantel an und hängte sich bei mir ein, und sie lenkte mich instinktiv in die Richtung, in der unsere Wohnung lag. Kurz vor unserer Straße setzte ich ihrem gleichmäßigen Zug, diesem sanften und instinktiven Drängen, einen anderen Zug entgegen: ich spürte, wie unsere Körper leicht auseinanderscherten gleich vertäuten Booten, die in verschiedene Strömungen geraten, spürte ihren zähen Widerstand, ihre Verwunderung, und als ich sie leicht herumriß und in die Straße zum Ausstellungsgelände zwang, blieb sie stehen und sah mich ratlos an.

Ich gab ihr eine Cellophantüte mit Rumkugeln, die sie mißtrauisch in der Hand hielt, ohne davon zu essen. Sie fragte: »Woher hast du das Geld?« Und ich sagte: »Ein Finne hat unsere Küche gemietet, nur kurz, nur vorübergehend, vielleicht nur bis heute abend. Er bezahlte im voraus.« Argwöhnisch zog sie ihren Arm fort, griff nach dem Einkaufsnetz, das ich hinter dem Rükken verbarg, preßte gequält die Handflächen auf ihre Ohren, als ein Flugzeug niedrig über uns hinwegzog. »Komm«, sagte ich, »wir gehen in die Ausstellung; später gehen wir essen und dann ins Kino.« Elsa streckte eine Hand nach dem Netz aus, das ich ihr verweigerte, und fragte: »Was macht er in unserer Küche? Was? Benutzt er den Herd? Hast du aufgeräumt?« Eine Gruppe von Berufsschülern kam vom Ausstellungsgelände auf uns zu, Elsa hängte sich wieder bei mir ein, und ich sagte: »Der Finne ist ein seriöser Mann. Er hat mir sechzig Mark im voraus bezahlt. Komm jetzt: heute bist du mein Gast. Alles andere hat Zeit.«

Nach einer Weile wurde ihr Griff fester, sie suchte mein Handgelenk und umschloß es mit ihren rötlichen, plumpen Fingern, und wir gingen auf die glasgedeckten Hallen der Konditorei-Ausstellung zu. Männer mit zerbeulten Konditormützen, mit weißen Schürzen und Pepitahosen hießen uns am Eingang willkommen, wiesen uns einen groben Kiesweg hinauf, verteilten Handzettel, Werbeschriften, Aufklärungsbroschüren über das »Wesen der Konditorei«. Elsa lehnte ihre Wange an meine Schulter, biß von einer Rumkugel ab: ich sah, wie sehr sie die leichte

Erregung genoß, in die sie der Besuch, nach dem sie mich so oft gefragt hatte, versetzte. Vor den Ausstellungsvitrinen ließ sie meinen Arm los, glücklich und verwirrt, lief hin und her in planlosem Staunen, stieß die Kuppe des Zeigefingers gegen die gläsernen Vitrinenwände, rief laut meinen Namen, winkte mir heftig, schoß, noch bevor ich neben ihr war, zu einer neuen Entdeckung, lächelte einem gravitätischen Konditor zu, schmatzte, rieb sich freimütig den Bauch, winkte mir wieder: nichts machte sie glücklicher als Süßigkeiten. Schaumgebäck, Blätterteig und Mürbeteig, die gußglänzenden Türme der Baumkuchen, die flache Last nußbestückter Buttercreme-Torten, Liebesknochen und Negerküsse, selbst die infame, giftige Süße roter und grüner und rosafarbener Fruchtstücke sowie das kranke Weiß von Geschlagenem: alles brachte sie in konfuse Begeisterung, alles schien sie auf der Stelle verschlingen zu können. Sie hatte ihren Argwohn, ihre Enttäuschung über mich vergessen, bis wir in die Halle mit den ausländischen Süßigkeiten kamen, und jetzt, vor einem braunen, anspruchslosen Honiggebäck aus Finnland, wandte sie sich zu mir um, knüllte die leere Cellophantüte zusammen und sagte: »Ich möchte nach Hause; wer weiß, was in unserer Küche passiert. Der Finne ist ganz allein da.« »Nach der Ausstellung wollen wir essen gehen«, sagte ich, »du hast es mir versprochen.« Ein Ausdruck von Unschlüssigkeit erschien auf ihrem weichen Gesicht, das nie etwas verbergen konnte. »Und wenn etwas passiert?« fragte sie. »Wenn er unsere Küche nur gemietet hat, um ...« Sie seufzte, sah mich fest und auffordernd an, lächelte traurig, so als wolle sie mir zu verstehen geben, daß sie zu allem bereit sei, sobald sie die Unsicherheit hinter sich habe, was in ihrer Küche passieren könnte, doch ich sagte: »Dann gehen wir zuerst noch ins Kino«, und sie schwieg und ging mit, ohne sich von ihrem Verdacht völlig befreien zu können.

Im Kino war es warm und feucht: das Papier, in dem die Makrelen steckten, begann durchzufetten. Ich legte das Netz auf den Boden. Die Vorstellung hatte bereits begonnen, der Film einer Sängerin, die der Meinung war, ihre Stimme bei einer bestimmten Gelegenheit verloren zu haben, und die sich nun bemühte, sie auf einer verzweifelten Reise in die Vergangenheit wiederzufinden. Solange sie auf der Suche war, hielt Elsa meine Hand, und am wechselnden Druck ihrer Finger spürte ich, wie sehr sie sich an der Suche beteiligte, die die Sängerin durch Hotels verschiedener Preislagen führte, zu Männern mit unterschiedlichem Einkommen und schließlich in die kleine, kalkweiße Kirche in den Abruzzen, in der sich die Stimme erwartungsgemäß wieder einstellte. Von da ab übernahm die Stimme die Hauptrolle.

Der Druck von Elsas Fingern ließ allmählich nach, und plötzlich erhob sie sich ohne ein Wort, ohne eine Ankündigung, zwängte sich durch die Reihe, als gehöre sie nicht zu mir, ging geduckt zum Ausgang. Ich suchte in der Dunkelheit nach dem Netz, der Sitz klappte wippend zurück, ein leises Murren und Scharren lief durch die Reihe und begleitete mich bis zum Gang. Elsa erwartete mich im zugigen Vorraum des Kinos, nahm mir mit einem raschen Griff das Netz ab, hielt es fest wie eine Beute und nickte mir hilflos zu und ging vor mir her auf die Straße. Ich folgte ihr langsam, machte keinen Versuch, sie einzuholen oder auch nur im Auge zu behalten, während sie in dem sonnengebleichten, dünnen Mantel, den sie zu schließen vergessen hatte, zu unserer Wohnung lief. Das Nebelhorn eines Schiffes erklang wieder, nah und dringend und unmittelbar hinter mir, so daß ich mich umwandte in der Erwartung, den Schiffsbug über dem schwarznassen Asphalt auf mich zukommen zu sehen, einen Bug bis hinauf zu den Isolatoren an den Telefonmasten. Als ich mich umwandte, entdeckte ich in einem Tabaksladen die Reklame für eine neue Filterzigarette. Ich kaufte eine Packung zur Probe, trat wieder auf die Straße: Elsa war nicht mehr zu sehen.

Vor der Post reizten einige Kinder einen wilden Alten, dem aus einem Hosenbein ein meterlanger, dreckiger Verband heraushing wie die vergessene Heckleine eines Schiffes, die er, fuchtelnd und drohend, Hand über Hand einzuziehen versuchte, wobei die Kinder ihn störten, indem sie immer wieder auf das Ende des Verbands traten. Sobald er ein Stück eingeholt und unter sein Hosenbein gestopft hatte, sprang ein schöner Junge wohlberechnet auf das noch heraushängende Ende: ein einziger Ruck riß das gewonnene Knäuel wieder hervor. Der Alte drohte stumm, arbeitete stumm, seine Lippen bewegten sich in lautloser Auflehnung; dann erschien ein Polizist und verschaffte ihm Gelegenheit, den Verband geruhsam einzuholen. Der Alte zog sich am Geländer zur Post hinauf, und ich ging ohne Eile zu dem Haus, in dem wir wohnten. Von Elsa war nichts zu entdecken. Die Türen der unteren Wohnungen waren offen, Nachbarn standen davor, die bei meinem Anblick zu sprechen aufhörten, unwillkürlich zurückwichen und sich wie in heimlicher Bestätigung zunickten, und ich spürte, wie sie hervorkamen, als ich die Treppe hinaufging, mich Schritt für Schritt begleiteten bis zum nächsten

Flur, auf dem ebenfalls die Wohnungstüren offenstanden, Nachbarn sich aus flüsterndem Gespräch lösten, sobald sie mich erkannten, und mich mit beherrschtem Entsetzen verfolgten. Im ersten Stock nahm ich geringe Spuren von Gasgeruch wahr, der immer stärker wurde, je näher ich unserer Wohnung kam. Auf unserm Flur stürzte eine Frau auf mich zu, ihre Hand fuhr hoch, ihr kleiner Mund öffnete sich zu einem Schrei, doch ich kann mich nicht erinnern, ihren Schrei gehört zu haben. Ich blickte über die Frau hinweg in die anderen Gesichter, und selbst in der ewigen Flurdämmerung konnte ich die schweigende Verachtung auf ihnen erkennen. Bevor ich unsere Wohnung betrat, wußte ich, daß man den Finnen bereits abgeholt hatte.

Er maß und maß. Schon den ganzen Morgen war er dabei, die »Bertha II.« zu vermessen, seinen plumpen, geduldigen Lastkahn, den er, mit Hilfe immer nur eines einzigen Leichtmatrosen, durch Flüsse und Kanäle geführt hatte mehr als zweiunddreißig Jahre. Langsam und gewissenhaft nahm er Maß, mit eigensinniger Sorgfalt, ließ sich vom Meterband die Breite bestätigen, bewies dem Frachtraum seine Länge, las am fallenden Band die Höhe ab und trug alles in ein Notizbuch ein, während ich, sein einziger Leichtmatrose, auf dem Vorschiff saß, ganz betäubt von dem Licht und der Hitze über dem Ufer. Wir lagen vor den Schleusen fest, müssen Sie wissen, und der Sommer machte die Elbe schwarz, ließ den Spiegel weit unter normal fallen und buk die Algen auf den Steinen tot, und in den zitternden Luftschichten war ein Geruch von Brand und Verwesung. Sein bedächtiger Schritt unten in der Kühle der Frachträume war das einzige Geräusch, das ich auf dem warmen Eisendeck hörte, allenfalls ein leichtes Klatschen, wenn er das Meßband auf die Bodenbretter fallen ließ. Zweimal hatte ich ihn gefragt, ob ich ihm helfen solle, zweimal hatte er schweigend abgewinkt, und so saß ich und sah ihm beim Vermessen seines gedrungenen Lastkahns zu, seiner »Bertha II.«, die bewandert war in Ufern, Schleusen und Hebewerken.

Albert Schull maß den Abstand zwischen den Spanten, die den Frachtraum wie schwarze Rippen umschlossen, maß dann den Boden und die Höhe bis zum Deck und noch einmal bis zu den Luks, und ruhig, ohne Verblüffung oder Groll, das Notizbuch gegen die eiserne Bordwand gelegt, machte er seine Eintragungen, wonach er weder rechnete noch überlegte, sondern sich sogleich hinkniete und mit geduldiger Genauigkeit die Winkel ausmaß und die gewonnenen Werte ausdruckslos in sein Buch schrieb. Ich war da nicht mißtrauisch, war nicht beunruhigt, als er so sein Schiff vermaß, das möchte ich Ihnen versichern, obwohl ich mich natürlich hätte fragen können, wozu er, ausgerechnet vor der letzten Frachtübernahme, vor dem allerletzten Auftrag, die Abmessungen seiner »Bertha« überprüfte, dieses behäbigen, ausgedienten Flußpferds, das längst zum Abwracken bestimmt war, vielleicht sogar schon einen Termin hatte, zu dem es an der Schrott-Pier erscheinen sollte.

Seit vierzehn Monaten nannte ich ihn »Kapitän«. Seit vierzehn Monaten war ich Albert Schulls einziger Leichtmatrose und auf den Süßwasser-Reisen, auf denen ich für ihn arbeitete, hatte er mich nie neugierig auf sich machen können. Er stammte aus dem Osten, ich glaube, aus Nikolaiken oder Schwentainen, war untersetzt und breitwangig wie die Leute dort, hatte ein fleischloses Gesicht, graue Augen, deren Blick einen nie unsicher machte, auch wenn etwas von vergnügter List in ihnen lag, eine harmlose Verschlagenheit. Wenn er das Ruder hielt, sanft, gar nicht wie ein Kapitän, wenn er, von der Brücke, mit den Schleusenwärtern sprach, breit, höflich, als ob er sie mit der Stimme streichelte, dann fiel es mir jedesmal schwer, in ihm den Schiffsführer zu sehen, und ich, ich brauchte nur von der Arbeit aufzublicken und ihm zuzulächeln, damit ich sein Lächeln als Antwort erhielt. Eisgang auf den Flüssen, Regenböen, zerrende Strömungen: nichts brachte ihn außer sich, nicht die winterlichen Schrammen, die »Bertha« sich zuzog, nicht die sinkenden Frachtraten. An trüben Morgen, auch unter nebligen Ufern, wenn wir vorbeituckerten an unbelebten Dörfern, womöglich nur Leergut an Bord, stand Albert Schull auf der Brücke, zufrieden und genügsam wie die Leute in Nikolaiken oder Schwentainen.

Ich wußte wirklich nicht, wozu er unten war und sein Schiff vermaß, hin und her ging zwischen den blendenden Sonnenquadraten auf dem Boden des Frachtraums, ohne Eile, ohne Seufzen vor allem, an diesem harten Sommertag ohne Seufzen, denn über den Luks und über dem eisernen Deck zitterte die Luft, und das Licht machte einen ganz verrückt und durchschlug sogar die geschlossenen Lider. Meinem kleinen, breitwangigen Kapitän schien das nichts auszumachen, er ertrug die Hitze, wie er die Kälte ertrug, und er war außerdem noch tätig in seiner pfefferfarbenen Jacke, mit der verschossenen Tuchmütze auf dem Kopf, und ich brauchte, nebenbei gesagt, nicht daran zu zweifeln, daß er diesmal vergessen hatte, die beiden Garnituren seines wollenen Unterzeugs auszuziehen, die er immer auf dem Leib trug.

Es ging mich nichts an, warum er auf einmal sein Schiff vermessen wollte, jetzt noch, kurz vor der letzten Frachtübernahme, kurz vor dem Abwracken, denn seit mehr als zweiunddreißig Jahren kannte er doch seine »Bertha« und ihre Verdrängung und Ladefähigkeit, und alle ihre altmodischen Abmessungen standen doch in den Schiffspapieren und mußten ihm vertraut sein. Ich saß in der Sonne auf dem Vorschiff, die Füße in einer Pütz mit lauwarmem Wasser, den Kopf im Schatten der baumelnden Wäsche; so schlief ich ein, und ich verschlief den Augenblick, in dem Albert Schull aus dem Frachtraum heraufstieg und in die Kajüte ging mit den neu gewonnenen Zahlen in seinem Notizbuch.

Ein sengender Wind, der von den Ufergärten herüberkam, weckte mich. Ich stand auf, blickte in die Luks hinab, meine Fußsohlen brannten auf dem warmen Eisen, auf dem Wasser funkelte es wie altes Öl. Ich wußte gleich, daß er in der Kajüte war, in dem niedrigen, holzverkleideten Raum, in dem er auf selbstgefertigten Ständern seine Topfpflanzen zog, an die er, von Zeit zu Zeit, mahnende Ansprachen richtete. Kein Bild, kein Buch, keine persönliche Erinnerung waren in der Kajüte zu finden, nur Schrank, Bett und Tisch, ein Drehstuhl mit Armlehne und, wie gesagt, schwere Topfpflanzen, die in ihrer gedrungenen Robustheit »Berthas« Natur zu entsprechen schienen. Albert Schull saß vor dem Tisch, auf dem er Papiere und Pläne ausgebreitet hatte, saß unbeweglich da, mit dunklem Gesicht, mit gespannten Schultern, seine Augen waren fast geschlossen, sein Kopf vorgestreckt, so, als lauschte er. Leise drückte ich das Fenster auf, wartete schweigend, in der Hoffnung, er werde sich umwenden, doch er blieb sitzen in dieser Haltung mühsamen Lauschens, und da fragte ich: »Haben Sie was für mich, Kapitän?« »Zieh dich an«, sagte er. »Jetzt?«, fragte ich, »jetzt, gleich?« »Sofort«, sagte er, »zieh man dein bestes Zeug an, Jungche. Setz die Mitze auf, wir missen an Land. Mach das Bootche klar.« »An Land?« fragte ich zum Fenster hinein. »Ja, Jungche«, sagte er, »wir missen an Land.« Und ich noch einmal: »Ist etwas geschehen? Etwas Schlimmes?« »Ja«, sagte er und sagte es gegen die Wand.

Ich ging in meine Kammer und zog mich an, meine Haut brannte unter dem Stoff, der Sommer machte eine Schmiede aus meiner Kammer, die Luft glühte, und immerzu fiel ein Hammer. Dann machte ich das Boot klar und ging in die Kajüte, wo Albert Schull schon auf mich wartete, angetan mit einem fleckenlosen, geschonten Zweireiher, schwarz mit grauen Streifen. Er hatte die Mütze gegen einen Hut getauscht. Er hielt eine Aktentasche in der Hand. Der Tisch war aufgeräumt, und die feucht schimmernde Erde in den Töpfen verriet, daß er den Pflanzen Wasser gegeben hatte. »Was ist passiert?« fragte ich. »Genug«, sagte er. »Wo wollen wir hin?« »Wo 's Gerechtigkeit gibt, Jungche: auf's Frachtbüro, da wollen wir hin.« »Was für 'ne Gerechtigkeit?« fragte ich.

Er seufzte, machte eine resignierte Handbewegung, stieg mir voraus aufs Deck und dann wortlos ins Boot hinab, das ich hinüberwriggte zum Anlegesteg, stehend und knapp aus den Handgelenken, ganz geblendet von der Sonne auf dem schwarzen Wasser. Albert Schull saß regungslos auf der mittleren Ducht, hielt die Aktentasche auf den Knien, und so wie er dasaß in dem Licht und in dem unaufhörlichen Mittag, hatte er etwas von einer lächerlichen Würde, von einer komischen Feierlichkeit. Er ließ mich das Boot festmachen, schritt feierlich, blicklos über den Landungssteg, wartete auf der Straße, ohne sich nach mir umzusehen. Hintereinander gingen wir durch den Staub zur Haltestelle des Busses, und dort berührte er mich einmal, indem er meine Hände aus den Taschen zog.

Wir fuhren mit dem Bus in die Stadt, er löste die Fahrscheine für uns beide, suchte uns einen Platz aus und untersagte mir, ein Fenster zu öffnen. Unsere Körper schwankten, hüpften, kippten im gleichen Rhythmus zur Seite. »Zum Frachtbüro?« fragte ich. Er klopfte mit loser Hand auf die Aktentasche. »Welche Gerechtigkeit?« fragte ich, und Albert Schull, mein Kapitän seit vierzehn Monaten, wandte mir sein dunkles Gesicht zu und sagte leise: »Zu wenig, Jungche, Bertha is man zu klein vermessen: das hab' ich ausgerechnet.« »Zu klein?« fragte ich. Er nickte. Er sagte: »Um acht Tonnen zu klein. Sie haben sie vermessen mit zweihundertvierundfünfzig Tonnen, aber sie hat eigentlich zweihundertzweiundsechzig. Sie haben einen Fehler gemacht beim Vermessen und beim Registrieren. Ist sicher, Jungche, ist ganz sicher.« Er klopfte wieder auf die Aktentasche und fuhr fort: »Wer sehn möchte Beweise, Beweise hab ich genug. Wer lesen kann, wird sich schnell überzeugen.« »Acht Tonnen?« fragte ich. »Acht Tonnen«, sagte er. »All die Jahre?« »All die Jahre.« Er drückte die schäbige, unverschließbare Aktentasche an seinen Leib. Er sah da zuversichtlich aus, möchte ich sagen, und sein breitwangiges Gesicht erschien mir entspannt, verbarg keinen Plan. Ich wußte, was er von mir jetzt erwartete, und ich sagte: »Acht Tonnen durch all die Jahre: das gibt eine gute Zahl.« »Viele Fahrten«, sagte er. »Wenn sie anerkannt werden«, sagte ich. »Unberechnete Fracht«, sagte er, und ich darauf, ganz erledigt von dem Sommer: »Verloren, vielleicht ist alles verloren.«

Wir stiegen am Hauptbahnhof um und noch einmal am Rathaus, und ich sah, daß Albert Schull nicht mehr angesprochen werden wollte, daß er erkennbar rechnete, acht Tonnen Überfracht durch zweiunddreißig Jahre, nicht immer, aber doch so oft, daß die Zahl, die sich als Forderung ergab, Bewunderung und Erschrecken zugleich hervorrief oder doch hervorrufen würde ... acht Tonnen, die ihm fehlten, die unberechnet geblieben waren, wann immer er nach registrierter Ladefähigkeit gefahren war, und obwohl er zu wissen schien, daß der genaue Verlust sich nie mehr würde errechnen lassen, reichte bereits das ungefähre Resultat aus, um meinen Kapitän, sagen wir mal, vor eine Aufgabe zu stellen, der er alles unterordnete. Kein Groll, auch kein vermuteter Triumph bestimmten seine Schritte, als er mir vorausging zum sechsstöckigen Backsteingebäude unserer Genossenschaft, in dem das Frachtbüro ein Stockwerk besetzt hielt; er schritt gleichmäßig, aufrecht, allenfalls ein wenig steif dahin, so als sei er überzeugt davon, daß man ihm die beanspruchte Gerechtigkeit gebührenpflichtig durch einen Schalter hinausreichen werde. Der invalide Portier im Glashaus widerlegte ihn nicht darin. Er winkelte seinen Arm hoch an, streckte die Hand durch die Sprechklappe und begrüßte uns notdürftig, doch herzlich und wies uns hinauf in einen kühlen Flur.

Ich hatte damit gerechnet, daß Albert Schull mich mitnehmen würde überallhin und daß er mich als Zeugen wünschte bei jedem Gespräch, doch in der schattigen Kühle des Flurs wies er auf eine Bank, sagte: »Wart da, Jungche«, nickte mir zu, verschwand in der Anmeldung und ließ mich allein. Ich saß und wartete und rauchte, bis einer kam und mir das Rauchen verbot, danach saß ich nur und horchte, stellte mir vor, wie Albert Schull hinter den Türen verhandelte mit Hilfe der Papiere und der neuen Maße, wie er geduldig sprach in seinem breiten gemütlichen Tonfall und zuletzt, als sprechenden Beweis, womöglich noch sein Maßband auf den Tisch legte. Mehrmals öffneten sich Türen, Männer traten heraus, gingen eilig, aufgeräumt oder nachdenklich, an mir vorbei, nur mein Kapitän kam und kam nicht. Da fragte ich mich, warum er mich mitgenommen hatte, denn den Weg, sagte ich mir, hätte er doch auch allein gefunden, aber da wußte ich ja noch nicht, welchen Dienst er von mir erwartete. Einmal trat er mit einem hünenhaften Beamten, der seine Papiere trug, auf den Korridor, aber nur, um hinter einer anderen Tür zu verschwinden; er hatte keinen Blick für mich, kein Lächeln wie sonst. Mir wurde es peinlich, solange zu warten, denn eine große, gesäßlose Sekretärin, die anscheinend in mehreren Zimmern zu tun hatte, musterte mich mit zunehmender Mißbilligung, sooft sie an mir vorbeiging.

Ich hielt aus, ich blieb sitzen und stellte mir den dramatischen

Beweis vor, den Albert Schull lieferte, um sich Gerechtigkeit zu verschaffen, Gerechtigkeit für acht unberechnete Tonnen Fracht, die er für einen unbekannten Teilhaber durch zweiunddreißig Jahre gefahren hatte. Ich tat es so lange, bis ich hungrig wurde und erwog, eine heiße Wurst in der Kantine zu essen, doch da kam er, kam ohne seine Aktentasche und die Beweismittel, und an seiner Haltung, an seinem Gang und an seinem Gesicht erkannte ich, daß ich einen veränderten Kapitän hatte. Er kam mit kleinen, heftigen Schritten auf mich zu, stöhnte, ergriff meinen Arm, drückte zu, als ob er sich Erleichterung davon erhoffte; dann stieß er mich zum Ausgang. »Umsonst?« fragte ich, »alles umsonst?« Er antwortete nicht, schien nicht einmal meine Frage gehört zu haben. Der Portier rief uns etwas zu, streckte seine Hand durch die Sprechklappe: Albert Schull hörte nichts, sah nichts, trieb mich mit Stößen und Blicken in die Sonne hinaus und weiter zur Haltestelle des Busses. Ich kannte da Albert Schull nicht so gut, als daß ich gewußt hätte, daß er allem Unvorhergesehenem durch Schweigen begegnete, und zwar durch ein nennenswertes Schweigen, denn es mutete zugleich bedrohlich und hilflos an. So fuhren wir zurück: er schweigend neben mir, mit schmalen Augen und Händen, die darauf aus waren, etwas zu umfassen und zu drücken, und was er erreicht oder nicht erreicht hatte, das behielt er für sich. Sein gelegentliches Stöhnen enthielt nicht mehr als Andeutungen, konnte da noch beliebig gedeutet werden. Eile, Eile war das einzige, was ihm anzumerken war und vielleicht auch eine nicht näher zu bezeichnende Gewalt, der er sich widersetzte. Er ließ es geschehen, daß ich ein Fenster im Bus öffnete, wahrscheinlich bemerkte er es nicht einmal, obwohl die strömende Fahrtluft sein Gesicht traf, in seinem dünnen Haar einen Sturm verursachte.

Als wir den Bus verließen und den Strom sehen konnten, wenn auch noch nicht unsere »Bertha«, machte ich wieder einen Versuch, fragte einfach: »Anerkannt? Haben sie Berthas Taillenweite anerkannt?«, worauf er mich nickend aufforderte, in die »Goldene Schleuse« hinüberzugehen, in diese Kneipe, in der es mich zu jucken begann, sobald ich mich nur auf eines der fleckigen, altmodischen Sofas gesetzt hatte. Er verlangte es mit einem Ausdruck, der keinen Widerspruch zuließ; das war mir neu, und ich tat, was er wollte.

Die »Goldene Schleuse« war immer besetzt, immer von den gleichen Leuten, die an den fleckigen Sofas festgeklebt waren und ihre Kähne vergessen zu haben schienen, die unten im toten

Arm nebeneinander vertäut waren. Sie saßen im Hemd da, die Mütze auf dem Kopf, hatten nichts miteinander zu reden, nur wenn ein Neuer hereinkam, dann sahen sie sich fest an ihm und unterhielten sich mit ihren Blicken. Wir gingen an ihnen vorbei zur Theke, Albert Schull verlangte zwei Flaschen Bier, ergriff seine Flasche hastig und begann zu trinken, ohne mir zuzuprosten. Während er trank, blickte er durch den Raum, auf die festgeklebten Leute, und auf einmal setzte er die Flasche ab, stöhnte, trat ruhig an einen Tisch heran, an dem eine mächtige Warnboje saß, die aussah wie ein Schiffer, und mein Kapitän hob die Flasche, goß den Rest Bier mitten auf den Tisch, daß es nur so spritzte und schäumte und eine schmutzige Lache entstand. Die Warnboje, die aussah wie ein Schiffer, nahm nicht einmal die Hände vom Tisch, sah nur unbewegt zu, wie das Bier über die Tischplatte schäumte. Das hatte Albert Schull nicht erwartet. Er setzte die Flasche auf den Tisch und zog der Warnboje die Mütze über die Augen, warum auch nicht, und stand dann zitternd da und beobachtete, wie die Boje sich belebte und erhob und gar nicht aufhören wollte, sich zu erheben. Da machte mein Kapitän ein Gesicht, als ob er erleichtert sei, packte seine Flasche, hieb ihr an der Kante des Tisches den Boden ab. Erleichtert sah er aus, sagte ich, aber Sie müssen auch wissen, daß er den Eindruck eines Mannes machte, der außer sich sein wollte und es nicht konnte.

Die Warnboje schlug ein einziges Mal zu. Albert Schull hatte keine Verwendung für den scharfkantigen splittrigen Flaschenhals. Er ließ ihn fallen im Sturz, und er stürzte so, daß ich ihn auffangen konnte. Auf seinem breitwandigen Gesicht lagen weder Überraschung noch Schmerz, dafür glaubte ich, eine Art listiger Zufriedenheit zu erkennen in der entscheidenden Sekunde, in der er bemerkte, daß ich ihn festhielt.

Jedenfalls hatte er dafür gesorgt, daß ich dabei war und er selbst jemanden hatte, der ihn hinausschleppte und, über die staubige Uferstraße, durch die entzündete Luft zum Anlegesteg hinab. Ich bettete ihn ins Boot. Ich stützte seinen Kopf auf die mittlere Ducht, so daß sein Gesicht von der Sonne getroffen wurde. Und er sah auch jetzt noch zufrieden aus, während er vor mir lag. Dann wriggte ich uns zu »Bertha« hinüber.

In der Kajüte lächelte er mir zu, mit seinem alten, freundlichen und verschlagenen Lächeln, und seine Stimme war sanft wie immer, als er sich bei mir bedankte. Es mußte ihm sehr gut gehen, denn er bot mir von einem Schnaps an, den er selbst nur selten trank, und ich, sein einziger Leichtmatrose, konnte nicht ablehnen. Und er entsann sich auf einmal, daß er mir noch eine Antwort schuldete: »Ach ja, Jungche«, sagte er, »ja, du hast mich vorhin nach dem Schiff gefragt.« »Nach den Abmessungen«, sagte ich. »Ich habe ihnen alles dagelassen«, sagte er, »die alten und die neuen Abmessungen.« »Alles umsonst?« fragte ich. »Sie halten mich für verrückt«, sagte er, »sie haben man die Beweise gar nicht gelesen, nur zugehört haben sie mir, und dann leise gesprochen und mich angesehen, wie man einen Verrückten ansieht.« »Sieht ihnen ähnlich«, sagte ich, und er darauf: »Aber sie werden sich wundern, Jungche. Sie werden Augen machen, wenn ich ihnen den letzten Beweis liefer.« »Welchen Beweis?« fragte ich. »Den letzten«, sagte er, »du wirst schon sehen«, und er lächelte zufrieden, wie man vielleicht am Sonntagvormittag lächelt. »Meine Abmessungen haben sie nicht überzeugt, etwas anderes wird sie überzeugen.« »Die Werft?« »Wart ab.« »Der Zoll?« »Wart nur ab.« Da sah ich ihn lange und genau an, und ich hielt ihn nicht für verrückt.

Einen zweiten Schnaps schenkte er nicht ein, und so ging ich in meine Kammer, zog mich wieder um und machte alles klar zum Passieren der Schleusen, und als ich ihn am Ruder sah, sanft, gar nicht wie ein Kapitän, als ich ihn mit dem Schleusenwärter sprechen hörte, vergnügt, in seiner anspruchslosen Höflichkeit, begann ich mich zum ersten Mal vor dem Beweis zu fürchten, den er ausspielen wollte, um seine Gerechtigkeit für unberechnete acht Tonnen zu erhalten.

Ohne Verzögerung gingen wir durch die Schleusen und tuckerten an kochenden Ufergärten vorbei, an Pontons, auf denen Teerzungen funkelten, tuckerten an schlaffen Schilfgürteln vorbei, in denen der Nachmittag brütete, hinab zum Elektrizitätswerk und dann zu unserem Frachtkai, wo sie uns schon erwarteten. Albert Schull fuhr ein sehr gutes Anlegemanöver, ich konnte die Leinen einfach hinübergeben, und gleich nachdem wir festgemacht hatten, zogen sie die Tore des Schuppens auf: die letzte Frachtübernahme begann.

Diesmal mußte ich an Deck bleiben, und mein Kapitän stieg selbst in den Frachtraum hinab, etwas, was er noch nie getan hatte in den vierzehn Monaten, in denen ich bei ihm war, und er half dort unten in dem heißen Käfig beim Auspicken und Stauen, flitzte hin und her in seiner pfefferbraunen Jacke, ermunterte, korrigierte und befahl. Wir nahmen eine Spendenfracht über, die für ein Erdbebengebiet bestimmt war, Kisten mit medizinischen

Geräten und Impfstoffen und sogar ein ganzes Hilfslazarett, und natürlich geschnürte Ballen von getragener Kleidung, auch Schuhe, auch Konserven. Wir sollten all das Zeug in den Hafen bringen, wo es von einem Schnellfrachter übernommen werden sollte, und Albert Schull arbeitete, als sei ein Verwandter von ihm unter den Leuten, die die Spenden nötig hatten. Nichts war ihm anzumerken, nicht die Unruhe, die die Entdeckung der ungenauen Maße hervorgerufen hatte, nicht die Erbitterung oder Enttäuschung über seine fehlgeschlagenen Verhandlungen, und Sie werden verstehen, wenn ich sage, daß er mir einfach zu folgenlos über alles hinweggekommen schien. Sichtbare Enttäuschung oder meinetwegen die deutliche Beschäftigung mit einem neuen Entwurf hätten mich jedenfalls sorgloser gemacht.

Während wir die Spendenfracht übernahmen, machte hinter uns schon der nächste Kahn fest. Auch er wurde mit Spenden beladen. Auch er sollte das Gut zu dem Schnellfrachter hinbringen. Wir machten nur eine Kaffeepause, und Albert Schull war es, der sie als erster beendete, händereibend hinabstieg und dort wie ein Stauervize arbeitete bis zur Dämmerung und durch sein stetiges Drängen auch erreichte, daß wir bei Beginn der Dunkelheit voll waren und ablegen konnten.

Wir drehten also in den Strom, ich stand neben dem Ruderhaus, nur mit einer Turnhose bekleidet; ich stand und rauchte und beobachtete aufkommende Lichter und zitternde Lichtpfeile auf dem schwarzen Wasser. So ließ sich der Sommer vergessen. Albert Schull stand am Ruder, sanft, beherrscht wie immer – eine Beherrschtheit, die in seinem Gesicht lag und den Händen, die das Ruder hielten. Das abgeknickte Rohr des Auspuffs vibrierte. Friedlich tuckernd, mit funkelndem Kielwasser glitten wir stromabwärts. »Werden wir nachts entladen?« fragte ich ins Ruderhaus hinein. Ich erhielt keine Antwort. »Soll Bertha gleich entladen werden?« wiederholte ich, und er darauf: »Frag nicht soviel, Jungche, ruh dich aus.« Er blickte aufmerksam voraus, und ich legte mich auf eine Persenning hinter dem Ruderhaus, dort, wo unter mir die Schraube das Wasser walkte und die gefettete Ruderkette lief. Ich sah zu den erleuchteten Häusern am Ufer, dachte mich in sie hinein, entwarf mir so abendliches Familienleben und merkte dabei nicht, wie »Bertha« ihren Kurs änderte, leicht nur, ohne daß die Kette sich viel bewegte. »Bertha« lief tuckernd, gleichmütig und in spitzem Winkel aus dem Fahrwasser raus, riß eine der wippenden Bojen aus der Verankerung; die Boje trudelte neben der Bordwand vorbei, schlug wie zum

Abschied gegen das Heck, gerade dort, wo ich lag, so daß ich aufsprang und zum Ruderhaus stürzte, um Albert Schull darauf aufmerksam zu machen; doch ich schaffte es nicht bis zu ihm, denn das Schiff hob sich unter mir, wuchs mit seinem Deck und den Bordwänden aus dem Wasser, gleichmäßig, geräuschlos – »Bertha«, dies träge, gedrungene Flußpferd, dieser Veteran der Kanäle und Ströme, sie hob ihre dunkle Masse aus dem Wasser, drückte und drückte sich empor mit all der Fracht in ihrem Bauch, und jetzt hörte ich einen Laut, der so klang, als wenn eine Diamantspitze Glas schneidet, nur noch fordernder, rücksichtsloser und vielfach verstärkt, ich hörte etwas knirschen und knakken, sah den Bug des Kahns sich aufrichten gegen den dunklen Himmel und die Lichter am Ufer geradewegs niedersinken, ich wollte etwas rufen und konnte es nicht. Dann erhielt »Bertha« einen Schlag unter Wasser, sie ruckte heftig, schien zu schnaufen und ein wenig zu sacken, so, als sei sie angeschlitzt worden, und ihre drängende Bewegung wurde kraftlos, verlief sich; schließlich krängte sie und blieb, immer noch mit hochgerecktem Bug und schrägem Deck, liegen.

Zuerst dachte ich, ich sei eingeschlafen, denn Sie müssen wissen, daß Albert Schull alle Bänke und Untiefen und versetzenden Strömungen kannte, und ich wußte von ihm, daß er mit seiner »Bertha« nie festgesessen hatte in den zweiunddreißig Jahren. Aber das schräge Deck und das Knacken im Schiff und all die Leute, die sich im Lichtschein am Ufer versammelten, bewiesen mir, daß wir schwer aufgelaufen waren und quer zur Strömung festlagen. Außerdem hörte ich ein burbelndes Geräusch aus dem Frachtraum, von dorther, wo wir das Leck empfangen hatten, durch das Wasser einbrach.

Ich wollte etwas tun und wußte nicht was, stürzte dann doch zum Ruderhaus und fand Albert Schull still, mit aufgestützten Beinen auf seinem Schemel hocken. Ich brauchte mich nicht zu versichern, brauchte ihn auf nichts aufmerksam zu machen, denn seine vergnügte List, die harmlose Verschlagenheit, mit denen er mir entgegenblickte, sagten mir, daß er alles wußte, und mehr als dies: daß alles geschehen war nach seinem Plan. Aber ich sagte dennoch: »Wir sitzen fest, Kap'tän, wir haben ein Leck«, und er: »Ja, Jungche.« »›Bertha‹ ist leckgeschlagen«, wiederholte ich. »›Bertha‹, ja«, sagte er gemütlich, und nach einer Weile: »War ihre letzte Fahrt.« »Aber die Ladung«, sagte ich. »Ruhig, Jungche«, sagte er, »sie werden schon längsseits kommen in der Frühe und die Ladung bergen.« Und erwartungsvoll: »Dann wird sich alles zeigen.« »Soll ich das Boot aussetzen?« fragte ich, und er, mit seiner furchtbaren Ruhe: »Laß man, wir bleiben an Bord. Sinken können wir hier nicht.« Die Langsamkeit seiner Stimme, die Ruhe seiner Hände und diese tatenlose Geduld reizten mich, und ich rief: »Ihr Beweis, nicht! Das ist wohl der Beweis!« »Wart ab, Jungche«, sagte er. »Die Fracht«, sagte ich. »Wart doch ab.«

Da kam mir unser Unglück vor wie die einzige Notwendigkeit, derentwegen er noch lebte, und ich ging in meine Kammer, um nachzusehen, was da beim Auflaufen geschehen war.

Ich sah ihn erst am Morgen wieder, bevor er umstieg auf die flache Schute der Bergungsfirma, die längsseits gekommen war. Er gab mir die Hand und sagte leise, vergnügt und mit einer irren Zuversicht: »Bei der Bergung rechnen sie genau.«

Dann stieg er um, und ich hörte erst wieder von ihm in der »Goldenen Schleuse«, wo sie anscheinend alles wissen. Sie wußten, daß sein Schiff wirklich zweihundertzweiundsechzig Tonnen hatte, acht Tonnen über seine Vermessung; in der Bergung arbeiten sie genau, doch als Albert Schull das erfuhr, war seine »Bertha« längst zerschnitten und zerschweißt.

Ball der Wohltäter

Nur deine Unterschrift, sagte Puchta, deine volle, leserliche Unterschrift, dann darfst du dich ausziehen und hinlegen, darfst sogar mit Schuhen ins Bett gehen, und ich werde mich erkenntlich zeigen und dir die Flasche bringen, die ich dir gestern noch vorenthielt. Du fühlst dich nicht in der Lage? Entschuldige, doch es gelingt mir nicht, dies zu glauben: seinen Namen kann man in jedem Zustand schreiben; der Analphabetismus wurde ja gerade deshalb so vorzüglich bekämpft, damit jeder in der Lage ist, einen Schuldschein zu unterschreiben, und mehr verlange ich nicht von dir, Barbara Bredow, nur diese Bestätigung, daß du mir sechshundert Mark schuldest, den Preis für die Eintrittskarte, die dich berechtigte, auf dem Wohltätigkeitsball zu erscheinen. Und du erinnerst dich doch wohl, wo, und fast möchte ich auch sagen: wem du in der letzten Nacht erschienst, und zwar so wirkungsvoll, daß man schon viel für dich empfinden muß, um dein Erscheinen vergessen zu können. Also unterschreib!

Sehr gut, das ist eine zulässige Frage: du willst zunächst wissen, warum ich dich nicht vorher unterschreiben ließ, gestern abend schon, als ich dir die Karte brachte, noch vor dem Ball. Zu meinem Bedauern kann ich diesmal nicht unter mehreren Antworten wählen, so wie in besseren Tagen, und darum mußt du mit der dürftigen Wahrheit vorlieb nehmen. Willst du es wirklich wissen? Dann hör mir zu und schau mich an, schau mich an, damit du noch einmal den Mann siehst, der so phantasielos war, auch dann noch auf deinen Namen zu setzen, als alle anderen dich bereits wie eine Art Legende zu Lebzeiten behandelten. Hast du nie bemerkt, wie ungläubig, wie verwirrt und beinahe ärgerlich einige Leute reagierten, als sie erfuhren, daß du immer noch am Leben bist? Natürlich wünschten sie nicht deinen Tod, aber sie hätten jede Erinnerung an deine Legende einer leibhaftigen Begegnung mit dir vorgezogen, und zwar alle: Kessler, Grodeck und der gewaltige Knoop von Knoop & Overbeck. Wahrscheinlich haben sie dir auch deshalb keine Chance mehr gegeben, weil sie nur zu gut wußten, daß es niemandem gelingt, es mit seiner Legende aufzunehmen; ich wußte es nicht, oder mißtraute doch dieser Regel so sehr, daß ich die Karten für den Ball sozusagen blind kaufte wie eine sichere Aktie. Ich hatte erfahren, daß sie alle auf dem Wohltätigkeitsball sein würden, Kessler,

Grodeck und Knoop, und ich empfand für die Strafgefangenen von Kiriganda, denen der Erlös des Balls ja zugedacht war, eine unvorhergesehene persönliche Sympathie – einfach weil durch sie eine Chance für dich entstand. (Vielleicht erinnerst du dich, daß Kessler und die andern zuletzt nicht einmal auf deine Briefe antworteten, daß deine Telefongespräche in den Vorzimmern deiner einstigen Freunde ausliefen, obwohl, und ich selbst habe sie gesehen, deine Photographien von ihren Wänden herunterlächelten, und zwar mit der einladenden Traurigkeit, die deine Spezialität war.) Wie meinst du? Ich habe nichts dagegen, wenn du den Kauf der Eintrittskarte eine Kapitalanlage nennst, zumindest erschien mir der Ball als lohnende Investition, und darum suchte ich dich hier in dieser schäbigen Pension auf, wo wir uns auch zum letzten Mal gesehen hatten. Es schien mir ausgeschlossen, daß du inzwischen die Wohnung gewechselt haben könntest; ich kam herein, und bevor ich noch zu dir kam, ging ich in die Küche und kochte Kaffee, schmierte dir Brote, und es stellte sich heraus, daß mein Argwohn recht behielt: du lagst im Bett, lauschtest auf das summende Geräusch des laufenden Plattenspielers, auf dem keine Platte lag. Das sind Vorgeschichten? Warte nur ab und täusche dich nicht: für die meisten endet das Leben in Vorgeschichten, und es zeigt sich, daß sie vollkommen ausreichen, um uns zu widerlegen.

Jedenfalls hatte ich Mühe, dich auf nüchternen Magen zu überzeugen; erst nachdem du den Kaffee getrunken, alles Brot gegessen hattest, begannst du einzusehen, welch eine Chance dieser Ball bot, der zum Wohl der Strafgefangenen von Kiriganda veranstaltet wurde: er gab dir Gelegenheit, mit all denen zusammenzukommen, die du immerhin zwei Jahre lang ergebnislos zu erreichen versucht hattest, darunter den gewaltigen Knoop von Knoop & Overbeck.

Erinnerst du dich? Wir haben eines deiner Kleider ausgeliehen von deiner Wirtin (du hattest es ihr als Pfand für nicht bezahlte Miete überlassen), dann hast du dich angezogen, und während du vor dem Spiegel saßest, legte ich eine Platte auf, deine letzte Platte: weißt du noch, wie du zusammenzucktest, wie du erschrocken die Hände auf die Ohren preßtest? Du hattest Angst, dich selbst zu hören, deiner Stimme zu begegnen, bis ich dich zwang, es zu tun; ich mußte dich rücksichtslos daran erinnern, was auf dem Spiel stand. Diese Rücksichtslosigkeit schien sich zu lohnen, denn nach einer Weile – stell dir vor – sahst du glücklich aus, zum ersten Mal in zwei Jahren; glücklich, das heißt: du ertrugst dich. Das soll nicht wahr sein? Dann mußt du dir abgewöhnen, nur ein Unglück als Wahrheit anzusehen. Immerhin sah ich dich lächeln mit deiner einladenden Traurigkeit (vielleicht war es auch nur eine vorsichtige Imitation deines einstigen Lächelns), und ich war plötzlich zuversichtlich, so fuhren wir nach Bellkamp hinaus. Das ist dir bekannt? Ich langweile dich? Um so besser: jetzt weiß ich zumindest, daß du mir folgen kannst; außerdem solltest du dankbar sein für jeden Augenblick der Langeweile: die Selbstabnutzung wird nachweislich geringer, sobald wir uns langweilen.

Wir fuhren also hinaus nach Bellkamp, es hatte geregnet, und ein neuer Regen lag in der Luft, wir fuhren an duftlosen Gärten vorbei, und du wünschtest dir ein Leichentuch aus Astern. Ich empfand diesen Wunsch als unangebracht; es erschien mir vorerst wichtiger, über Verhaltensmaßregeln zu sprechen, und soweit ich mich erinnere, habe ich dir die notwendigsten eingebläut. Du versprachst mir, diese Regeln zu beherzigen, versprachst es noch einmal bei der Auffahrt, als die riesigen Polizisten aus dem Säulenschatten traten und uns einwinkten. Weißt du noch, ja? Wir wunderten uns über die Anwesenheit der Polizisten, und als einer seinen Kopf durch das Wagenfenster steckte, glaubtest du, er wolle uns auffordern, den Mund zu öffnen, um unsere Zähne nachzuzählen; doch er dirigierte uns nur zum Not-Parkplatz und salutierte.

Als wir hineingingen dann (unter dem Licht, das aus den angestrahlten Kastanien zurückfiel), bliebst du hinter mir, verbargst dich – aus Furcht, zu viele würden dich schon im Eingang entdecken, wiedererkennen, aber nichts erfolgte, wir marschierten ohne Aufenthalt in den Saal, in Kiellinie den Gang hinab zu unserem Tisch neben dem festlichen Gummibaum. Eine Kapelle spielte, bemerkenswert temperamentlos, wie du sagtest, und wir vermuteten, daß man den Musikern eine Zulage abgelehnt hatte. Wir bestellten etwas zu trinken und taten, was die anderen taten: gingen mit den Augen auf die Suche, sorgfältig, von einem Tisch zum andern, mit der Bereitschaft zu schnellem Lächeln, doch die bekannten Gesichter waren selten. Wir versuchten die Zahl der Nelken zu schätzen, mit denen der Saal und die Tische geschmückt waren; wir stritten uns leise, einigten uns dann auf die Zahl achttausend. Du hast recht: wir saßen zuerst wie geborgt da, und das Vernünftigste, was wir hätten tun können, wäre wirklich Trinken gewesen – wenn wir es uns hätten leisten können. Du hieltest es nicht mehr aus?

Hör mir zu, ich werde dir etwas sagen: es kommt nicht allein darauf an, daß wir auf etwas verzichten, sondern wann wir auf etwas verzichten. Du warst nach einer halben Stunde betrunken, nicht schwerwiegend, aber betrunken, und ich hatte eine Menge zu tun, dich von der Flasche wegzuhalten. Gott sei Dank hatte es bis dahin niemand außer mir bemerkt. Du aber warst nicht mehr ganz fähig, zu bemerken, wie wach, wie aufmerksam und kontrolliert sich die andern verhielten: diese Einleitung zum Wohltätigkeitsball war ein einziges stummes Befragen, stummes Messen und Handeln, es war eine festliche Börse, auf der jeder unbemerkt einen Kurswert erhielt, gekauft oder abgestoßen wurde. Ich bestellte dir Beefsteak-Tatar und eine Grapefruit, zwang dich, beides zu essen, und während du aßest, erzählte ich dir, was im Saal vor sich ging: man entdeckte einander, man winkte sich zu, zog an andere Tische. Ein Vorhang ging in die Höhe, gab eine Bühne frei, auf der eine Kapelle in golddurchwirkten Boleros saß, junge Leute, die verdrossen auf ihren kinnlosen Meister blickten, der sich für sie verbeugte. Es war das Show-Orchester, das zu spielen begann, als draußen ein strömender Wolkenbruch niederging. Ich bin durchaus deiner Meinung: die goldenen Boleros spielten besser als ihre Kollegen; ihre Leidenschaft schien angemessen bezahlt zu werden, und ihnen ist es auch zu danken, daß allmählich das entstand, was man volkstümlich Stimmung nennt.

Du indes bliebst davon verschont, du fragtest mich sogar – erinnerst du dich noch, ja? – »warum sind wir eigentlich hier, Fred?«, und ich mußte dich flüsternd darüber belehren, daß da, wo sich eine gewisse Gesellschaft trifft, die Spielregeln des Frontgebietes zu empfehlen sind: eingraben, warten, wer zuerst sieht, ist im Vorteil. Die Männer, zu deren Wohl der Ball veranstaltet wurde – die Strafgefangenen von Kiriganda –, hätten es dir bestätigen können. Ich forderte dich auf, dich zu amüsieren, riet dir dringend, Heiterkeit anzulegen – warum? Hast du es immer noch nicht begriffen? Wenn du akzeptiert werden willst, mußt du ihnen zwar immer einen geringen Vorsprung lassen (einen Vorsprung an Heiterkeit oder an offizieller Würde), doch alles kommt nur darauf an, daß du ihnen so erscheinst, wie sie dich haben wollen. Du bist ihr Spiegel, den sie brauchen, um sich selbst zu kontrollieren. Du wolltest nicht tanzen, doch auch dazu zwang ich dich, und weißt du noch, wer es war, der dich aus meinen Armen an seinen Tisch zog? Immerhin Igor Kessler, und ich muß sagen, daß dieser Verlust mir angenehm war, schließlich hatte dein alter Freund Kessler von jeder Platte, die ihr zusammen machtet, über hunderttausend verkauft. Ich konnte euer Gespräch nicht hören, sah nur, daß er dich küßte, ein wenig nachlässig zwar, doch im Sinne alter Freundschaft. Hat er dir gesagt, warum er deine Briefe unbeantwortet ließ; wußte er eine Erklärung dafür, daß er telefonisch nicht für dich zu erreichen war? Er gab dir zu trinken, und er wußte, was er tat: als ich dich holte (endlich; denn ich sah, was sich ankündigte), blicktest du mich wütend voller Weigerung an, ich aber blickte auf ihn, und ich spürte seine Erleichterung, als ich deinen Arm packte – so fest, daß du geschrien hättest, wenn du nicht betrunken gewesen wärst – und dich in unsere Ecke führte. Wie meinst du? Ich war grausam? Vielleicht wirst du eines Tages dahinterkommen, warum wir unsere Grausamkeit zuerst immer die spüren lassen, die uns sehr nahestehen. Du konntest oder wolltest nicht erkennen, daß man sozusagen auch im Dienst da sein kann, wo man sich amüsiert, und dieser Wohltätigkeitsball war ohne Zweifel ein Stück Arbeit, forderte wohlüberlegtes Verhalten.

Erinnere dich nur, welche Veränderungen im Saal vor sich gingen, als ein Redner angekündigt wurde; niemand – außer dem Redner selbst – war darüber erfreut, niemand fühlte sich in der Lage oder hatte Lust, eine halbe Stunde schweigend zuzuhören, und doch gaben sich alle den Anschein, als hätten sie auf diese Rede gewartet, als dünkte sie sie der Höhepunkt des Balls: Gesichter senkten sich, Finger stützten nachdenkliche Stirnen, Blicke richteten sich auf die Bügelfalten oder voll dunkler Sympathie auf den Redner. Weißt du noch, wer es war, der mit einem Schnellhefter in der Hand auf die Bühne kletterte? Dein alter Freund Heino Grodeck. Hatte er nicht selbst einmal zu den Insassen von Kiriganda gehört? Ich glaube, er erwähnte es; immerhin, als er dort stand und sprach, war er der Chef der zweitgrößten Schallplattenfirma mit weitverzweigten Verbindungen. Er sprach fließend, sprach deutlich; wer ihm zuhörte, verstand »den Sinn des Balls«, erfuhr, daß das Lager von Kiriganda in einem Birkenwald lag, daß da seit zwölf Jahren ein Kanal gegraben wurde, der die Verbindung zwischen zwei Seesystemen herstellen sollte. Warum jetzt? Warum soll ich nicht weitererzählen? Du brauchst dein Gesicht nicht mit den Kissen zu bedecken. Du verlangtest eine Antwort von mir, und ich möchte dir eine ausführliche Antwort geben.

Während Heino oben auf der Bühne stand und sprach, winktest du ihm zu; ich merkte es zuerst nicht, ich fühlte nur, daß er dich ansah und daß auch andere seinem Blick folgten und dich ansahen, und auf ihren Gesichtern lag alles, was sie in diesem Augenblick von dir hielten. Er konnte dir weder seinen Ärger noch sein Befremden oder gar seine Verachtung zeigen – er mußte reden –, doch die andern taten es für ihn, während du nicht aufhörtest, zu winken und seinen Vornamen zu zischen, bis ich deine Hände unter den Tisch zog und sie dort festhielt. Du hast es nicht so gemeint? Mein liebes Kind, bei allem, was wir tun, sollten wir die verschiedenen Möglichkeiten der Auslegung berücksichtigen; niemand ist uns so wohlgesonnen, daß er bereit wäre, sich zu fragen, ob wir etwas anders gemeint haben könnten. Nach seiner Rede kam dein Heino herab, ging an unserem Tisch vorbei... o ja, er hörte deinen Anruf genau, man hörte ihn an allen Tischen unter der Bühne: wie konntest du dich darüber wundern, daß er nicht zu dir kam? Du selbst hattest ihm keine andere Möglichkeit gelassen, als vorüberzugehen. Das wäre eigentlich der Moment gewesen, um den Ball zu verlassen, doch die Gesetze der Schwerkraft haben etwas Rätselhaftes, und ich weiß auch nicht, warum wir noch blieben. Ich sah ein, daß du jetzt etwas trinken mußtest, zumindest konnte ich nicht allein trinken. Die Bolerojacken mühten sich, die Stimmung wiederherzustellen, die Grodeck mit seiner Rede naturgemäß unterbrochen hatte; ihre Mühe war nicht vergebens, und wir hatten tatsächlich den Eindruck, daß Geben seliger denn Nehmen sei: Wohltätigkeit schaffte Stimmung.

Wir tanzten oft zusammen, und in einer Pause gabst du zwei Autogramme, um eines wurdest du gebeten, das andere schenktest du dem überraschten Kellner. Er hatte dich erkannt? Das ist möglich, er stand ja gewissermaßen in unserem Alter. Ja, und dann kam der Augenblick, wo du wach zu werden schienst, zumindest glaubte ich dein Interesse erkannt zu haben für die beiden Entdeckungen, die Heino Grodek auf die Bühne vors Mikrofon brachte. Er stellte sie vor. Du hieltest nicht sehr viel von ihrem Gesang, nanntest die beiden Zwitscherobst, und in der Tat: die Mädchen hatten eine geradezu unangenehme Gesundheit. Besonders die Blonde ging mir auf die Nerven, die mit dem starken Gebiß, und ich mußte unwillkürlich an die einladende Traurigkeit denken, mit der du sangst, und ich brauche dir nicht zu sagen, wofür ich mich entschied. Eben, der Beifall, den das Zwitscherobst erhielt, verwirrte mich genauso.

Wenn du schwermütig werden willst, brauchst du heute nur eine Leistung mit ihrem Beifall zu vergleichen: welche Aufschlüsse werden dir da zuteil! Ich soll nicht weitererzählen? Dir ist doch alles bekannt, und ich tue nichts anderes, als dir dein Erscheinen auf dem Ball in Erinnerung zu rufen – einfach damit du einsiehst, warum mir an deiner Unterschrift gelegen ist. Es war jedenfalls lange nach dem Auftritt dieser singenden Pfirsiche: du standest plötzlich auf, nicktest mir zu, und ich glaubte, du wolltest zur Toilette. Nicht ohne Sorge sah ich dich den Gang hinabgehen. Ich begann mißtrauisch zu werden, als der kinnlose Bandmaster ans Mikrofon trat und dich ankündigte: »Auf eigenen Wunsch singt für Sie...« Vielleicht hättest du nicht gesungen, wenn du gesehen hättest, wie ich erschrak, und du kannst sicher sein, daß ich nicht mit dir dorthin gegangen wäre, wenn ich gewußt hätte, daß du singen würdest. Jetzt war es an mir, Furcht zu haben vor der Wiederbegegnung mit deiner Stimme. Du warst betrunken, du wolltest singen, und es gelang dir, ans Mikrofon zu kommen. Weißt du, wie du sangst? Es ist dir gleichgültig, gewiß, aber vielleicht wird es dich doch interessieren, daß deine Vorstellung eine einzige fatale Imitation dieser gesunden Pfirsiche war: du bewegtest die Hüften wie sie, machtest die gleichen Schritte, legtest den gleichen Truthahntucker in die Stimme – du warst faszinierend unerträglich. Hast du nicht gemerkt, daß niemand, niemand im ganzen Saal klatschte? Du aber ergriffst das Mikrofon, als wolltest du es nie mehr preisgeben, kündigtest einen zweiten Schlager an; ich mußte wegsehen und sah, wie der gewaltige Knoop von Knoop & Overbeck sich erhob und den Saal verließ – wahrscheinlich, um sich zumindest die Erinnerung an deine Legende bewahren zu können. Soll ich dir sagen, an welch ein Symbol es mich denken ließ, als du die Mikrofonstange an deinen Körper preßtest? Gut, dann haben wir uns verstanden. Wer weiß, wie lange du auf der Bühne gestanden und ausgeübt hättest, was du für Gesang hieltest. Jedenfalls solltest du dich nachträglich bei dem kinnlosen Jungen bedanken, denn er verschaffte dir einen sehr guten Abgang: er lud dich zur Pause ein und spendierte dir einen Schnaps. Wie meinst du? Ich zerrte dich ins Auto? Meinetwegen: mein Zerren war in diesem Fall lediglich eine Art gewaltsamer Überredung, und ich bin froh, daß es mir gelang. Ich brachte dich sicher durch den Wolkenbruch nach Hause. Es ist anzunehmen, daß der Wohltätigkeitsball jetzt vorbei ist. Hörst du mir noch zu, oder bist du schon eingeschlafen? Noch nicht?

Dann darf ich meine Bitte wiederholen und dich auffordern, diesen Zettel zu unterschreiben: es handelt sich, wie gesagt, um sechshundert Mark; das ist der Preis für die Eintrittskarte. So – danke; und nun wünsche ich dir eine gute Nacht, beziehungsweise einen guten Tag.

Schwierige Trauer
Eine Grabrede auf Henry Smolka

Vielleicht, Vater, hast du gesehen, daß wir weniger erschraken als uns weigerten, zu glauben, was uns die Leitung des Obdachlosen-Asyls schrieb; denn in all den Jahren – und was sollten wir anderes tun? – hatten wir uns damit abgefunden, daß du verschwunden warst und deine Spur für immer unauffindbar bleiben würde: irgendwo zwischen Luknow, wo du aufbrachst, und dem Ziel, das nur du allein kanntest, als ihr in jener eisigen Februarnacht auf den letzten Lastwagen stiegt, der euch zur Flucht verhelfen sollte. Wir hatten uns an deine Verschollenheit gewöhnt und waren auf dem besten Wege, dich und deine Aufgabe zu vergessen, die du damals übernommen hattest und von der wir immer wieder in Gerüchten hörten, und es war keine Hoffnung im Spiel, als wir dich zuerst für vermißt, zehn Jahre später für tot erklären ließen. Wir taten dies deinetwegen und unsretwegen; deinetwegen: weil wir dir die letzte Ehre, vergessen zu werden, verschaffen wollten; und unsretwegen: weil wir uns insgeheim davor schützen wollten, daß du mit deinem absurden Besitz aus der Verschollenheit auftauchst, um uns die Ruhe zu nehmen. Alles, Vater, was wir für dich empfanden, empfanden wir für den Vermißten.

Doch nun bist du aufgetaucht: der einstige Bürgermeister von Luknow, unserer alten Grenzstadt im Osten, starb in einem Obdachlosen-Asyl, wo er unter falschem Namen einen Strohsack besetzt gehalten und eifrig verteidigt hatte gegen die zänkischen Ansprüche alter Schlawiner, starb und begrub bis zuletzt mit seinem Körper den wasserdichten Beutel, in dem, nach deiner Meinung, die Geschichte und das Schicksal unserer Stadt ruhten, oder vielmehr nur das, was von ihrer Geschichte und ihrem Schicksal übriggeblieben war, seitdem du dich in jener Februarnacht davongemacht hattest. Deine Spur ist wieder zum Vorschein gekommen wie eine Spur im Tal der Dünen, die der Wind noch einmal freigefegt hat, bevor er sie endgültig löscht, und du zwingst uns, Vater, uns noch einmal mit dir zu beschäftigen, in deiner Spur zu lesen, und uns an die Stunde zu erinnern, in der du die Aufgabe übernahmst, die dich für immer von uns trennte und mit der du uns bis heute nichts hinterlassen hast als Scham, Verlegenheit und eine schwierige Trauer. Wir können dir keine mildernden Umstände zugute halten, denn wir wissen, daß du bis zuletzt nicht ein einziges Mal an deiner Aufgabe gezweifelt hast.

Du warst überzeugt, gleich damals in jener klaren Februarnacht, als dich der Auftrag des Landrats erreichte, das Archiv der Stadt, die Dokumente von Luknows 600jähriger Geschichte vor der Roten Armee in Sicherheit zu bringen. Unsere Soldaten hatten die Stadt bereits verlassen, nur Verwundete waren noch da und Zivilisten, die an den Ausfallstraßen lagen und warteten, warteten auf ein Gefährt, das sie aufnehmen sollte; doch es kam nichts, kein knirschendes Geräusch von Schlittenkufen, kein Holpern eines Wagenrades auf unserem schäbigen Pflaster, nur das Springen der Eisdecke auf dem See, in die der Frost lange Risse brach. Doch dann, um Mitternacht, näherte sich ein einzelnes Motorengeräusch, bei dem die Wartenden an der Ausfallstraße die Köpfe hoben, sich aus ihren Vermummungen befreiten; es gelang ihnen nicht, den Lastwagen zum Halten zu bringen, und so verfolgten sie ihn bis zum Stadthaus, immer dem schleifenden Motorengeräusch folgend, stellten ihn und bewegten sich nun von allen Seiten auf ihn zu wie Rinnsale, die schwollen und größer wurden durch immer neue Ankömmlinge, an Druck und Strömung gewannen, so daß sie schließlich vorrückten und den Wagen festkeilten, der mit der Ladefläche gegen die Treppe des Stadthauses stand. Du, Vater, standest oben auf der Treppe, neben dir das bewaffnete Begleitkommando, das die wogende Mauer der Körper zurückhielt, und während ihr dort standet, luden andere das Archiv der Stadt auf die Ladefläche: Kisten mit Dokumenten, Urkunden, Briefen, Bündel von Manifesten, Aufrufen, von gehaltenen und gebrochenen Verträgen – der letzte Bürgermeister von Luknow ließ die Geschichte seiner Stadt verladen, ließ ihre weder ruhmvolle noch ruhmlose Vergangenheit in Sicherheit bringen, weil ihr glaubtet, über die Stadt verfügen zu können, solange ihr über ihre Geschichte verfügtet. Dabei hattet ihr nur übersehen, daß die Geschichte alles enthält außer jener blinden Gerechtigkeit, die ihr – ohne selbst allzu gerecht zu sein – in eurer Überheblichkeit voraussetztet. Und als die ganze verbürgte Vergangenheit von Luknow verstaut war, fuhrt ihr davon, mit Drohungen und Gewalt durch die Mauer der Leiber, die den Lastwagen bis zuletzt umschloß; du sahst, wie einige sich festhielten wie an einem Floß, mitliefen, bettelten und euch schließlich verfluchten: war Greta nicht unter ihnen? Habt ihr mit den Kolben eurer

Gewehre auch auf ihre Hände geschlagen, bis sie sich lösten? Greta war sechzehn damals, sehr blaß, von dieser träumerischen Traurigkeit, die euch mißtrauisch machte, so daß ihr es nicht allzu gern saht, wenn ich mit ihr zusammen war – weißt du noch, Vater, ja? Hast du auch sie zurückgestoßen in die Dunkelheit, hast du sie mit den andern aufgegeben, weil dir die Vergangenheit Luknows kostbarer erschien als das Leben der Wartenden? Bedeutete dir die Urkunde über den abgewiesenen Tatareneinfall mehr als Greta?

Ihr ward die letzten, die Luknow verließen, verlassen konnten in jener Nacht, und ihr fuhrt durch unsere Wälder nach Norden zur Küste, mit eurem absurden Fluchtgepäck, das euch dereinst einen absurden Anspruch erleichtern sollte, und wo ihr euch befandet, da war auch die Stadt, die ihr entleert hattet von ihrer Geschichte. Vielleicht glaubtet ihr damals, den anderen Soldaten nicht mehr überlassen zu haben als kaltes Gestein, zeugenlose Wände, eine leere Stadt, in die erst wieder Leben käme, sobald die Stimmen der Vergangenheit zurückkehrten – ihr täuschtet euch.

Mit der fliehenden Front zogt ihr nach Norden, und noch vor dem Haff, in einem verschneiten Tal, erwischte euch ein Flugzeug, flog euch zweimal an und schoß den Lastwagen in Brand, wonach ihr nur eine Kiste und mehrere Bündel mit Dokumenten retten konntet. Ihr habt den Chauffeur nicht begraben, ihr ließt ihn im ausgebrannten Führerhaus stecken, verschafftet euch einen Schlitten, ludet die verringerte, angekohlte Vergangenheit Luknows auf und zogt weiter am Haff entlang zu den vereisten Piers von Pillau. In einem Güterwagen, Vater, mußtet ihr vier Tage und vier Nächte auf ein Schiff warten, und während dieser Zeit gingst du daran, den verbliebenen Bestand an Geschichte zu sichten, den Verlust zu notieren. Was war verlorengegangen? Die Zeugnisse der Pest in Luknow, oder das gesiegelte Dokument, mit dem einer der schwammigen Herzöge von Kolsk das damalige Dorf Luknow seiner zwölfjährigen Mätresse überschrieb? Oder hatte unsere Stadt die Urkunden über ihren großen Sohn Fittko eingebüßt, jenen General während der Grenzkriege, der alle Gefangenen eigenhändig tötete? Hatte Fittko nun nie mehr gelebt? Du führtest Buch über den Verlust an Vergangenheit, Vater, du bilanziertest das Kapitel an Geschichte, das euch verblieben war, dir und deinem letzten Helfer, Sbrisny, dem Invaliden, der dich begleitete. Und ihr bekamt ein Schiff; obwohl die Pier voll von Verwundeten war, gelang es dir, einen Dringlichkeitsschein zu erhalten, der euch erlaubte, mit der Kiste und den Bündeln an Bord zu gehen: vier Verwundete blieben zurück, wurden für die Zeugnisse von Luknows Tradition geopfert. Es war ein alter Holzschoner, der euch rausbrachte und westwärts über die Danziger Bucht bis zur Reede von Swinemünde, wo ihr Anker warft und im Morgengrauen, beim Schwojen an der Kette, Berührung mit einer Mine fandet, endgültige Berührung, die das Schiff in Höhe des Maschinenraums auseinanderriß, so daß es in zwei Teilen wegsackte. Niemand hatte Gelegenheit, etwas zu retten, niemand außer dir: du warst in dem Floß, das du schweigend ausersehn hattest für solch einen Fall, mit all deiner umständlichen und manchmal unerträglichen Sorgfalt, und zur größeren Ehre Luknows verzichtetest du auf Sbrisny und nahmst einige Bündel von Urkunden ins Floß, wahllos, denn die Katastrophe ließ dir keine Zeit. Die Kiste versank. Der träge Zug des Wassers schwemmte die Papiere hinaus, trieb sie lautlos über den Grund wie tote Fische – Luknows verflossene Schicksale. Das Salzwasser tilgte die Schrift: der große Brand unserer Stadt hatte nicht stattgefunden, eine Hungersnot hatte es nie gegeben, kein Zeugnis sprach mehr davon, welche namentlich erwähnten Herren einst das Recht gehabt hatten, jeden Unbekannten zu töten, der ihr Land betrat. Und ihr hättet nie mehr belegen können, daß Luknow einst die Spielschulden des mächtigen Wranka übernahm, denn auch seine Quittungen waren in der Kiste.

Du aber, Vater, glaubtest, noch genug im Floß zu haben, so daß du Sbrisny zurückließest, wie du Greta zurückgelassen hattest, du gelangtest an den Strand, schlepptest die dezimierte Geschichte in die Dünen, blicktest nicht auf die Reede hinaus, sondern zogst weiter, als du deiner Kraft wieder vertrauen zu können glaubtest. Du hattest dem Landrat versprochen, die Aufgabe zu übernehmen, und du hieltest dich an dies Versprechen, erkanntest nichts anderes an. Du hattest dich gegen jeden Zweifel durch deine Überzeugung geschützt, für Luknow zu handeln, und du zogst weiter nach Westen, gelangtest durch deine List, die du so kunstgerecht tarnen konntest, auf die Puffer des letzten Zuges, der Swinemünde verließ. Und du überstandest die Fahrt, auch wenn du wieder einen Teil unserer Geschichte einbüßen mußtest: bei einer unvorsichtigen Bewegung rutschte ein Bündel aus deinen klammen Fingern, fiel in den Schnee zwischen den Schienen, wurde vom Wind erfaßt, über den Damm gewirbelt und wie riesige Schneeflocken über das flache Land. Verloren war auch dies: das Zeugnis eines frühen Bürgermeisters, der einst die Stadt retten wollte, indem er sich in einen Zweikampf mit dem Führer der Angreifer einließ und verlor; die Beurkundung einer öffentlichen Blendung von aufsässigen Knechten und all die anderen gegebenen, beglaubigten und gezeichneten Dokumente, die vom Glück und Unglück, vom Triumph und der Schande unserer Stadt Kunde gaben. Bis dahin, bis auf die Puffer des Zuges, hatten wir deine Spur verfolgt, und zwar weniger aus Anteilnahme – denn dazu gabst du uns keinen Anlaß –, als um die letzte Bestätigung für unseren Glauben zu erhalten, daß der verhängnisvollste Irrtum deines Lebens die Überzeugung war, die Geschichte einer Stadt wöge das Leben eines einzigen Menschen auf.

Dann bliebst du verschollen, zogst durch das Land auf der verzweifelten Suche nach deinem Auftraggeber, Stück um Stück der Geschichte Luknows ging verloren: die Zeit der Besetzung, der Aufstände, der drohenden Erscheinungen am Himmel, und zuletzt blieb nur noch der wasserdichte Beutel, den du in deinem Argwohn an der Haut fühlen mußtest Tag und Nacht. Auch wenn du das Gegenteil erreichen wolltest: durch dich erst wurde die Vergangenheit unserer Stadt in alle Winde gestreut, ihre mittelmäßige Geschichte, die ihr so hoch schätztet, weil ihr die Gegenwart insgeheim verachtetet. Wir wissen nicht, Vater, wohin dich dein Weg führte, nachdem du den Zug verlassen hattest; wir haben auch nicht den Wunsch, es zu erfahren. Das Obdachlosen-Asyl, in dem du starbst, schickte uns deinen Napf und dein Besteck, eine Blechdose mit Kleingeld und Kippen und den Beutel, in dem die Reste von Luknows vergangener Zeit steckten. Wir legen keinen Wert darauf. Wir verachten sie nicht, aber wir fühlen auch keinen Grund, ihr das Geringste zu opfern oder gar für sie einzutreten, wie du für sie eingetreten bist. Hier, nimm deinen Beutel und fahr wohl.

Wenn sie nicht gewesen wäre, diese feierliche Alte, wären mir die Gänge leichter gefallen, hätte es mir nichts ausgemacht, mit dem letzten Brief in der Hand ins Büro zu gehen, um mir die neuen Vorschläge anzuhören. So aber wartete ich, verzögerte jedesmal mein Erscheinen, denn ihr gegenüberzusitzen, aus ihren knotigen, vielberingten Fingern Bilder und Personalien entgegenzunehmen, ihre schleppende Stimme zu hören, mit der sie die Vorzüge ihrer Kandidatinnen erläuterte – all das rief bei mir eine natürliche Abwehr, eine leichte Übelkeit hervor. Wenn sie, knochig und elegant, vom Büro in den Salon ihres Instituts trat, in dem Ehen angebahnt wurden, erschauerte ich prompt, fühlte mich schon gereizt und betrogen, und wenn sie sich neben der Schiebetür aufrichtete: feierlich lächelnd, auf einen kostbaren, gelackten Stock gestützt, ganz in Schwarz, und um den Hals einen gestickten Spitzenkragen, dann mußte ich an eine feinsinnige Giftmischerin denken, aus französischer Provinz.

Aber nachdem ich zum zweiten Mal durch das Lehrerexamen gefallen war, hatte ich beschlossen zu heiraten, und von ihr, von Mechthild Tiefenbach, wurde gesagt, daß sie auch anspruchsvolle Ehen zustande bringe: so landete ich bei ihr. Unter dem Eindruck der spontanen Abneigung, die ich für sie empfand, war ich zwar vorübergehend auf ein anderes Eheinstitut ausgewichen, doch die Angebote, die ich dort erhielt, hatten mich so mutlos gemacht, daß ich stillschweigend zu ihrer Kundenschar zurückkehrte. Ich lernte nicht, sie zu ertragen, aber indem ich Kraft opferte, gelang es mir, sie in Kauf zu nehmen. Schließlich war es nicht sie, die ich heiraten wollte.

Und nach dem zweiten mißglückten Versuch, das Lehrerexamen zu machen, war ich nicht nur entschlossen zu heiraten; ich hatte auch bereits feste Vorstellungen von meiner zukünftigen Partnerin, sie war, sozusagen, im Entwurf fertig. Ich hatte der Alten meine Wünsche genannt, freimütig und sachlich, und ich erschrak ein wenig über die Schnelligkeit, mit der sie mich verstand, oder doch zu verstehen vorgab. Ihr kleines Gesicht mit der straffen, gefleckten Haut ging in einem wissenden Lächeln auf; es gelang ihr, Sätze, die ich bedachtsam begonnen hatte, in meinem Sinne zu Ende zu sprechen, und flüsternd, mit einwandfreier Inständigkeit, faßte sie meine Wünsche zusammen, indem sie feststellte: Herr Studienrat, zu Ihnen gehört ein wertvolles Menschenkind! Sie hatte die Fertigkeit, so etwas auszusprechen, ohne daß man Anstoß daran nehmen konnte.

Ich hatte es aufgegeben, sie darauf hinzuweisen, daß ich kein Studienrat war, daß ich es nie sein würde, denn hartnäckig, mit träumerischer Verachtung, war sie über all meine Einwände hinweggegangen, hatte nicht aufgehört, mich Studienrat zu nennen und mir, nach feierlicher Ankündigung, wertvolle Menschenkinder vorzuführen. (Diesmal aber... Die Partnerin, die Ihnen entgegengelebt hat... Sie bedürfen einander...) Fünf Partnerinnen, die die Alte mir empfohlen hatte, waren bereits in der engeren Wahl gewesen. Ich war ihnen begegnet, ich hatte sie geprüft. Eine hatte sich um neun Jahre jünger gemacht, die andere besaß nicht das geringste Interesse für mein Lieblingsfach, für Geschichte; die Übersetzerin spielte zu früh auf ihre Erfahrungen an, und der Tochter von Klose – in Hamburg weitläufig bekannt unter Herings-Klose – konnte man nicht nur die durchstandenen, sondern auch die bevorstehenden Krankheiten ansehen. Ein unwillkürliches Interesse hatte ich nur für Gudrun, doch sie verabschiedete sich überstürzt, nachdem sie kaum fünf Minuten mit mir im Botanischen Garten gewesen war.

Der enttäuschende Ausgang dieser fünf Begegnungen nahm mir nicht den Mut, ich wollte mir Zeit lassen, mit Umsicht und Ausdauer vorgehen, das war ich allein meinem Alter schuldig, einem Alter, in dem ich unter glimpflichen Bedingungen Studienrat gewesen wäre. Ich hätte eher auf eine Heirat verzichtet, als mich, unter der Nötigung eines Wunsches oder eines Augenblicks, mit einem erkannten Mangel einer Partnerin abzufinden. Wer sich abfindet, sage ich mir, der hat nicht nur sich selbst, der hat auch den Partner aufgegeben. Im November bin ich neunundzwanzig geworden, nach einem Studium von sechzehn Semestern, und soweit ich ein Bild von mir habe, ist es das Bild eines ausgeglichenen, korrekten Mannes, gesund, leicht vornübergebeugt bei einer Körpergröße von einem Meter zweiundneunzig, um Klarheit bemüht und davon überzeugt, daß jeder sein Leben zu rechtfertigen hat. Aber durch eine Heirat läßt sich ein Leben rechtfertigen.

Das letzte Angebot, das Frau Tiefenbach mir machen konnte, lag zwei Monate zurück. Jetzt hatten wir Juni, kühl, regnerisch, wenn auch die Gefahr von Nachtfrösten abgewendet schien. Mit ihrem Brief in der Tasche (Heute möchte ich Sie freundschaftlich bitten... Diesmal sprechen alle Anzeichen und Einzelheiten... Mit herzlichem Händedruck) ging ich zum Institut, ging durch die Anlagen an der Alster, solide Anlagen, die den Enten gehörten, den fauchenden Schwänen. Durch heftig schlagende Bewegungen meines Mantels trieb ich sie ins Wasser, dorthin, wo sie ihre schmückende Aufgabe erfüllen.

Das Institut für Ehe-Anbahnung lag hoch über den Anlagen, eine festungsartige Villa mit schmalen, langen Fenstern, in verwaschenem Braun, mit spielerisch verteilten Schießscharten und zwei kugelförmigen Buchen neben dem Eingang, die den Eintretenden um Vertrauen baten. Eine streng wachende Pappel auf dem Rasen erschwerte allerdings das Vertrauen. Wie jedesmal forderte mich die Sekretärin auf, im Salon zu warten. Also ging ich dort hinein und bereitete mich auf das Erscheinen der Alten vor. Und sie kam, kam wie erwartet: in schwarzem Samtkleid mit Spitzenkragen, den gelackten Stock in der Hand, und auf den Lippen, die nadelfeine Risse hatten, ein feierliches Lächeln. Ich nehme an, da hätte sich mancher gefragt, wie ihr verstorbener Mann einst beschaffen war und wie sie zusammen gelebt hatten. Ihr Haar war zart getönt, so nennt man das wohl; da stritt sich ein violetter Schimmer mit einem herrschsüchtigen Grau. Sie bot mir ihren herzlichen Händedruck, einen langen aufmunternden Blick, auch berührte sie mich leicht an der Schulter.

Ihr gegenübersitzend, in einem der mit Seide bezogenen Sessel, lag mir daran, rasch zur Sache zu kommen; so nestelte ich ihren Brief aus der Tasche und glättete ihn mit eiligen Fingern. »Diesmal«, sagte sie, »diesmal werden Sie erwartet«, und in einem weihevollen Komplizentum, das ich mir unter anderen Umständen verbeten hätte, nickte sie mir zu. Sie sagte: »Zwei Lehrerinnen. Schwestern«, und ich darauf, nicht ohne Erstaunen: »Zwei? Und Lehrerinnen? Und Schwestern? Wie darf ich mir das denken?« »Sie leben sehr zurückgezogen«, sagte die Alte, »in sehr guten Verhältnissen, doch zurückgezogen.« »Es sind immerhin noch zwei«, sagte ich. »Nur die ältere ersehnt eine Heirat«, sagte sie, »nur eine der Schwestern wünscht sich einen Gefährten, Herr Studienrat.« Da gab es nichts zu zweifeln, sie hatte das wörtlich gesagt, und es kostete sie keine Energie, solch einen Satz auszusprechen. »Und welch eine Rolle«, fragte ich, »spielt in dieser Angelegenheit die jüngere Schwester?« »Eben«, sagte Frau Tiefenbach, »die jüngere Schwester: sie hat nur die Rolle der Kundschafterin übernommen, der Mittlerin. Sie sucht einen Partner für ihre Schwester, ohne Auftrag, heimlich.« »Gibt es ein Bild von der älteren Schwester?« fragte ich. »Nein«, sagte sie. »Geschieden?« »Nein.« »Bettlägerig?« »Nein.« »Wie alt?« fragte ich. »Sechsundzwanzig«, sagte sie. Auch das Alter meiner im Entwurf vorhandenen Partnerin war festgelegt, sechsundzwanzig war die Grenze.

Ich war einverstanden, war zu einer Begegnung mit der jüngeren Schwester bereit, ohne Beunruhigung allerdings, mit mäßiger Erwartung. Ich schlug den Tee aus, den die Alte mir anbot, forschte nach weiteren Einzelheiten, nach Hobby, Herkunft, Einkommen – doch darüber konnte sie nichts sagen. Sie zog den Stock zu sich heran, nahm ihn zwischen ihre mageren Schenkel und blickte mich voller Genugtuung an, so als ob sie mich neu erschaffen hätte oder doch zumindest mein bevorstehendes Glück. Auf ihrer Seite waren die Freude, die Unruhe, die notwendige Erregung – Äußerungen, die eigentlich ich hätte zeigen müssen, doch es gelang mir nicht, es konnte mir nicht gelingen, denn zu sorgfältig war mein Entwurf bereitet, zu genau hatte ich darauf geachtet, daß mir keine Überraschungen, Ungewißheiten und schmerzliche Entdeckungen zustießen. Ich wollte nicht getäuscht werden, und ich wollte selbst niemanden enttäuschen. Ich wollte mir das Verhängnis ersparen, das so viele vor mir sich nicht ersparen konnten, weil sie nicht die ungeheuerlichen Möglichkeiten bedacht hatten. Ich meine, bevor ich nach einer Uhr in der Badeanstalt tauche, versichere ich mich, ob da auch wirklich eine Uhr hineingefallen ist.

Also ohne Vorbereitung, ohne Plan, das will besagen: ohne zusätzlichen Plan und besondere Vorbereitungen fuhr ich zum Botanischen Garten, wo eine Begegnung mit der Schwester meiner eventuellen Partnerin vereinbart war. Mein Vorschlag, den die Alte weitergegeben hatte, war sogleich angenommen worden. Der Eintritt war kostenlos. Ein betagter Wärter forderte freundlich zum Betreten des Gartens auf; er schien über jeden Besucher Freude zu empfinden. An einer Bude beim Hauptbahnhof hatte ich zwei Bratwürste gegessen, hatte eine Tasse heißer Brühe getrunken: ich fühlte mich wohl. Die kühlen Fallwinde, die das Wasser der künstlichen Teiche kräuselten, machten mir nichts aus, ebensowenig der prasselnde Tropfenfall, mit dem ragende Äste mich begrüßten. Im Vorübergehen bemerkte ich, daß der Regen den Steinpflanzen zugesetzt hatte; in schmalen Rinnen hatte er die Erde weggewaschen, hatte da eine Wurzelschau vorgenommen, auch waren einige der gelben Namensschilder weggerissen.

Dann entdeckte ich die Spur auf dem Weg, eine frische Spur, die eine feuchte Erde bewahrte und die mir vorauslief zu der verabredeten Bank über der Brücke. Die Spur verriet nichts, was mich befremdet oder voreingenommen hätte: die Schrittweite normal, der Abdruck gleichmäßig, sauber, nur die Spitzen zeigten eine leichte Verkantung, waren etwas nach innen gerichtet, doch das machte der Eindruck des Absatzes wett, der von Behutsamkeit zeugte, von Beherrschung.

Sie saß auf der Bank oberhalb der Brücke. Sie trug einen Regenmantel. Ihr Haar fiel glatt auf die Schultern, war schwarz, meinetwegen von strenger, spanischer Schwärze; der bläuliche Schimmer stellte sich erst bei schräger Sonne ein. Die Augen hell, von unbestimmbarem Blau; Jochbein gut ausgeprägt; Lippen leicht geöffnet, dazu ein wenig gerundet wie zu einem Pfiff; Kinn weich und unentschlossen; Nase und Stirn in gewagtem Winkel zueinander; Abstand zwischen den Augen etwas zu weit, was den Eindruck heiterer Melancholie hervorrief: es ist unwahrscheinlich, daß ich mich in einer Einzelheit irre. So sah ich sie zum ersten Mal, und bis auf die Körpergröße – ein Meter und zweiundfünfzig – entsprach sie meinem Entwurf, obwohl sie ihm nicht zu entsprechen brauchte, denn sie war ja die jüngere Schwester, die Kundschafterin, wie die Alte sie genannt hatte. Scheu, verstört, ängstlich beinahe nahm sie mich zur Kenntnis, betrachtete mich mit ruckhaften Bewegungen von den Schuhen bis zum Scheitel – wobei sie zum äußersten Ende der Bank rutschte –, biß einmal vor Verlegenheit in ihren Handballen, strich sich mit starrem Zeigefinger die Wange herunter, auch atmete sie in eine lose geschlossene Faust hinein. Sie hieß Karen Beierlein und betrachtete mich wie ein fremdes, ungewohntes, vielleicht erschreckendes, jedenfalls verblüffendes Wesen.

Ich wurde unsicher, beinahe mißvergnügt, hätte mein Erscheinen fast bedauert. Doch anstatt dies zu tun, lächelte ich, ein wenig säuerlich, aber ich lächelte. Sie war vierundzwanzig und unterrichtete an einer Volksschule (erstes bis drittes Schuljahr). Ihre Lieblingsfächer waren Rechnen und Turnen; ihr geschichtliches Interesse galt den Befreiungskriegen.

»Darf ich Sie Konrad nennen?« fragte sie plötzlich.

Ich blickte sie überrascht an, zögerte, aber hatte schon genickt. Das Nicken ließ sich nicht widerrufen, ich ärgerte mich, ich machte mir Vorwürfe, war wütend über meine unwillkürliche Zustimmung, und da geschah etwas, was mir nie hätte passieren dürfen. Was war es nur? Ich hörte mich auf einmal sagen, daß ich nicht meinetwegen, sondern im Auftrag meines besten Freundes neben ihr saß; für ihn hätte ich diese Mission übernommen – gerade wie sie in Mission ihrer älteren Schwester gekommen sei. Und ich lächelte, spielte mit meinen Händen und sagte: »Sie müssen es verstehen.« Sie sah mich staunend, nicht ungläubig an, warf den Kopf zurück und fragte: »Ist er verreist?« »In Niendorf an der Ostsee«, sagte ich, »bei seinen Verwandten. Er bereitet dort sein Examen vor.« »Am Strand?« fragte sie leise. Und ich darauf: »Er hilft in der Gärtnerei seiner Verwandten.« »Meine Schwester ist am Rhein«, sagte sie, und, nach einer Pause: »Mit ihrer ganzen Klasse. Eine Klassenreise, wie in jedem Jahr.«

Da saßen wir, jeder mit seiner Aufgabe, auf der Bank oberhalb der Brücke im Botanischen Garten, und sie schwieg jetzt und schien unerreichbar in ihrem verängstigten Schweigen, wischte nicht die Tropfen von ihrem Gesicht, die der Wind von den Ästen herabschüttelte, wie Erbsenfall auf die Bank trommeln ließ. Ich stand auf, erkundigte mich nach dem nächsten Schauer, der hoch über der Alster schon bereitet wurde; darauf hinweisend, schlug ich ihr einen Spaziergang vor und womöglich den Besuch in einem Café. Damit war sie einverstanden.

Wir gingen nebeneinander zum Ausgang, sie hielt sich an meinem Ärmel fest, um nicht auszurutschen, machte, ohne mich loszulassen, knappe Sätze über Pfützen und Rinnsale, und ich spürte, wie sie zitterte und nicht aufhörte, mich zu beobachten von schräg hinten. Wenn ich mich unvermutet umsah, erschrak sie, und sie war fast schön in ihrem Erschrecken, das sollte ich erwähnen, schön inmitten ihrer kleinen Angst. Der betagte Pförtner, der uns hinausgehen sah, zwinkerte mir vertraulich zu, spielte vielleicht auf ein gemeinsames Wissen an; da erschien es mir angebracht, seinen Blick nicht zu verstehen.

Es war nicht leicht für mich, den Schritt zu finden, der uns gleichmäßig vorwärtskommen ließ, also ohne daß der eine schlendern, der andere traben mußte. Ich schaffte es schließlich, indem ich den Fall des Schrittes hinauszögerte, einfach nach Art des englischen Präsentiermarsches. Und um nicht von ihr zu verlangen, daß sie mir jedes Wort mit erhobenem Gesicht und zurückgelegtem Kopf hinaufrief, knickte ich sacht in den Knien ein, verlagerte mein Gewicht zu ihrer Seite. In dieser Anstrengung war ich geübt.

Natürlich gingen wir gleich ins Café. Ich bestellte Tee und Schaumgebäck, sie, nach leiser Entschuldigung, coffeinfreien Kaffee. »Wie lange bleibt Ihre Schwester am Rhein?« fragte ich.

»Oh«, sagte sie, »zwölf Tage. Sie wollen sich den Limes ansehen.« »Ist sie gern Lehrerin?« »Sie wollte es schon werden, als sie fünf war.« »Das ist früh«, sagte ich, und sie, nach einem schnellen, besorgten Blick: »Sie empfindet ihren Beruf nicht als Arbeit. Es ist kein Zwang für sie. Es ist Freude.« »Ein Bild«, sagte ich freimütig, »haben Sie es nicht zufällig in Ihrer Handtasche?« »Ein Bild kann ich Ihrem Freund schicken«, sagte sie, worauf ich erwiderte: »Geben Sie es mir, das genügt.« Sie rauchte nicht, sie nahm nicht von meinem Schaumgebäck, obwohl ich sie mehrmals dazu einlud. Sie trank gleichmäßig, in winzigen Schlucken von ihrem coffeinfreien Kaffee, setzte geschickt die Tasse ab, zerrte spielerisch am Riemen ihrer Handtasche. Ein beschrifteter Spiegel bot mir ihre Rückansicht, das glattfallende schwarze Haar, den überraschend kräftigen Rücken unter der blauen Strickjacke. Um keine allgemeine Frage zu stellen, erkundigte ich mich nach der Größe ihrer Schwester und erfuhr, daß sie einmetervierundsiebzig war; ihre Lieblingsfächer waren Geschichte und Zeichnen, ihr Hobby Wandern und Lesen, im Sommer auch Schwimmen. »Sie ist wunderbar«, sagte Karen auf einmal, ohne zu bemerken, daß mir mit solchen allgemeinen Auskünften nicht gedient war, »Ulla ist wirklich wunderbar.« Ich sagte: » ... – wenn wir dies einmal voraussetzen – was läßt sich aus ihrer Kindheit erzählen?« »Oh«, sagte sie, »als Kind konnte Ulla keine Ungerechtigkeit ertragen. Wenn sie sich ungerecht behandelt glaubte, verweigerte sie die Nahrungsaufnahme, tagelang.« »Das ist sympathisch«, sagte ich. »Und sparsam«, sagte sie, »Ulla begann immer schon am Neujahrstag für das nächste Weihnachtsfest zu sparen. Außerdem, alle Kinder bei uns erkannten sie als Schiedsrichter an, und das sollten Sie Ihrem Freund sagen: sie ist fair, großzügig und fair. Und ihre Geduld verdient Bewunderung.« »Ich weiß«, sagte ich. Und sie nachdenklich: »Ich wünschte, ich wäre so wie sie.«

Sie war nicht mehr so verstört, bewegte sich weniger abrupt, auch erschrak sie nicht mehr so oft, wenn mein Blick sie traf; nur ihre Scheu blieb. Und sie begann von ihrer älteren Schwester zu erzählen, sprunghaft, schwärmerisch, mit unaufhörlicher Bewunderung (Oh, einmal im Winter ... Krank war sie nie, es sei denn ... Mit einem Kollegen hätte sie sich fast verlobt ... Ach ja, und die Schüler, die sie liebten, haben einmal ...), bot mir planlos Einzelheiten und Erinnerungen an, und ich hörte ihr zu und beobachtete sie, blickte durch sie hindurch und ließ an ihrer Stelle die bewunderte Schwester entstehen, wobei ich nur Karen auf einsvierundsiebzig wachsen, ihre Augen braun werden ließ, ihr glattfallendes Haar einfach hochband (denn Ulla trug einen »Dutt«, wie sie sagte), und es gelang mir auch: Ulla war da. Ich hatte ein Bild von ihr, und das Bild entsprach meinem Entwurf. »Ich kann mir Ihre Schwester gut vorstellen«, sagte ich. »Ja«, fragte sie glücklich, »ja, wirklich?« »Ich verstehe, warum Sie sie so bewundern«, sagte ich. »Sie ist auch wunderbar«, sagte sie, »in allem: erzählen Sie es Ihrem Freund. Er wird niemanden finden, der so ist wie Ulla.«

Plötzlich sprang sie auf, ging zur Kellnerin, zahlte ihren Kaffee und wäre ohne Abschied verschwunden, wenn ich sie nicht zurückgehalten hätte. »Wohin wollen Sie? Wir sind doch noch nicht fertig.« Diese Frage war wohl sehr dringend geraten, denn sie sah mich erstaunt und zurechtweisend an, war jetzt in einem Zustand kühlen und, von mir aus, beherrschten Flammens, und sie sagte: »Ich muß nach Hause. Kann sein, Ulla ruft an.« »Sprechen Sie noch nicht mit ihr darüber«, sagte ich. »Aber Ulla muß es doch wissen«, sagte sie.

An der Art, wie sie ihren Regenmantel zuknöpfte, erkannte ich, daß sie entschlossen war zu gehen; so benutzte ich die Zeit, in der sie ein Kopftuch umband, ihr einen Vorschlag zu machen fürs Wochenende: gemeinsamer Besuch im Planetarium mit gemächlichem Gespräch über das, was uns betraf. »Um drei am Eingang?« »Mhm«, sagte sie. Ihre Hand erwiderte nicht den Druck meiner Hand, als sie sich verabschiedete; verwirrt brach sie auf, lief blicklos am Fenster vorbei zur Straßenbahn.

Ich bestellte einen zweiten Tee und überlegte, wie ich aus meiner Lage herauskommen könnte, in die ich mich selbst, wider Willen, hineingebracht hatte. Ich mußte die Sache mit dem Freund widerrufen, aber wie? Einmal mit Namen versehen, war er vorhanden, und wer kann es sich leisten, jemand ohne Angabe der Adresse verreisen zu lassen? Ulla war vorstellbar in ihrer Erscheinung, in ihrer Eigenart und Körpergröße, ich war bereits mit ihr vertraut, fühlte mich schon zäh und gewaltsam mit Beschlag belegt – welch einen Freund sollte ich mir da für sie ausdenken? Ich beschloß, mich selbst zu schildern, so deutlich, so hinweisend, daß ich Karens unausbleiblichen Verdacht auf mich lenken mußte, und im entscheidenden Augenblick wollte ich auch bereit sein, mich zu erkennen zu geben. Im Planetarium, beschloß ich.

Wir trafen uns nicht im Planetarium. Am Tag unserer Verabredung, während ich in meiner Bude panierte Selleriescheiben briet – eine Lieblingsspeise, die es in keinem Lokal gibt –, klopfte es an meiner Tür, scheu, ausdauernd, jedenfalls ohne zunehmende Stärke, so daß ich zunächst glaubte, ich selbst sei es, der diese Geräusche am elektrischen Kocher verursachte. Als ich schließlich entdeckte, daß an die Tür geklopft wurde, dachte ich: das kann nur Frau Burdan sein, meine Wirtin, die mir die Mahnungen der Staatsbibliothek oder die neuesten Photographien ihres zweijährigen Neffen hereinreichen möchte. Für Begegnungen mit ihr habe ich ein besonderes Gesicht übrig – einen Ausdruck entsetzten Staunens, möchte ich mal sagen, der sie so bestürzt macht, daß sie mich zuerst um Entschuldigung bittet, bevor sie ihren Wunsch äußert; dies Gesicht also setzte ich auf, ging, mit der Gabel in der Hand, zur Tür und öffnete. Auf dem Korridor stand Karen, der ich nie meine Adresse gegeben hatte. Ich nahm die Gabel unwillkürlich zwischen die Zähne, als ich sie vor mir sah: scheu, schreckhaft, dabei eine drängende Eile verratend; da konnte ich mich vor Überraschung doch nur rückwärts bewegen, was sie wiederum als Einladung ansah einzutreten. Sie kam wahrhaftig herein und sagte: »Ich muß Sie sprechen, Konrad«, und ging zu dem einzigen, schlaffen Sessel in meinem Zimmer, sah nicht die Bücher, die dort lagen, setzte sich und bemerkte die Bücher auch dann nicht, als diese sich mit der Polsterung unter ihr senkten. Ich zog das Kabel aus der Steckdose, unterbrach den Farbwechsel der Selleriescheiben in der Pfanne, auch gelang es mir, ein Fenster aufzustoßen. Ich war so überrascht, daß ich ihre ersten Worte überhörte und sie bitten mußte, neu zu beginnen. Immerhin hatte ich erkannt, daß der dringende Wunsch, mit mir zu sprechen, ihr Interesse an meinen Verhältnissen überwog.

»Ich nehme an«, sagte ich, »Sie wollen mir eine Absage bringen, Sie können nicht zum Planetarium kommen.« »Ich habe mit Ulla gesprochen«, sagte sie, »ich habe ihr alles erzählt. Vielleicht kommt sie früher zurück.« »Warum sind Sie verhindert heute nachmittag?« fragte ich, und sie darauf: »Ulla hat mich um eine Gefälligkeit gebeten. Ein Lehrerball: ich muß für sie hingehen.« Da meinte ich etwas verkniffen: »Sie nehmen ihr wohl vieles ab, Ihrer Schwester?« »Alles«, sagte sie, und es klang glücklich. »Für Ulla kann ich alles tun.«

Sie roch nicht den eindringlichen Selleriegeruch, hörte wohl auch nicht das erlöschende Knistern des Fetts in der Pfanne. Kein prüfender Blick nahm den durchgetretenen Teppich, den mit grauer Kruste bezogenen Tauchsieder, die Bücher, das Schuhgestell, das treue Fahrrad hinter dem Vorhang zur Kenntnis. Nur mich sah sie mit all ihrer Scheu und kleinen Angst, und die waren glaubhaft. Routine im Übersehen hatte sie jedenfalls nicht.

Nun war es für sie zu spät festzustellen, daß sie auf meinen Büchern saß, so unterließ ich auch jeden Hinweis, verfolgte nur, wie sie hastig ihre Tasche öffnete, kramte, ein Bild herauszog, ein gerahmtes Bild, das sie mir lächelnd entgegenhielt: Ulla. Die Photographie zeigte Ulla mit einem Gartenschlauch in der Hand, sie trug ein Gartenkleid, im Hintergrund waren Gartenmöbel, sie selbst befand sich in einem Garten, auf einem Schild am Gartenzaun las ich: Dr. med. dent. H. Beierlein. Drohend richtete Ulla den Gartenschlauch auf den Betrachter, lachte, zeigte beim Lachen kleine, aber überzeugende Zähne, stemmte ein Bein vor, bog ihren Körper leicht zurück. Da das Bild gerahmt war, fragte ich: »Soll ich es haben?« und rasch und mich selbst verbessernd: »Oder mein Freund?« »Es ist mein Bild«, sagte sie, »es steht auf meinem Schreibtisch. Ich wollte es Ihrem Freund nur zeigen.«

»Mein Freund«, sagte ich bedächtig, denn jetzt schien mir der Augenblick gekommen, ihr zu sagen, daß es keinen Freund gab, »Sie kennen meinen Freund doch gar nicht.« Sie zuckte die Achseln. »Vielleicht«, sagte sie verstört, »ist er so wie Sie?« Und da sagte ich, auf Ullas Bild blickend: »Etwas unterscheidet er sich schon von mir. Er ist kleiner, nicht viel, aber kleiner. Er ist nicht blond. Er ist nicht Wilhelmsburger. Er ist anders.« »Das macht nichts«, sagte sie, und beschwichtigend: »Machen Sie sich keine Sorgen deswegen.« Fast hätte ich geschwiegen, aber ich konnte nicht, wollte nicht, ich gab den Worten nach und vielleicht meinem Ärger, sagte etwas, was ich zu sagen nie vorgehabt hatte, beispielsweise: »Mein Freund ist athletisch und einsam, müssen Sie wissen. Er schließt schwer Bekanntschaften, hat kein Verhältnis zum Geld, doch er ist musikalisch. An den Festtagen des Jahres betrinkt er sich.« »Wer mit Ulla lebt, wird verändert«, sagte sie ruhig darauf.

Da drehte ich mich zu meinem erkalteten Lieblingsgericht um, schloß das Kabel an, hob die Pfanne auf den Kocher, lockerte mit einem Bratenlöffel die Selleriescheiben. Sie soll sehen, was du fertigbekommst, dachte ich, vielleicht entschließt sie sich, eine Scheibe zu probieren und wird hinterher feststellen, was Frau Burdan immer in einem Ton schluchzender Bewunderung feststellt: Also, das schmeckt wie Kalbfleisch, also. – Sie aß nichts. Sie sprang auf, nahm Ullas Bild an sich, ließ es in der Tasche verschwinden. »Seien Sie mir nicht böse, Konrad«, sagte sie, »ich muß jetzt für Ulla einspringen.« »Das Bild«, sagte ich, »können Sie es mir nicht hierlassen?« »Ich trenne mich nicht leicht von ihm«, sagte sie und holte das Bild wieder hervor, betrachtete es meinetwegen mit Entzücken, bevor sie es auf mein Bett legte. »Wir – wir sehn uns bald wieder«, sagte sie. »Ich möchte Sie einladen. Wir fahren nach Niendorf raus, an die Ostsee, und dort besuchen wir Ihren Freund. Morgen hole ich Sie ab. Um zwei, ja?« Sie hockte sich neben den Kocher hin, fächelte sich mit senkrecht gestellter Hand den Duft der brutzelnden Selleriescheiben zu, kniff die Augen zusammen, spielte Genuß, öffnete die Augen und nickte mir eine verstümmelte Anerkennung zu, dann ging sie eilig zur Tür. »Ich werde Ulla erzählen, wer Ihr Freund ist: Karl Lamprecht.«

Lustlos aß ich die Selleriescheiben aus der Pfanne, betrachtete dabei unablässig Ullas Bild, sah mich in das Bild hinein, machte mich zu ihrem Gegenüber, dem das Lachen galt und die Drohung mit dem Gartenschlauch. Na, Ulla, dachte ich, zwinkerte ihr zu und fühlte mich verstanden. Während der ganzen Mahlzeit betrachtete ich die Photographie und war verblüfft über die Vertrautheit, die sich zwischen uns ergab, freute mich darüber, wie schnell eine Verbindung zustandekam, und ich strich mit dem Zeigefinger über das Bild, wischte es dann mit dem Handballen sauber und glaubte sie sagen zu hören: Es ist doch nicht schlimm, daß du hinter einem erfundenen Freund in Deckung gingst. Das kann ich doch verstehen, Konrad. Jeder hat ein Schutzbedürfnis. – Zum ersten Mal war ich Ulla dankbar. Ich versprach ihr, den Freund endgültig zu streichen. Und da hörte ich sie sagen: Bitte, tu das, Konrad, Karen verdient es, sie verdient alles, meine kleine Schwester: sie ist wunderbar. Darum zeig ihr, wie das Leben sein könnte, das genügt.

Das verwirrte mich natürlich. Ich spreche sonst nie mit Personen auf Photographien.

Zuerst wünschte ich, es wäre Ulla gewesen, die neben mir im Bus nach Niendorf saß, es wären ihre vollgestopften Plastiktaschen, Badelaken, Zeitschriften und Cremeschachteln gewesen, die ich durch den warmen Sand zum Strand hinab trug. Dann aber sagte ich mir, daß es Karen war, der ich eine Erklärung schuldete, und so fand ich mich mit ihrer Anwesenheit ab und vertröstete sie auf den Abend, an dem ich sie dem vorgegebenen Freund gegenüberstellen wollte. »Er ist tagsüber nicht auffindbar«, sagte ich. Wir mieteten einen Strandkorb und zogen uns um, das heißt, wir hatten beide die Badeanzüge schon zu Hause untergezogen und legten nur unser Zeug ab. Sie verfolgte scheu, doch aufmerksam, wie ich mich auszog, bat mich, ihren Rücken einzucremen und bot sich ohne Zeitverlust der Sonne an. Ich hielt es für angebracht, sie vor den Folgen eines Sonnenbrandes zu warnen, darauf antwortete sie nicht. Sie wagte nicht, sich ganz auszustrecken, zu lockern, sich entspannt der Mattigkeit zu überlassen; immer war etwas an ihr gespannt oder aufgestützt, immer war ein Bein oder ein Arm in Bereitschaft.

Ich erkundigte mich nach Ullas finanziellen Verhältnissen, und sie nannte ohne Zögern Höhe des Gehalts, Höhe der Zulagen, Höhe der Abzüge und die einmal zu erwartende Höhe der Pension. Karen erwähnte auch die Summe, die Ulla bei einer Heirat von ihrem Vater zu erwarten hatte – sie lag bei fünfunddreißigtausend. Desgleichen sprach sie von einer Erbschaft und von einer Verpflichtung, die Ulla gegenüber einem unmündigen, elternlosen Vetter übernommen hatte. Mehr automatisch denn aus dringendem Interesse fragte sie darauf mich nach den finanziellen Verhältnissen, in denen mein Freund lebte. »Unter vernünftigen Bedingungen«, sagte ich da, »wäre ihm das Einkommen eines Studienrats zuzubilligen.« Diese Auskunft befriedigte sie, denn sie forschte nicht weiter; sie zerrte unaufhörlich an ihrem Badeanzug, der sie in der Gesäßfalte kniff.

Der warme Sand, das Flimmern, eine freimütige Sonne, der ständige Wind: sie legten Schlaf nahe, aber ich konnte nicht schlafen, ich dachte an Ulla, die mit ihrer Klasse am Rhein war. Ich dachte so ausschließlich an sie, daß es mir kaum auffiel, wie ich Frage auf Frage stellte und von Karen geduldige Antworten erhielt, so prompte und genaue Antworten, daß ich mich auf ihre Rückkehr freute und auf die erste leibhaftige Begegnung.

Auf einmal berührte sie mich an der Schulter, ließ eine Handvoll warmen Sand auf meine Haut rinnen, nein, das ist unwahrscheinlich, sie berührte mich wohl nur unabsichtlich, als sie sich erhob, den Gummizug ihrer Badehose tiefer hinabzerrte, tiefer nach dem Schenkel schnappen ließ; dann blinzelte sie mich an, zeigte stumm auffordernd aufs Wasser, und wir stiegen über Beine, Rücken, Hälse zum Strand, und hinter mir sagten sie: der Lange, guck nur mal, was sich der Lange als Stütze mitgebracht hat. Abkühlen, allmählich ins Wasser stelzen, das war noch nie meine Gewohnheit; ich stürze mich mit Vorliebe ins Wasser, nehme Anlauf, stampfe, dabei scharfe Spritzer emporreißend, geradewegs zur Tiefe hinaus, springe zuletzt, drehe und schiebe mich, bis der Widerstand zu groß wird: dann tauche ich unter.

So stürzte ich mich auch diesmal hinaus, und als ich zu Karen zurücksah, war sie nicht hinter mir, stand auch nicht am Strand, sondern ging zu der Holzbrücke, die damals noch zu einem Sprungturm hinausführte. Ich erriet ihren Plan, schwamm, die Wellen von der Seite, auf die fahle Holzbrücke zu, deren Pfähle mit quellenden Algen besetzt waren. Ich hatte den Wunsch, ihr etwas zuzurufen, doch ich bin kein sehr guter Schwimmer, ich war zufrieden, daß ich vorwärtskam, und schwimmend sah ich, wie Karen zum Sprungturm ging, langsam die Treppe hinaufstieg, mich suchte, mir zuwinkte und schließlich aufs Brett trat. Ich versuchte, Wasser zu treten, die Wellen vereitelten es, rieten mir gewaltsam weiterzuschwimmen, und schwimmend beobachtete ich dann, wie andere sie beobachteten in Erwartung ihres Sprunges: da waren einige spöttische Standbilder darunter.

Karen jedenfalls erprobte die federnde Eigenschaft des Bretts, wippte auf und nieder mit gestrecktem Körper, trat dann zurück, lief an, schnellte sich empor, hockte sich tadellos zusammen zum gehockten zweifachen Salto, streckte glücklich den kleinen Körper nach der Drehung, allerdings streckte sie ihn nicht genug: bis zu mir drang das klatschende Geräusch aufschwappenden Wassers, als sie mit dem Gesicht, mit dem Bauch auf das Wasser schmetterte. Ich meine, da brauchte niemand zu lächeln, auch wenn der zweite Teil des Sprunges mißlungen war.

Mit kurzen Stößen schwamm ich zur Holzbrücke, um Karen zu beglückwünschen, streifte die quellenden Algenbärte, hörte das Meer gegen die Pfähle klopfen. Ich fand eine Leiter und stieg hinauf. Sie war nicht zu entdecken. Sie war noch nicht wieder aufgetaucht. Ich lief zum Sprungturm, und da tauchte sie auf zwischen zwei Männern, die sie fest an den Armen gepackt hielten, die sie schoben und stießen, die schon zum Ponton hinaufriefen: Macht Platz! Einen Arzt! Hebt sie rauf! Ihr Haar fiel naß und glatt in den Nacken, es wirkte wie angeklebt. Sie war bewußtlos, als mehrere Hände – nicht meine – sie auf den Ponton hoben. In sachten Stößen quoll Wasser aus ihrem Mund. Ein Mann in weißem Drillichzeug, mit weißer Tuchmütze stieß mich zur Seite, kniete neben Karen hin, hob und senkte ihre Arme und drückte ihre Hände auf dem Bauch zusammen.

Als sie an mir vorbeigetragen wurde und über die Holzbrücke zum Krankenauto, war sie immer noch bewußtlos, und der weißgekleidete Mann rief einer sehr großen Frau zu: »Gehirnerschütterung, Gehirn – ja.« Ich hielt ihn am Ärmel fest, deutete zu unserem Strandkorb hinüber und sagte: »Ihre Sachen, sie liegen da. Soll ich sie holen?« »Schnell«, sagte er barsch, denn er hatte die Befehlsgewalt auf selbstverständliche Weise übernommen, und mit einer flatternden Geste: »Schnell doch!« Der Chauffeur des Krankenwagens nahm Karens Sachen an sich, und ich erhielt Namen und Anschrift des Krankenhauses.

Natürlich wäre ich mitgefahren ins Krankenhaus, aber wer war ich schon, worauf konnte ich mich berufen, um den kleinen Klappsitz zu fordern, der neben der Bahre, einer auf Schienen ruhenden Bahre, angebracht war? Welche Erklärung sollte ich abgeben in diesem Augenblick? Welche Gründe nennen, um sie zu erreichen und um als Betroffener anerkannt zu werden? Ich zog mich an, nachdem das Auto verschwunden war. Ich fuhr allein zurück.

Und ich dachte, während ich allein zurückfuhr, an Ullas Bild, an das Gartenbild, sah den Zaun vor mir, das Schild Dr. med. dent. H. Beierlein. Meine Haut brannte unter dem Hemd, meine Fußsohlen brannten. Wieviel Schuld hatte ich daran, daß alles soweit gekommen war? Das Flimmern der Autobahn, der blendende Schmerz und die Kühle, immer diese Kühle, die ich spüre, wenn etwas mit mir geschieht: alles bewegt sich dann von mir weg, ziemlich fern, erlangt eine erhebliche Klarheit in der Ferne.

Ich fuhr gleich nach Volksdorf hinaus, fand die genaue Adresse im Telefonbuch und ging die lautlose Straße hinab, die gesprenkelt war mit Sonnensplittern. Was ich zu sagen hatte, wußte ich. In einigen Gärten wurde Kaffee getrunken. Unter einer Buche schwang ein kleines Mädchen auf einer Schaukel, das weiß ich noch. An einem Holzzaun ein Schild. (Guten Tag, Herr Dr. Beierlein. Mein Name ist. Ich bin gleichermaßen in doppelter Eigenschaft ... Sowohl Ulla als auch Karen ... Danke), und ich sah, daß es das gleiche Schild war wie auf der Photographie. Es ging kein Wind hier unten, der Garten war verlassen, der Schlauch nicht zu entdecken. Das Haus war alt. Seine Südseite war mit wildem Wein bewachsen. Ich entdeckte den Anschluß für den Wasserschlauch.

Die Klingelanlage am Tor hielt mich auf, ich drückte den Knopf, hörte eine schnurrende Antwort aus dem Haus, ging über schmale Steinplatten zu der vernachlässigten Terrasse. Ich wartete, bis er kam, ein kleiner, vergnügter Mann mit tänzerischen Bewegungen: Guten Tag, Herr Dr. Beierlein. Mein Name ist ... Er zeigte schmunzelnd auf einen Gartenstuhl, bot mir ein Getränk an, eine Zigarre, doch ich lehnte beides ab. Ich sprach. Ich sprach immerzu, und er betrachtete mich sorgsam und dann teilnahmsvoll, in einer Art zaghafter Trauer. Er unterbrach mich nicht ein einziges Mal. Er ließ mich zu Ende sprechen, dann nahm er meine Hand und zog mich ins Haus. Er zog mich eine Treppe hinauf, über einen Flur zu einer Tür, die er mit einem Ruck öffnete. »Ullas Zimmer?« fragte ich. »Herein«, sagte er, »kommen Sie herein.«

Es war Karens Zimmer, und überall, auf dem Schreibtisch, auf dem Fensterbrett, auf den Bücherregalen sah ich Photographien von Ulla, und alle waren gerahmt. »Warum?« fragte ich. Er sah mich teilnahmsvoll an, legte seine Hand auf meinen Arm und sagte: »Ulla – sie ist vor drei Jahren ertrunken. Es geschah auf einer Klassenreise. Am Rhein. Sie wollte einen ihrer Schüler retten, der von der Strömung abgetrieben wurde.« »Vor drei Jahren?« sagte ich. »Sie müssen wiederkommen«, sagte er, »bitte, Sie müssen wiederkommen. Versprechen Sie's mir.« »Vor drei Jahren«, sagte ich. »Am nächsten Wochenende vielleicht«, sagte er, »denn jetzt will ich zu Karen hinausfahren. Versprechen Sie es mir?« Ich versprach es. Vorgestern versprach ich es ihm.

Heute habe ich eine Ausnahmegenehmigung beantragt. Wenn ich sie erhalte – und ich zweifle kaum daran –, werde ich zum dritten Mal ins Examen steigen; diesmal will ich mich länger darauf vorbereiten, zumindest ein ganzes Jahr.

In diesem Herbst hatte Artur dem Jungen aber auch nichts erspart, das ist sicher. Wenn er die Arbeit verteilte auf dem windlosen Grund der Kiesgrube und feststellte: ich brauche zwei Mann zum Schichten der Steine – der Junge war dabei. Mußte im Regen Lehm abgeräumt werden, waren Schienen zu verlegen oder Loren nach Feierabend zu säubern, dann wußten alle, die er durch ein knappes Nicken eingeteilt hatte, wen er zuletzt nehmen würde. Und du, natürlich. Das war schon halb abgewandt gesprochen, beiläufig und blicklos, das überraschte uns nicht, und schien es manchmal wirklich so, als wolle er auf den Jungen verzichten, so trat dieser selbst unwillkürlich einen Schritt vor, oder rührte sich einfach aus Gewohnheit oder in sicherer Erwartung, worauf Artur mit seiner leisen Stimme nur sagte: Ach ja, und du. Wurde gar nur ein einziger gebraucht für eine unzumutbare Arbeit, so brauchten wir nicht den Blick zu senken, in den Kniegelenken nachzugeben oder ein unauffälliges Gesicht zu machen, denn wir waren daran gewöhnt, daß Artur seine kleinen grauen Augen auf niemand besonderes richtete, einen Moment zögernd dastand und dann seinen langen Körper aufrichtete und entschied: Du, ja, Posener. Damit sprach er nur aus, was wir erwartet hatten und was auch der Junge selbst in seinem stetigen Lauern erwartet hatte, er, der ebensowenig widersprach oder Rückfragen stellte wie alle andern, nachdem Artur etwas entschieden hatte.

Da konnte es doch nicht ausbleiben, daß der Junge dem hageren Mann nachblickte, oder unbemerkt in dem reglosen, gelben Gesicht forschte, das weder von Vergeltung belebt noch von Genugtuung erfüllt war, wenn die leise Stimme befahl: Du, du auch natürlich. Und erkundigen, erkundigen mußte er sich doch gleichfalls nach dem Mann, dem er nie etwas getan, den er nie zuvor gesehen hatte und dessen ruhiger Haß ihn hier auf einmal traf und sich seiner bei jeder Gelegenheit erinnerte. Sie hatten doch nie ein Wort ausgetauscht über sich selbst, keiner hatte sich dem andern zu erkennen gegeben, nichts verband sie miteinander, und doch war gleich am ersten Tag diese Spannung zwischen ihnen, vielleicht das Ergebnis einer sehr feinen Witterung, ein wortloser Austausch von Signalen, mag sein. Jedenfalls ertrug dieser Junge mit den schnellen Augen alles geduldig, muckte nicht auf, widersprach nicht, gab nicht einmal, etwa durch beleidigtes Dastehen, zu erkennen, daß er sich ungerecht behandelt fühlte, und das wäre ihm möglich gewesen. Seine einzige Antwort auf den stummen, beharrlichen Haß lag in dem fast hypnotischen Interesse, das er für Artur zeigte: starr sah er ihm über den Rand der Lore entgegen, blickte ihm lange über die Schulter nach, und nachts lag er wach auf seiner Pritsche und lauschte in die Ecke des Schlafsaals, in der Artur lag. Im Schlafsaal, ja, im Eßsaal, bei der Arbeit: überall beobachtete und belauschte er Artur, verfolgte ihn mit seinem hypnotischen Interesse, geradeso, als erwarte er etwas, von dem er selbst nicht wußte, was es sein könnte. Er beschuldigte ihn nicht. Er verteidigte ihn nicht. Er hörte nur zu, starr vor Erregung, wenn über Artur geredet wurde, danach verzog er sich und machte den Eindruck eines Mannes, der all dessen erst innewerden mußte, was er gehört hatte. Kann sein, er versuchte sich selbst aufzuklären in solchen Augenblicken, setzte eine Vergangenheit zusammen oder suchte auf dem Grund seiner Erinnerung: wo nur, wo nur und wann?

Dabei wußten sie wohl doch nicht mehr übereinander, als wir alle über jeden von ihnen wußten, über den Jungen, dem zwölf Jahre zuerkannt waren, weil er Autofallen gebaut und das Pech gehabt hatte, daß im zweiten Wagen, einem Kleinbus, den er zum Halten zwang, zwölf Polizisten saßen, die gerade von einer Schießübung zurückkehrten; und über Artur, bei dem sie schließlich auf eine Zahl von hundertundvier Jahren gekommen waren, nachdem sie alles berücksichtigt und addiert hatten, darunter einen bewaffneten Überfall auf die Passagiere einer im Flug befindlichen Verkehrsmaschine.

Wie der Junge unser Mitleid hatte manchmal, so besaß Artur unsere Bewunderung; in ihm sahen wir die Dauer der Gefangenschaft, er war so ein Monument, ein lebendes Mahnmal der Haft, das sich selbst zusätzlich mit einem unsichtbaren, privaten Gitter umgeben hatte; doch was die Bewunderung für ihn noch überwog, das war die Furcht vor ihm. Da gab es einige in der Kiesgrube bei Segeberg, die hielten in ihrem Blick eine Entschuldigung bereit, wenn er vorüberging, die Standfestigkeit ließ allgemein nach, die Schaufeln veranstalteten einen Wettbewerb untereinander, Loren entleerten sich mit einem einzigen Zischgeräusch im Schwung, denn alle begriffen, was es bedeuten konnte, wenn die hagere Gestalt stehenblieb, wenn die kleinen grauen Augen sich festsahen, lange, unerträglich lange, so daß der Angesehene, weil er den Blick nicht mehr ertragen konnte, von sich aus zu reden begann; mach doch schon, sag, was dir mißfällt. Nur der Junge, der Junge, war der einzige, der sich nicht vor ihm zu fürchten schien, der ihn vielmehr mit seinem fassungslosen und – ja, das ist wahrscheinlich – schmerzhaften Interesse bedachte vom Morgen, wenn Artur die Gefangenen der Außenstelle im Auftrag eines Aufsehers zur Arbeit einteilte, bis zum Abend, wenn Artur die Kolonne zu den Baracken führte, und dies Interesse nahm auch dann kein Ende, nachdem im Schlafsaal das Licht ausgegangen war. Es bestimmte seine Handlungen, führte ihn durch den Tag, gab ihm jedenfalls eine gleichbleibende Richtung; das Interesse für Artur hörte nie auf und dehnte sich natürlich auch auf den einzigen Mann aus, mit dem Artur länger sprach als mit jedem andern, auf den Aufseher Benno Bultwein. Daß sie ihn als Aufseher genommen haben! Dieses aufgeweichte Weißbrot, Benno Bultwein, der an nichts anderes dachte als daran, seinem schweren, birnenförmigen Körper Erleichterung zu verschaffen, den Kragen zu öffnen, die Beine zu entlasten, sich hinsacken zu lassen im kühlen Bereich der Kiefern, oben, am zerrissenen Rand der Kiesgrube. Aber er war unser Aufseher. Er ging Nachtwachen und Tagwachen. Er erinnerte uns in seiner schlecht sitzenden, fleckigen Uniform daran, wer er war und wer wir waren – Benno Bultwein mit seinem hängenden Doggengesicht und dem warmen Kummer in seinen Augen, er duzte uns, lieh sich manchmal Zigaretten von den Gefangenen, und als im Sommer der schwedische Baron floh, konnte er vor Kummer einen Tag nicht essen – das behaupteten sie in der Küche. Was er tun konnte für uns, das tat er, das muß wohl erwähnt werden, und nicht zuletzt, daß er an manchem Morgen Artur die Hand drückte, ziemlich schmiegsam und dauerhaft und ganz gewiß auch erleichtert.

Er und seine Kollegen hatten Artur von ihrer Macht abgegeben, hatten ihn, dessen Lebenserwartung das Strafmaß nur verhöhnte, beauftragt, den Gefangenen ein Ältester zu sein, sie ein bißchen zu regieren, und Artur tat es und erhielt dafür bescheidene Vorrechte. Aber er hätte es auch ohne Vorrechte getan, und er wäre auch ohne Auftrag der Barackenälteste gewesen, einfach weil er war, wie er war, und weil die Zahl von hundertundvier Jahren genug auf sich aufmerksam macht, einen selbstverständlichen Respekt fordert, möchte ich sagen. Wenn es nach Benno Bultwein gegangen wäre – er hätte Artur nicht nur einen kleinen Schluck von seiner Macht gegönnt: er hätte sie ihm ganz übertragen, das wissen wir heute, der Junge hat da einiges aufgedeckt, was keiner sich vorzustellen gewagt hätte.

Es mußte ja so weit kommen, daß er eines Tages doch mehr wußte als wir, einfach, indem er nicht nachgab in seinem beharrlichen Lauern und Lauschen, und zwar nicht aus Feindseligkeit, wie gesagt, sondern weil er gebannt und hypnotisiert schien bei jeder Begegnung mit Artur. Er sah lange genug hin, er hörte lange genug zu, vielleicht nicht ganz so wehrlos und instinktiv, wie es mitunter den Anschein hatte, denn schließlich begann er sich auf etwas einzulassen, was einen eigenen Plan verriet.

Jedenfalls lauschte er in jener Nacht nicht zufällig zu Arturs Pritsche hinüber, streifte die Decken nicht zufällig ab, als er bemerkte, wie Artur sich vorsichtig erhob und reglos dastand wie ein Pfosten, sich dann rasch anzog und barfuß, die Schuhe in der Hand, den Schlafsaal verließ. Das hatte der Junge doch schon vorher erlebt, nehme ich an, allerdings, ohne selbst aufzustehen, die notwendige Zeit zu lauschen und sich dann ebenfalls anzuziehen und, mit den Schuhen in der Hand, dem hageren, großen Mann zu folgen.

Diesmal tat er es, tappte an der Holzwand entlang durch den Schlafsaal, öffnete die Tür und schlüpfte hinaus. Der kreisende Scheinwerfer interessierte sich für die Kiefern, kreiste über die Kieswand, forderte den abgestellten Loren schrägen Schatten ab, konnte der alten Holzbrücke an der Straße nach Bleeken kein Vertrauen schenken, so wurde der Junge nicht aufgehalten, er lief in den toten Winkel der Baracke, duckte sich, zog die Schuhe an, hörte flüsternde Stimmen am Zaun und warf sich auf die Erde. Da brauchte er nur liegenzubleiben und zu warten, um nach einer Weile Artur und Benno Bultwein auszumachen, die nah, viel zu nah am Zaun waren, und brauchte nur ein wenig Kaltblütigkeit aufzubringen, um Zeuge zu werden, wie Artur über den Zaun stieg, sich drüben hinwarf und den Scheinwerfer leer ausgehen ließ, dann aufsprang, die Straße nach Bleeken überquerte und im Graben verschwand. Ihm war auch nicht entgangen, daß der Aufseher das Stichwort für den Sprung gegeben hatte und danach am Zaun auf und ab lief, so als suchte er nach einem Ausgang, um Artur folgen zu können.

Der Junge blieb nicht länger liegen, er kehrte in die Baracke zurück und streckte sich auf seiner Pritsche aus, lag wach in Erwartung des unvermeidlichen Alarms, und wußte doch gleichzeitig, daß es keinen Alarm geben würde. Er lag so lange wach, bis ein kühler Luftstrom von der Tür ihn erreichte, und als er den Ellenbogen aufstützte und zu Arturs Ecke blickte, sah er die ragende Gestalt reglos neben dem Pritschengestell und glaubte die kleinen, grauen Augen auf sich gerichtet, kurz vor der Dämmerung. Zurück, er ist zurückgekehrt, dachte der Junge, er mit seinen hundertundvier Jahren hatte Aufseher, Zaun und Scheinwerfer hinter sich gelassen, ohne einen Alarm auszulösen, er hat darauf verzichtet, seinen Vorsprung auszunützen, eine Frist von vier oder sogar fünf Stunden, und nicht nur dies: mit Umsicht und List war er in dem sumpfigen Graben zurückgekommen, hatte mit bedachten Sprüngen die Straße überquert, dem Scheinwerfer ein Schnippchen geschlagen, war schließlich über den Zaun gestiegen, als wäre nichts geschehen. Die Rückkehr, dachte der Junge, wird nicht leichter gewesen sein als der begünstigte Ausbruch, und dachte wohl auch: warum? Am nächsten Morgen dann drückte der Aufseher Benno Bultwein Artur die Hand, und zwar auf dauerhafte, sichtbar erleichterte Weise.

Der Junge behielt alles für sich. Das, was er gesehen hatte, veränderte ihn nicht – es sei denn, daß er nun weniger Lust zu haben schien, uns nach Feierabend seine Tricks mit Münzen, Streichhölzern und Karten zu zeigen; er ließ sich jetzt sehr lange bitten, und seinen mageren schnellen Fingern, die sonst nie versagt hatten, mißglückte auf einmal die eine oder andere Vorführung; weil er selbst abwesend war, nehme ich an, waren seine Finger nicht bei der Sache. Mit seinen Blicken suchte er Artur, dachte sich vor zur nächsten Nacht, fühlte sich womöglich schon im toten Winkel der Baracke liegen, denn nachdem er Artur einmal gefolgt war, folgte er ihm wieder und wieder, sah ihn, auf einen Wink des Aufsehers, über den Zaun steigen, über die Straße nach Bleeken springen, immer gewitzter als der kreisende Scheinwerfer, und bevor die Dämmerung einsetzte und Benno Bultwein abgelöst wurde, traf ihn der Strom der kühlen Luft, und er beobachtete Arturs Rückkehr. Am Tag erduldete er den stummen beharrlichen Haß: wer wird heute die Loren reinigen? Ach ja, du.

Allmählich, denke ich, erfuhr der Junge so viel, daß er den Zwang spürte, auch den entscheidenden Rest zu erfahren, und darum wagte er viel in der Nacht, schlich näher an den Zaun heran, bis er die Worte verstehen konnte, die Artur und Benno Bultwein wechselten. Ihr Erkennungswort, das sie sich im Dunkeln zuriefen, hieß »Johannesthal«, und dies Wort rief Artur auch immer dann, wenn er jenseits des Zaunes lag und darauf wartete, vom Aufseher das verabredete Zeichen zur Rückkehr zu erhalten. Der Junge hörte es erstaunt und wieder mit fassungslosem Interesse, denn der kleine Ort, in dem er seine Kindheit und Schulzeit verbracht hatte, hieß Johannesthal, ein entlegenes, allgemeines Nest, dessen Name jeder schon einmal gehört zu haben glaubte, ohne jedoch zu wissen, wo es liegt. Er selbst hatte immer auf eine entsprechende Frage zeitsparend geantwortet: Johannesthal bei Lötzen.

Als er so den Namen seines Heimatortes Mal für Mal als Erkennungs-, als Schlüsselwort genannt fand, muß ihn das zutraulich oder bedenkenlos oder verrückt gemacht haben, jedenfalls drückte er sich eines Nachts vom Boden ab, ließ den Aufseher Benno Bultwein herankommen und sagte leise: »Johannesthal.« Da hatte Artur gerade die alte Holzbrücke nach Bleeken passiert. Der Aufseher antwortete auf diesen Anruf mit einem erschrockenen Seufzen, wandte das hängende Doggengesicht sichernd nach allen Seiten, kam ungläubig näher, nicht wütend, sondern nur ungläubig, sichelte mit loser Hand in Brusthöhe: zurück, schnell zurück in den Schatten, erkannte den Jungen und fragte: »Du? Was machst du hier am Zaun?« Der Junge schwieg einen Augenblick, er hatte keine Erklärung, er sagte abermals: »Johannesthal.« »Was meinst du damit?« fragte der Aufseher, und der Junge: »Ich komme aus Johannesthal, ich bin da geboren.« Benno Bultwein zuckte die Achseln, blickte zur alten Brücke hinüber, auf der der Scheinwerfer sich ausruhte, nahm das Gewehr von einer Schulter auf die andere, dann aber, dann sagte er: »Drei, Menschenskind, mit dir sind wir drei aus Johannesthal: der Artur, ich und du.«

Doch auf einmal sah der Aufseher dem Jungen prüfend ins Gesicht, das ging zu prompt, das hätte jeder sagen können: ich bin aus Johannesthal, und nach einem sichernden Blick begann er denn auch, einige Fragen zu stellen, ließ sich den Namen der Halbinsel nennen, forschte nach Johannesthaler Straßen, Plätzen und Geschäften und mußte einsehen, daß der Junge aus Johannesthal war. »Herrjeh«, sagte er, »herrjeh, du bist der Dritte.«

Der Junge nutzte den Augenblick der Freude, das ist denkbar. Er wußte, was Benno Bultwein für die Gefangenen empfand, er kannte die Hilfsbereitschaft, die waghalsige Güte dieses birnenförmigen Mannes, und er wußte, daß dieser Aufseher mehr von Mitleid hielt als von Gerechtigkeit. Er sagte einfach: »Ich muß raus, für ein paar Stunden, ich hab was zu regeln draußen.« Der Aufseher seufzte vor Kummer. »Mein Wort«, sagte der Junge,

»daß ich zurück bin, bevor deine Wache endet.« Der Aufseher wischte sich über Hals und Nacken, bog in qualvoller Unentschiedenheit den Körper zur Seite. »Mein Versprechen als Johannesthaler«, sagte der Junge, und der Aufseher, der zischte, als ob er unter Dampf stand, war da besiegt, ein letzter Widerstand verriet sich nur in der Bemerkung: »Aber nicht heute, hörst du, heute nicht.« Daran war dem Jungen auch nicht gelegen.

Er wollte knapp hinter Artur den Zaun übersteigen, wollte ihn vor sich sehen, ihm folgen auf dem Grund des sumpfigen Grabens und durch die Schonung und wohin immer Artur sich wenden mochte, denn nur seinetwegen wollte er raus. Um den Aufseher nicht zu beunruhigen, wartete er mehrere Nächte ab, in denen er Artur allein gehen ließ, auch wenn er wie sonst wach lag und die Rückkehr des Mannes erwartete, dessen Haß sich seiner bei der Verteilung der Arbeit nach wie vor erinnerte. Fünf oder sieben Nächte ließ er so vorübergehen, dann stand er von seiner Pritsche auf, gleich, nachdem Artur den Schlafsaal verlassen hatte, schlich hinaus, drückte sich in den Schatten der Baracke. Wir hatten Herbstnebel in diesen Tagen, der legte sich vor die Baracken und ließ sie in fremden Augen aufschwimmen wie seltsame Schuten. Der Scheinwerfer zuckte hinein in die trägen Schwaden, ließ sich von zwei weiteren Scheinwerfern Mut machen, die zu beiden Seiten des Tors erhöht aufgestellt worden waren. Die Geräusche der Eisenbahn, die der Wind manchmal von Bleeken herübergebracht hatte, waren in dieser Zeit nicht zu hören.

Der Junge wartete, lauschte. Er schlängelte sich zur Ecke der Baracke vor. Die Lichtbündel der Scheinwerfer schnitten sich spielerisch in der Luft. Endlich der Anruf, das Schlüsselwort, das Flüstern wie in vergangenen Nächten. Und dann sah er Artur weniger in den Zaun als in den Nebel hinaufsteigen, sah ihn springen und hörte das Geräusch des Aufschlags. »Johannesthal«, rief der Junge scharf aber leise, und dann noch einmal: »Johannesthal!« Der Aufseher drehte sich zu ihm um und erschrak: o Gott, jetzt auch noch er, wenn das nur gut geht. »Also was ist?« »Heute«, sagte der Junge, »du hast mein Wort: ich bin zurück vor der Ablösung.« Da dachte der Aufseher wohl: geht nicht, Posener, verlang das heute nicht von mir, und unbeabsichtigt sagte er: »Bleib zuerst liegen drüben, warte den Scheinwerfer ab, und auf ›Johannesthal‹ läufst du.« »Ich verspreche«, sagte der Junge, und der Aufseher: »Los!«

Arturs Vorsprung durfte nicht wachsen, er war schon über die Straße gesprungen, also hinauf auf den Zaun, wie der Draht zittert, das schwingt und wippt, der nasse, glitschige Draht erprobt die Festigkeit der Krampen, noch eine Hand zwischen die Stacheln, einen letzten Schritt, einen Stemmschritt, jetzt springen, weich, locker, in Erwartung des Aufpralls, und dieser Schlag, dieses Dröhnen im Körper: das ist die andere Seite. »Schwör mir«, rief der Aufseher leise. »Alles in Ordnung«, sagte der Junge und blieb liegen, bis der Scheinwerfer ihn übersehen und Benno Bultwein ihm das Stichwort zugerufen hatte.

Wie leicht der Lauf fällt, dachte er, wie sicher der Sprung über die Straße gelingt. Er blickte nicht zurück auf die im Nebel schwimmenden Baracken, über denen die Scheinwerfer spielerisch ein Spitzzelt errichteten. Das Wasser spritzte auf, als er im Graben landete und geduckt vorlief zur alten Brücke. Artur stand im Wasser und erwartete ihn, Artur lockte zwischen den Weiden und gab ihm hastige Signale, auf der Böschung stand Artur, lehnte neben den Telegrafenstangen, war hinter der Fichte, winkte hinter einem Kieshaufen, und als der Junge die Schonung erreichte, war Artur überall. Er blieb stehen und lauschte, er erwog, zur Sandstraße zurückzukehren, die nach Bleeken führte, seine Hosenbeine waren naß bis zu den Knien hinauf, das nasse, gestreifte Drillichzeug klebte auf der Haut.

Soviel wissen wir aber nun, daß er Artur dann auf dem Bahndamm entdeckte, wie er aufrecht, ungehetzt zwischen den Schienen ging in Richtung Bleeken, worauf der Junge diagonal die Schonung durchquerte und in einem Augenblick wieder vor dem Bahndamm stand, in dem Artur gerade vorüberkam. Danach folgte er ihm in zulässigem Abstand.

Noch vor der Station von Bleeken verließ Artur den Bahndamm, kletterte die Böschung zur Hälfte hinab, blieb stehen und lauschte lange und ging dann, schräg gegen die Böschung gelehnt, unter die kleine Eisenbahnbrücke, die die schwach strömende Bleeke überspannt. Der Junge wartete, sah Artur nicht hervorkommen, überquerte nach eine Weile den Bahndamm und ging auf der andern Seite zur Brücke, behutsam, auf eine Hand gestützt. Nichts kündigte ihn an. Zuletzt legte er sich gegen die Böschung, bereitete jeden Schritt vor, indem er mit der Schuhsohle seitlich den Boden ritzte, bis er Halt fand. Dann hatte er den stumpfen Lauf des Flusses unter sich, noch eine Wendung, und er konnte unter die Brücke sehen.

Er erkannte den Mann sofort. Artur lag auf dem Bauch, oben im äußersten Winkel, der durch das eiserne Gestänge und das künstlich hochgezogene Ufer der Bleeke gebildet wurde, lag dort und tastete mit beiden Händen den Boden ab. Die Kappen seiner Schuhe lösten in ruckender Bewegung Erde und kleine Steine, die in den Fluß fielen. Ein stoßartiger Laut der Enttäuschung drang zu dem Jungen herab und immer wieder das Klatschen der fallenden Hand, die den Boden dort oben abklopfte. Da richtete der Junge sich auf, so gut es ging, und rief: »Jan?« und nach einer Sekunde scharf und befehlend: »Jan!« Der Mann bewegte sich nicht mehr. »Komm runter!« rief der Junge. »Ich warte hier, ich geh nicht weg, bis du kommst«, worauf der Mann sich wortlos unter dem Gestänge hervorzwängte, sehr gemächlich und achtsam, und sich dann auch nicht einfach hinabrutschen ließ, sondern, die Schuhkappen in die Erde schlagend, Schritt für Schritt tiefer kam, bis er neben dem Jungen war. Sie sahen sich an, schweigend, maßen sich mit Blicken dort unter der Brücke, beide mehr überrascht und außer sich als darauf aus, etwas zu tun, und der Junge sagte: »Du bist Jan, ja, du bist Jan. Du bist nicht Artur, du bist mein Bruder Jan.« »Was willst du hier?« fragte der Mann drohend. Und der Junge: »Sag, daß du Jan bist, ich weiß es. Ich spüre es genau.« Und der Mann wieder: »Wie bist du rausgekommen?« »Jan, nicht?« sagte der Junge. »Auch wenn sie dich alle Artur nennen: für mich bist du Jan.« »Laß meine Hand los«, sagte der Mann, und dann: »Verschwinde! Verschwinde, wo du hingehörst.« »Komm mit«, sagte der Junge, »wir sind draußen jetzt, wir haben drei Stunden Vorsprung.«

»Laß mich zufrieden«, sagte der Mann, »verschwinde.« »Dann sag mir, daß du Jan bist!« Der Mann sah ihm nah ins Gesicht, mit einem Blick voller Zorn und Trauer und sagte: »Hör zu, du Scheißer: wenn ich Jan wäre, dann müßte ich dich in diesen Fluß stoßen und dafür sorgen, daß du nie wieder hochkommst. Zu den Fischen und Schlingpflanzen müßte ich dich befördern... wenn ich Jan wäre. Das hast du verdient. Du warst der einzige, den Jan nie begraben hat in seinem Gefühl. Du warst der einzige, an den er gedacht hat, manchmal, wenn er aufwachte. Jan ist sehr weit gegangen in allem, was dich betraf, zu weit... und jetzt... hör auf und verschwinde. Red ja nicht von den Hoffnungen, die Jan in dich gesetzt hatte.«

Der Junge machte eine Bewegung auf den Mann zu, doch der Mann hatte plötzlich einen Stock in der Hand, setzte die

Spitze auf die Brust des Jungen und flüsterte: »Genug, hörst du? Nun ist es genug.« Das war für den Jungen noch kein Grund aufzugeben, meine ich, und als da der Güterzug, fern noch, aber schon bestimmbar, von beiden gleichzeitig ausgemacht wurde und beide gleichzeitig denselben Gedanken zu haben schienen, sagte der Junge: »Ich komm mit dir, Jan, wohin du willst. Laß es uns versuchen.« Der Mann lächelte resigniert und sagte: »Wir gehen zurück. Benno wartet auf uns.« »Er ist Aufseher«, sagte der Junge. »Er ist aus Johannesthal«, sagte der Mann, und: »Wie wir aus Johannesthal.«

Der Güterzug kam näher, und hätte der Junge ihn nicht gehört, er hätte das Nahen des Zuges an der Haltung des Mannes erkennen können, an der Spannung, an der unwillkürlichen Bereitschaft: da sammelte sich schon die Kraft zum Sprung, da schätzte das Auge schon den Abstand, und die Hand streckte sich nach der Geländerstange zum Bremserhaus. »Warum nicht?« fragte der Junge, und der Mann: »Weil wir nicht vorbereitet sind, so haben wir keine Chance.« »Und warum kommst du hierher?« fragte der Junge. »Um vorzubereiten, Kleiner: sie weiß, was ich brauche, und sie weiß auch, was sie alles hierherbringen muß, dort oben unter der Brücke wird es liegen, eines Tages. Sie hätte es schon tun sollen, aber etwas muß ihr dazwischengekommen sein.«

»Und dann wirst du gehen, Jan?« fragte der Junge. »Ja«, sagte der Mann, »und wenn du noch einmal Jan zu mir sagst, kommst du heute nicht ins Lager zurück.« »Du wirst sowieso allein gehen«, sagte der Junge, »in jedem Fall«; und er horchte auf den Zug und trat einige Schritte zurück, doch der Mann folgte ihm sogleich und warf den Stock mit einer schnellen Bewegung des Unterarms in den Fluß. »Sei vernünftig«, sagte er, und dachte wohl: nicht, Kleiner, nicht so, und wenn du es versuchst, dann werde ich dich eben gewaltsam überzeugen...

Zwanzig Jahre, schätze ich, trennten den Mann von dem Jungen, da war es nur selbstverständlich, daß der Junge seine Möglichkeit erprobte: mit einem Sprung nahm er die Böschung, griff mit den Händen ins Gras, stampfte, rutschte ab, gewann ein paar Meter und rutschte wieder zurück. Der Mann versuchte, sich auf ihn zu werfen, doch er erwischte nur sein Fußgelenk, das war genug: mit beiden Händen umspannte er es, drückte zu, fing alle Schläge und Stöße ab und setzte das ganze Gewicht seines Körpers ein, um den Jungen zurückzuhalten, und dabei preßte er sein Gesicht flach gegen die Böschung. Schwächer wurden die Schläge und Stöße, mit denen der Junge sich zu befreien versuchte. Er ließ die Grasbüschel los. Er rutschte zurück.

Auf halber Höhe der Böschung blieben sie liegen, fast nebeneinander jetzt, rührten sich nicht, achteten nur aufeinander, ohne sich anzublicken, mit der feindseligen Aufmerksamkeit ihrer Körper. »Sei vernünftig«, sagte der Mann warnend nach einer Weile; da war der Junge über ihm, schlug zu mit der Kante einer Hand, traf den Mann ins Genick und traf ihn am Schlüsselbein, und als sei dies nicht genug, riß er ihn an den Schultern vom Boden hoch und warf den Körper gegen die Böschung, drückte sein Gesicht in die Erde.

Der Güterzug kam in einer Schleife aus dem Wald heraus, bremste schon ab. Der Junge hob den Kopf und sah dem Zug entgegen. Er stieg über den Körper des Mannes und versuchte, auf den Damm hinaufzusteigen, als sich wieder, unerwartet für ihn, die Fessel um sein Fußgelenk legte, zwei Hände, die zudrückten, die er nicht loswerden konnte, und die ihn straucheln und zurücksacken ließen. Diesmal rutschten sie die Böschung hinab, und es war der Mann, der zuerst auf den Beinen war, doch er tat nichts, er blickte besorgt auf den Jungen, der sich mühsam erhob, eine Hand auf seinen Leib preßte und dadurch den Mann veranlaßte, näherzutreten, sich herabzubeugen, da schlug der Junge abermals zu, ein einziges Mal. Der Schlag traf den Mann im Gesicht. Er warf ihn zurück gegen den Telegrafenmast, wo sich der Körper in einer Art panischem Erstaunen blitzschnell aufrichtete und dann zusammenfiel.

Wer weiß, ob es nicht auch ein ähnliches, vielleicht ein erschrockenes Erstaunen war, das den Jungen dastehen ließ, einfach dastehen, ohne Genugtuung oder jähe Erleichterung, während der Güterzug herankam und vorüberfuhr; er sah nicht einmal auf den Zug, betrachtete nur erschrocken und starr den Mann, der dort gekrümmt unter dem Mast lag, ein unscheinbares Bündel, das nicht einmal in der Lage war zu stöhnen. Jedenfalls brauchte er sehr viel Zeit, um auf den Mann zuzugehen, ihn zu betasten, seinen Kopf zwischen die Hände zu nehmen und schließlich den hageren Körper aufzuheben und ihn zurückzutragen über den Bahndamm, keuchend durch die Schonung zum Weg und dann zur alten Holzbrücke.

Er trug den Mann den sumpfigen Graben entlang. Die Scheinwerfer entwarfen keine ruhigen Lichtfiguren, sie zuckten in schnellen Schwenks hierhin und dorthin, stachen den Umkreis ab, hastig, bevor ihnen die endgültige Dämmerung überlegen war. Wenn er nur dort steht, dachte der Junge, wenn er nur das Stichwort gibt an der verabredeten Stelle am Zaun. Der Nebel erhob sich über die Teerpappdächer der Baracken, gab dafür dem Blick ihre gegossenen Fundamente frei, die anmuteten, als stünden sie auf dem Grund der See. Der Junge wußte, daß er ein Stück ungedeckt vorlaufen mußte gegen den Zaun, mit dem Mann auf der Schulter; also jetzt, laßt mich nicht im Stich, Beine, laß mich nicht im Stich, Herz, nur dies kleine Stück, dann wird Benno mir helfen, dann wird Benno mir morgens die Hand geben, so wie er... Artur die Hand gegeben hat, Artur, ja. Die Scheinwerfer balgten sich mit dem Nebel. Er lief unter ihnen hindurch. Und er rief, noch vor dem Zaun rief er: »Johannesthal«, und Benno antwortete: »Johannesthal, herrje, zum letzten Mal: Johannesthal.«

Aber dann war es doch Benno Bultwein, der Aufseher, der am nächsten Tag zu dem Jungen ging und ihn aufforderte, Arturs Stelle einzunehmen, mit allen Pflichten und Vorrechten. »Für einige Wochen«, sagte der Aufseher, »bis Artur wieder gesund ist.« »Das geht nicht«, sagte der Junge. »Artur«, sagte der Aufseher, »Artur selbst hat dich vorgeschlagen, und wir geben sehr viel auf sein Wort.«

Die Lampen der Eskimos
oder
Die Leiden eines Spezialisten

An alles haben die Architekten meines Instituts gedacht, sogar an die Aussicht: frei läuft der Blick über die Alster, über die salzweißen Segel auf unserem Binnensee, streift Fährhäuser, Ruderclubs und vollkommene Versicherungsbauten, in denen alle Mißgeschicke der Hamburger zuverlässig aufgefangen und vergütet werden.

Nach dem Umbau der ehemaligen Hassebrouk-Villa zu unserem Institut fanden wir wirklich alles, was unsere Arbeit erleichterte, und meine Studenten und ich atmeten auf, als wir aus dem baufälligen Bodenraum der Universität, in dem wir so viele Jahre hatten zubringen müssen, hier herüberziehen durften: belohnt durch ein Gebäude, das alle Ansprüche erfüllte, verwöhnt durch Zuwendungen, die nunmehr im rechten Verhältnis zum Institut standen und uns erlaubten, in unserer Forschungsarbeit großzügiger zu sein. Die Alster vor dem Fenster, in der Nachbarschaft lautloser, melancholischer Villen, gingen wir mit Leidenschaft unserer dringenden Aufgabe nach, und ich würde ihr auch heute noch nachgehen, wenn ich nicht jene Reise gemacht hätte, von der ich nichts mitbrachte als einwandfreie Zweifel.

Seitdem ich von jener Reise zurück bin, finde ich nicht mehr die Kraft, dort wieder anzufangen, wo ich aufgehört habe; eine redliche Niedergeschlagenheit, eine Verbitterung, die so groß ist, daß sie einen gewissen Messinggeschmack in meinem Speichel hervorruft, hindern mich daran, die zweckmäßige Schönheit meines Instituts zu erkennen, meine Arbeit fortzusetzen – zumindest mit der Selbstverständlichkeit, mit der ich es einst tat. Schließlich ist das mindeste, was durch diese Reise geschehen ist, die Zerstörung eines Lebenswerks.

Ich gebe zu, daß ursprünglich das Gegenteil geschehen sollte. Als die Hamburger Eisvogel-Reederei einen Grönland-Liniendienst eröffnete und zur Jungfernfahrt auch einen Wissenschaftler einlud, kostenlos daran teilzunehmen, glaubte ich, einer strahlenden Bestätigung, der Krönung meiner wissenschaftlichen Arbeit entgegenzufahren. Ich war nicht erstaunt, daß die Wahl auf mich fiel; denn es ist bekannt, daß mein Institut seit langem im Dienst der Grönlandforschung steht, oder doch einen entscheidenden Teil dieser Forschung übernommen hat, nämlich das Sachgebiet: Lampen und Dochte der Torngasuk-Eskimos.

Sechzehn Jahre widmete ich mich dieser Aufgabe, zog Mitarbeiter heran, gründete ein Institut, und da wir unser Ziel mit zufriedenstellender Leidenschaft verfolgten, stellten sich alsbald auch Genugtuungen ein: Anfragen aus vielen Ländern erreichten uns, der englische Völkerkundler Bancroft besuchte unser Institut; wer immer sich in der Welt mit Lampen und Dochten der Torngasuk-Eskimos beschäftigt, mußte unsere geleistete Arbeit zur Kenntnis nehmen. Es erschien uns schließlich nur selbstverständlich, daß viele Doktorarbeiten unserem Institut gewidmet wurden und daß die Forscher Rink und Blau in einem Vorwort versicherten, daß ihr Standardwerk ›Heimkultur der Eskimos‹ (Oslo, 1956, 2 Bd.) ohne unsere Hilfe nicht zustandegekommen wäre. Wir allein verfügten über die gesamte einschlägige Literatur, und außerdem über die einzig vollständige Sammlung von Lampen und Dochten der Torngasuk, deren Gründung und fortlaufende Bereicherung ich bescheiden für mich in Anspruch nehmen darf: Flachdochte und offene Runddochte, Dochte aus Baumwolle, Leinen und Seehundsfell, geflochtene und gedrehte Dochte, selbst nicht imprägnierte Dochte mit interessanten Mißbildungen sind in unserer Sammlung reichlich vorhanden.

Aber vollkommener, umfangreicher noch als unser Material an Torngasuk-Dochten ist die Sammlung der Lampen: von frühen Tranbehältern mit einer Öffnung zum Eingießen bis zur modernen Saug- oder Drucklampe; von elliptischen Zierfunzeln bis zur großen Heizlampe mit Luftzug: sämtliche Leuchtmaterialien, die je von den Torngasuk-Eskimos gebraucht wurden oder noch gebraucht werden, sind in mehreren Exemplaren im Ausstellungsraum unseres Institutes vorhanden, darunter kostbare Flammengebläse, die nur bei gemeinschaftlichem Tabakgenuß in Gebrauch genommen wurden.

Doch damit gab ich mich nicht zufrieden. Ich hatte den Ehrgeiz, in meine Sammlung nicht nur feststehende Typen von Lampen und Dochten aufzunehmen, sondern auch aufschlußreiche Variationen, besonders geglückte oder mißglückte Exemplare, Funzeln mit Fehlern, Schäden, Schwächen, um auf diese Weise ein vollständiges Panorama der Beleuchtungskultur schaffen zu können.

So schrieb ich an meinen Mittelsmann in Umiuki, schrieb an M-Whan, wie ich es so oft in den verflossenen Jahren getan hatte, denn M-Whan – übersetzt heißt sein Name einfach »Rohfleischesser« – verdanke ich die ganze Sammlung, die unser Institut zu dem gemacht hat, was es ist. M-Whan war wie immer bereit, auf Dollarbasis zu helfen, schickte wöchentlich eine riesige Kiste, legte seine Spesenrechnungen bei und versprach, weiter durch Ostgrönland zu streifen und überall, wo sich Torngasuks niedergelassen hatten, nach ihren Lampen und Dochten zu fahnden.

Die Korrespondenz mit Rohfleischesser verlief keineswegs regelmäßig; manchmal mußten wir ein halbes Jahr auf Antwort warten, eine Zeit, in der wir ihn auf winddurchfegten Schneeflächen für uns unterwegs glaubten; manchmal erhielten wir zwei einsilbige Telegramme auf einmal, in denen er um Vorschuß bat, und zwar weniger für sich selbst als zu dem Zweck, den Besitzer einer seltenen, irdenen Lampe zu schmieren; mitunter brachte das Lastauto der Lieferfirma auch gleich drei mannshohe Kisten zum Institut.

Doch obwohl er nie einen Termin einhielt und in letzter Zeit seine Spesenrechnungen erheblich heraufsetzte – er begründete dies mit den steigenden Preisen für Därme, die als Fenster dienen, und für Domino- und Brettspiele, die über lange Wintereinsamkeit hinwegtrösten –, blieben wir Rohfleischesser treu; denn mit der freundlichen Klugheit und der schnellen Auffassungsgabe seines Volkes hatte er absolut begriffen, woran meinem Institut gelegen war. Selbstverständlich benachrichtigte ich ihn sofort, als unser Forschungsetat vergrößert wurde – was zur Folge hatte, daß umgehend mit einem dänischen Schiff vierzehn Kisten in unserem Hafen ankamen.

In einer Kiste fand ich eine Photographie von M-Whan, mit herzlicher Widmung für mich; ein durchreisender amerikanischer Missionar hatte die Photographie aufgenommen – sie zeigte Rohfleischesser lächelnd in einem Kajak, angetan mit einem Rentierfellmantel, die Harpune aus Walfischknochen erhoben. Später erhielt ich noch eine zweite Photographie, die ihn in einer Sommerjacke aus Seehundsfell darstellte, beim Essen von Beeren und Wurzeln und einer dunklen Masse, die wir als den Inhalt eines Rentiermagens analysierten. Ich ließ beide Photographien einrahmen, sie fanden einen Platz im Ausstellungsraum des Instituts.

Sechzehn Jahre arbeitete ich mit M-Whan zusammen, und in

dieser Zeit entstand unsere Sammlung, entstand aber auch eine Freundschaft zu dem Angehörigen eines armen, bedürfnislosen Volkes, das sich selbst als Innuit bezeichnet, was soviel heißt wie »Menschen«.

Als nun die »Robbe«, das Flaggschiff der Eisvogel-Linie, die Leinen loswarf zur Eröffnung des Grönland-Dienstes, hoffte ich, durch diese Reise einem doppelten Ziel nahezukommen: ich rechnete mit der Bestätigung meiner Hypothese, wonach es zwischen 1789 und 1812 einen allgemeinen Verfall in der Lampenkultur der Torngasuk-Eskimos gegeben haben muß; zweitens hoffte ich ungeduldig auf eine Gelegenheit, unserem Aufkäufer »Rohfleischesser« zu begegnen und eine Freundschaft persönlich zu bekräftigen, die in Briefen bereits solange bestand. Ich hatte eine Urkunde meines Instituts im Gepäck, die ich ihm in Anerkennung seiner Dienste überreichen wollte, ferner einige Geschenke, die mir für einen Seehundjäger und Fallensteller geeignet erschienen; unter anderem Taschenmesser mit Korkenzieher, ein handliches Beil sowie eine Sturmlaterne.

Die »Robbe« war ein tüchtiges Schiff mit verstärkten Spanten; die Färöer Inseln mit Island kamen in Sicht und blieben achteraus, und vier Stunden vor der fahrplanmäßigen Zeit liefen wir in den Scoresbysund ein, geblendet von der unerträglichen Helligkeit der Gletscher. Während wir Anker warfen, schoß ein Wasserflugzeug über die Gletscher heran, umrundete uns, ging mit schäumender Spur in der Fahrrinne zu Wasser.

Eine Barkasse nahm den Piloten auf, ging neben der »Robbe« längsseits und nahm Passagiere, Post und Gepäck über und brachte uns zum Landesteg. Auf der Fahrt saß ich neben dem Piloten, einem sportlichen Fünfziger, der unter seiner saloppen Fliegerkombination einen englischen Flanellanzug trug und mir so eigentümlich bekannt vorkam, daß ich ihm mit aller Freimütigkeit ins Gesicht sah. Er ertrug es mit der natürlichen Höflichkeit seines Volkes und nickte mir beim Aussteigen zu.

Zwei vermummte Frauen stritten sich lautlos um mein Gepäck, einigten sich lautlos und führten mich zu einem Hotel, vor dem ein vermummter Portier erschien, meine Koffer nahm und die Frauen vertrieb. Ich fragte ihn, ob es sehr kalt sei für diese Jahreszeit, und er sagte sprichwörtlich: »Anadyr, Anadyr, Angekok« – wörtlich etwa: Das Schneehuhn hat immer rote Augen, womit er darauf anspielte, daß es hier nie allzu warm werde.

Unter den gedämpften Klängen des River-Kwai-Marsches, der aus dem Lautsprecher drang, führte er mich in mein Zimmer, von wo ich augenblicklich Erkundigungen über den Aufenthalt von M-Whan einzog und dabei erfuhr, daß Rohfleischesser zwar nicht zu Hause sei, jedoch zurückerwartet werde. Man nannte mir eine Adresse, Gyndefasa-Gletscher, worauf ich ein Hundegespann mietete und hinausfuhr, ungeduldig, bereit, mit meinem wissenschaftlichen Lieferanten das karge Igluleben für einige Tage zu teilen, und, wenn es sein mußte, ihm sogar beim Schlagen der Robben behilflich zu sein.

Über ein blendendes, schneeverwehtes Geröllfeld näherten wir uns dem Gletscher, und als der Schlitten um einen Felsvorsprung bog, sah ich ein geräumiges Landhaus mit Garage, einen langen Landungssteg und daneben einen auf Pfählen ruhenden Schuppen für ein Wasserflugzeug. Verwirrt ließ ich die Leine fahren, die Hunde zogen gemächlicher, und gemächlich und verwirrt fuhren wir auf das schmiedeeiserne Tor zu.

Man hatte mich bereits entdeckt: Eine Frau mit sehr kleinen Füßen, mit straffem, buttergefettetem Haar – sie trug ein knappes italienisches Kostüm –, empfing mich freundlich und führte mich ins Haus. Ihr Gesicht war breit und platt, der Schädel hatte die typisch pyramidale Form der Torngasuk-Eskimos. Lächelnd nannte sie ihren Namen: M-Whun, was soviel bedeutet wie »Rohfleischesserin«.

Sie fragte mich nicht nach dem Zweck meines Besuchs, ließ mich statt dessen meinen Lieblings-Whisky wählen, schaltete die indirekte Beleuchtung ein, und wir saßen und tranken Whisky und blickten auf den Fjord. Ich machte ihr ein Kompliment über die skandinavischen Möbel und über die geschickte Lichtanlage, und Rohfleischesserin nickte und sagte, daß ihr Haus seit kurzem ein eigenes kleines Elektrizitätswerk besitze, mit dem sie ihren Mann überraschen wolle, den sie aus Florida zurückerwarte.

»Unga, Unga, Pöki«, sagte sie, also: Müde wird der Schlittenhund im Alter – was soviel bedeutete, daß ihr Mann eine Erholung nötig hatte. Plötzlich erhob sie sich mit traurigem Lächeln, sagte, daß sie zu ihren Pflichten zurückkehren müsse, und lud mich ein, ihr zu folgen. Wir durchquerten das Haus und betraten eine geräumige Werkstatt, in der ein Dutzend fleißiger Torngasuk-Mädchen arbeitete und scheu grüßte, als wir eintraten. Ihre geschickten Hände hämmerten, schleiften, putzten und drehten;

ein Mädchen montierte, ein anderes packte, ein drittes schlug Kisten zusammen – sie ließen sich nicht unterbrechen.

Ich nickte ihnen anerkennend zu, bis ich auf einmal meinen Namen sah, den eines der Mädchen gerade mit schwarzer Tusche auf ein Adressenplakat malte: jetzt begann mich die Produktion zu interessieren. Und ich sah, daß das, was die geschäftigen Hände herstellten, Lampen und Dochte waren: antike Tranbehälter und phantasievolle Schmuckfunzeln, die ein schönes Mädchen pausenlos entwarf; ferner Flachdochte und Runddochte und gedrehte Dochte, in die künstlich interessante Mißbildungen hineingearbeitet wurden. Eine Zwergin hatte nichts anderes zu tun, als Leuchtmaterial in Dreck zu tauchen, eine Gelbhäutige warf komplette Ölbehälter an die Wand, setzte die Scherben geschickt zusammen und leimte sie, und eine Minderjährige beschäftigte sich damit, Dochte aus Seehundsfell zu imprägnieren, und all das wanderte in bereitstehende Kisten, die an mein Institut adressiert waren.

Selbstzufrieden deutete die Rohfleischesserin über die Werkstatt. »In den ersten Jahren genügten zwei Mädchen«, sagte sie, »doch da eine große Nachfrage besteht, müssen wir bald anbauen.« »Haben Sie alle Lampen und Dochte hier hergestellt?« fragte ich, worauf sie erwiderte: »Was die Brandgans benötigt, macht sie selbst« – womit sie die Rechtmäßigkeit ihres sozialen Aufstiegs begründen wollte.

Ich sah, wußte und sah, wohin der Etat meines Instituts gewandert war; ich zweifelte nicht daran, daß die ganze Sammlung meines Instituts in geschickter Heimarbeit entstanden war; und in meiner Verzweiflung war natürlich kein Platz mehr für den Plan, die Hypothese zu bestätigen, wonach es zwischen 1789 und 1812 einen allgemeinen Verfall in der Lampenkultur bei den Torngasuks gegeben haben muß.

Eilig und verzweifelt, ohne den Rohfleischesser getroffen zu haben, verließ ich das Landhaus unter dem Gyndefasa-Gletscher, nichts anderes mitnehmend als belegten Kummer, die Verbitterung, die auch jetzt noch andauert, während ich die salzweißen Segel auf der Alster beobachte. Was soll ich tun? Unser Etat wurde erst kürzlich wieder erhöht, und gerade wurde mir gemeldet, daß im Hafen vier neue Kisten mit Lampen und Dochten der Torngasuk eingetroffen seien. In jedem Fall müssen wir die Kisten öffnen: vielleicht ist unter der Sendung doch ein interessantes Stück.